Michel Matveev

Die Gehetzten

Roman

Aus dem Französischen
und mit einem Nachwort
von Rudolf v. Bitter

Weidle Verlag

Inhalt

Kapitel I
Das Pogrom

In ruhigem gleichmäßigem Schritt, eine ungeheure rote Fahne voran, kommt eine Abteilung Reiter vom Bahnhof herunter.

Obwohl ich an solche Aufzüge gewöhnt bin, macht es mir auch diesmal einen starken Eindruck. Ich bleibe stehen, irritiert von der Aufschrift in schwarzen Lettern auf der roten Fahne: »Es lebe die Revolution, Tod den Juden!« Von fernher kommt in mir ein Gefühl auf, daß sich etwas sehr Ernstes ereignen wird, aber der Überfall ist so bestürzend, und die Soldaten auf ihren Pferden sind so ruhig! Sie sind ganz normal, gar nicht in dieser lustigen oder düster aufgeregten Stimmung, die ein Mensch haben muß, der auf dem Weg ist, einen andern umzubringen …

Erst beim Weitergehen wird mir kalt, als verlöre ich mein Blut, ich habe das Gefühl, daß ich nach Hause gehen muß, zu meinen Angehörigen, sehen, was vorgeht. Aber die milde Sonne und das Grün des Frühlings haben diese noch ungefähren Ängste schnell vertrieben.

Beim Einbiegen in eine leere Straße sehe ich auf dem Bürgersteig gegenüber einen mir bekannten Lehrer mit seiner Frau und seinem Kind flüchten. Ich sage »flüchten«, das ist nicht ganz richtig, aber man sieht, daß sie es sehr eilig haben, die Kleine wird an der Hand mitgeschleppt, und sie folgt ihnen nur mit Mühe; beim Fliehen drücken sie sich an die Wände, und an ihren Händen hängen kleine, schlecht verschnürte Bündel.

Dennoch lächle ich, als ich das sehe, und dann spüre ich wieder eine Kälte wie eben, eine Unruhe; ich beschleunige den Schritt, ich drehe mich rasch um, als hätte ich jemanden hinter mir. Die Straße ist sehr sauber, ganz im grünen Schatten der Bäume, und ganz leer.

Wenn man von Pogromen liest, dann stellt man sich immer vor, daß das Totschlagen, die Diebstähle und die Vergewaltigungen, die damit verbunden sind, mitten in dem Lärm zersplitternder Fensterscheiben, gewaltsam aufgebrochener Türen und vor allem unter den Schreien der Opfer vor sich gehen. Man denkt nicht daran, daß die Pogrome immer psychologisch vorbereitet sind und daß Menschen getötet werden, die vor Furcht stumm sind. Das vollzieht sich wie im Stummfilm.

Hinter mir ist die Straße leer, sie ist die nächsten hundert Schritte vor mir leer. Aber an einer Kreuzung bemerke ich eine Gruppe Soldaten in einer merkwürdigen Haltung, vor einem neuen Haus. Bei näherem Hinsehen erkenne ich, daß sie mit Gewehren auf die Fenster im ersten Stockwerk schießen. Da erst höre ich das trockene Knattern, wie brennendes Stroh, ich vernehme die zarten Töne brechender Scheiben. Ein Stück weiter umringen Männer in Uniform einen Mann in Zivil; ihm werden die Arme umgedreht: das ist eindeutig; ich sehe von weitem, daß er den Mund offen hat, aber kein Schrei dringt zu mir. Dann fällt der Mann, die Soldaten wenden sich langsam wieder dem belagerten Haus zu, außer einem, der sich über den gefallenen Mann beugt.

Ich kehre auf dem Absatz um. Auf der anderen Seite, am andern Ende der Straße, sehe ich eine andere Gruppe geschäftiger Soldaten, die aber friedlich wirken, in einen Hof hineingehen. Ich kenne da ein Haus mit zwei Ausgängen. Ich trete ein. Alles ist ruhig, aber von einer toten Ruhe; alle Läden sind geschlossen und, ich weiß nicht warum, ich errate die Menschen dahinter, die spähen. Ich ziehe meinen Hut in die Stirn. Beim Hinausgehen bemerke ich Schatten, die lautlos weggleiten.

Im Torweg des Hauses stoße ich auf einen Mann in Schwarz, der auf der Erde liegt. Er trägt keinen Hut und ist barfuß. Er ist tot. Ein runder brauner Fleck auf der Mitte der Stirn. Alle Türen und Fenster der Wohnung im Parterre, in der meine Familie wohnt, stehen offen. »Meine Leute mögen frische Luft«, sage ich mir ohne Überzeugung. Drinnen sehe ich, daß es hier schon vorbei ist. Obwohl die Möbel fehlen, sind die Zimmer voll von durcheinandergeworfenen zertrümmerten Sachen.

Panisch durchlaufe ich die Zimmer und suche nach meiner Familie. Tot? Lebendig? Niemand ist da. Einen Augenblick später bin ich im Hof, alle Türen sind geschlossen, die Fenster sind zu. Plötzlich höre ich ein Flüstern. Ein Flüstern ganz nahe an meinem Ohr. Und eine schwere Tür, zehn Schritte vor mir, öffnet sich einen Spaltbreit. Ich werde gerufen.

Ich war noch nie in der Wohnung dieser jüdischen Nachbarn, zwei alte Mädchen und ihr Neffe, ein buckliger kleiner Junge. Es ist eine kleine Wohnung, in die man ein paar Stufen hinuntergeht, eine Kellerwohnung. Es dauert ein bißchen, bis ich sehe, daß es meine Mutter ist, die mich am Ärmel zieht. In dem Halbdunkel sind viele Menschen, Frauen, Kinder, Männer; sie sitzen alle aufrecht da, als warteten sie.

Die beiden alten Mädchen vergessen nicht ihre Gastgeberpflichten. Sie allein sprechen, sie allein geben Auskunft. Sie sind es, die mir auf einem löchrigen Sofa einen Platz anweisen und die mir etwas zu essen anbieten. Sie bemühen sich auch um eine dicke Frau in einem anderen kleinen Zimmer, weiter hinten, die immer wieder in Ohnmacht fällt. Sie benetzen ihr die Schläfen, und ihre über ihren dicken Busen gespannte Bluse ist ganz naß. Sie ist nicht bleich, ihr Kopf ist zum Zerspringen rot. Sie ist über einem niedrigen Bett halb zusammengebrochen. Und ihr Sohn, ein sehr magerer Junge mit sehr schwarzen Augen und gelblicher Haut, liegt in dem Bett, ganz angekleidet, zugedeckt mit mehreren Decken und mit seinem Mantel; von Zeit zu Zeit stützt er sich ein wenig auf seinen Ellbogen auf, starrt auf die Tür und fällt wieder zurück. Er hat Angst.

Meine Mutter ist wie versteinert; ihre dünnen Lippen sind zusammengekniffen, man sieht nur einen violetten Strich. Meine Schwester hat rote Augen. Alle sehen verstohlen auf uns drei. Ich verstehe, warum: Mein Vater ist vorhin irgendwo auf der Straße umgebracht worden.

Da fange ich an zu denken, schnell, schnell, zu schnell sogar. Meine Mutter sieht mich ganz starr an, mit ihren sehr groß und sehr kalt gewordenen Augen. Sicher gibt es äußere Zeichen meiner Gedanken, die zu schnell gehen. Meine Mutter nimmt meine Hand. Meine Schwester kommt heran, sie preßt meine andere Hand.

Wir sprechen nicht mehr miteinander. Wir horchen auf die Geräusche außen, die nicht kommen. Statt dessen hört man jede behutsame Bewegung der Juden, die hier sind. Ein Gedanke bleibt im Raum, jeder antwortet darauf, aber innerlich. Es heißt zum Beispiel, daß »sie« die Alten und die Kinder nicht anrühren. Dann ein anderer Gedanke, ein Plakat, das von »ihrem« Anführer an einer Wand angeschlagen wurde: »Die ganze Rasse muß ausgerottet werden, selbst die Kinder, die nur ein paar Monate alt sind.« Stunden vergehen. Jemand ermuntert jemanden zu essen. Der kleine Junge im Bett zittert wieder; es findet sich noch ein Kleidungsstück mehr, um ihn zuzudecken. Bei jedem solchen Vorgang reckt man die Glieder ein wenig, erhebt sich, ändert die Stellung.

Ich stehe auf. Meine Mutter und meine Schwester erheben sich auch. Dann gehe ich an das Fenster, das zur Straße geht. Meine Mutter und meine Schwester setzen sich wieder. Ich finde einen Spalt im Fensterladen, durch den ich ein Stück der Straße sehe. Sie ist noch immer vollkommen menschenleer. Immer noch die kühlen Schatten der Bäume. Auf der anderen Straßenseite kommt ein Mann vorbei; er beugt sich unter dem Gewicht eines ungeheuren Sacks. Ich registriere jede Bewegung, ich merke ihn mir sorgfältig für meine Erinnerung. Ich betrachte den Sonnenschein, der sich über den Bürgersteig breitet, das filigrane Schattenspiel der Blätter, die Eidechsen an der Mauer gegenüber. Ich hätte lieber diese andere Ruhe um mich, auch unter Lebensgefahr, aber das geht nicht. Am schlimmsten ist es, zu versuchen, meiner Mutter etwas zu erklären, ein Wort zu sagen. Die andern wagen sich ab und zu schon wieder vor; sie gehen hinaus. Nicht für lange. Es wird nicht davon gesprochen: Einer von ihnen ist nicht zurückgekommen. Ein anderer kommt mit einer christlichen Frau zurück. Sie beruhigt uns. Sie ist eine Freundin. Sie hat ein Bündel unterm Arm, es ist hastig gepackt, und ich erkenne darin einen gestickten Schal meiner Mutter.

Es klopft an der Tür; einige zucken zusammen, andere bleiben reglos. Die christliche Frau öffnet. Ein Mädchen kommt herein; sie trägt ein Köfferchen in der Hand; ich erkenne sie trotz ihrer Blässe und trotz ihrer Züge, die hart geworden sind, hart. Ihre Mutter ist hier, rechts in der Ecke. Ihr Sohn wurde gestern umgebracht; die

Mutter will es erzählen; sie weint lautlos, aber das Mädchen weiß es schon, sie weiß vieles. Mit kalter Stimme sagt sie: »Jankel ist getötet worden, macht nichts.« Und sie wiederholt noch: »Das macht nichts. Es ist besser so.« Sie setzt sich links hin, steif, ohne sich ihrer Mutter zu nähern.

Alle wissen, daß sie von einer Reise zurückkommt; wir wissen auch, daß seit einigen Tagen die Juden zu den Türen der fahrenden Züge hinausgeworfen werden, nachdem sie unvorstellbare Martern, Vergewaltigungen, Beleidigungen erlitten haben. Denkt euch aus, was ihr geschehen sein mag, daß sie die grauenhafte Ermordung ihres Bruders bedeutungslos oder die bessere Lösung findet. Stellt es euch vor, ich, ich weiß nicht. Sie ist noch am selben Abend erschlagen worden.

Einen Augenblick atmen wir freier: Wir denken an sie, an ihre Mutter, die lautlos weint, weil sie weiß, daß man nicht weinen darf, weil man diese Tränen niemals zum Aufhören bringen könnte, weil sie einem das Herz zerreißen. Man hat Furcht, hier zu weinen, denn Weinen bedeutet, sich von einer hohen, von einer riesigen Klippe hinabzustürzen und dabei die *ganze Welt mit sich zu reißen,* es bedeutet, eine Ewigkeit lang bis ans Ende nach unten zu rollen, auf Steinen, die wie Messer schneiden, während das Herz trotz des geschundenen Körpers noch weiter und weiter weinen wird.

Die christliche Frau war hinausgegangen und kommt jetzt zurück. Die Nachbarin oben, auch eine Christin, hat Heiligenbilder an ihre Tür geklebt und ist bereit, die Jugendlichen und die Kinder bei sich zu verstecken. Immer noch zitternd springt der erste zur Tür: der Junge aus dem Bett. Die Kinder folgen ihm, einige junge Frauen auch. Meine Mutter stößt mich an: »Geh du auch.« Ich rühre mich nicht. Da gräbt sie ihre Finger in ihre grauen Haare, ohne einen Schrei reißt sie sich graue Strähnen aus. Ich verdrehe ihr die Hände, ohne zu bedenken, daß ich ihr wehtue. Ich gehe hinaus. Ich steige die Eisentreppe hinauf, ich trete zu der Tür, ohne anzuklopfen, und steige wieder hinunter. Langsam gehe ich auf die kleine Hoftür zu, ich komme an den Toiletten vorbei: Ein alter Jude mit weißem Bart drückt sich, auf dem Sitz stehend, an die Wand. Ich gehe auf die Straße hinaus. Kein Mensch, aber bei einem benachbarten Häuserblock sind Karren, Bauern. Sie sind aus den Dörfern der Umgebung gekommen. Ruhig und systematisch laden sie Spiegelschränke und Klaviere auf ihre Wagen; mit dem Jackenzipfel wischen sie das verspritzte Blut weg und legen sorgfältig Stroh zwischen die Möbel, um den Lack nicht zu beschädigen. Sie machen es langsam. Sie haben Zeit.

Ich komme an ihnen vorbei, ohne bemerkt zu werden. Die Straßen sind verlassen. Irgendwo in der Ferne hört man das Knattern eines Gewehrs. Ich schaue nach Sachen, die die Plünderer verloren haben. Nichts. Saubere Arbeit. Ich begegne einem Hund an einer Straßenecke. Er rührt sich nicht. Er weiß nicht mehr, was er machen soll: Sein Herr ist tot oder geflüchtet.

Kein einziger Gegenstand auf der Straße. Doch, vor einem Hof ein Hut. Darin sind Haare, die an einer klebrigen Masse haften. Das Tor zum Hof steht offen. Er ist voll zerfetzter Männer und Frauen. Man hat sie mit Handgranaten getötet.

Ich setze meinen Weg fort. Ich habe keine Angst mehr, ich begegne Soldaten; sie achten nicht auf mich. Ich bin gleichgültig, die Schnürsenkel meiner Schuhe haben sich gelöst, aber ich habe sie nicht wieder zugebunden, dabei stören sie mich beim Gehen. Unwillkürlich bin ich vor einem kleinen Haus stehengeblieben, in dem Freunde wohnen, die ich oft besucht habe. Ich bin wahrscheinlich stehengeblieben, weil ich ein Jammern gehört habe, vielleicht auch, weil ich auf einen Haufen Möbel und anderer Gegenstände gestoßen bin. Es sieht aus, als wäre dieses kleine Haus, um seinen armseligen Inhalt herauszuholen, ausgekippt worden wie ein Mülleimer. Und auf diesem Haufen liegt ein kleines Mädchen; das Kind ist plattgedrückt, von etwas Schwerem zerquetscht, man ist wohl darüber hinwegmarschiert. Es hat einen rechteckigen Abdruck auf seinem armen zerdrückten Gesicht. Eine alte christliche Frau faltet die Hände, sie weint und klagt vor diesem kleinen jüdischen Leichnam. Sie ist eine einfache Frau, die hier im Viertel als Haushilfe gearbeitet hat. Sie ist arm und schlicht und kann weder lesen noch schreiben, und sie kann nicht verstehen, was das ist, »Rasse«, »Nationalismus«

und so weiter. Sie ist hergekommen, das ist möglich, um in dem Haufen etwas für sich herauszusuchen, und hat das Kind gefunden. Sie weint und erzählt der kleinen Toten irgend etwas, sie ringt die Hände. Ich gehe weiter.

»Halt!«

Vor der Mauer, die einen kleinen Garten umgibt, stehen wir, mehrere Menschen, in einer Reihe. Vor uns eine Gruppe von Matrosen und Soldaten, die schießen. Sie schießen ohne Ziel, einfach so. Die Juden, die fallen, kenne ich nicht. Aber ich meine diese Leute gesehen zu haben, die nichts Grausames an sich haben und die auf uns schießen. Ich falle nicht, das merke ich sehr wohl. Plötzlich, als käme es von hinter mir, ein Flüstern.

»Ein reicher Itzig, Averbach.«

Und ein Finger zeigt *seitlich irgendwohin.* Ich habe nicht vor, mich zu rühren. Aber außer den Toten sind alle weg. Mit einem Schritt über einen Leichnam hinweg gehe auch ich.

Ich fühle mich leichter. Ich habe nicht mehr dieses Gefühl wie vorhin, erdrückt zu werden, gepreßt zu werden von etwas, das mich unweigerlich vernichten muß, wenn ich nicht widerstehe, wenn es mir nicht gelingt, mein Gleichgewicht zu halten. Ich habe sogar Hunger. Ich kehre dorthin zurück, wo sich meine Familie versteckt.

Aber auch hier ist alles verändert. Sie reden, sie essen: Es ist die Nachricht eingetroffen, daß das Pogrom aufhören soll. Es war sogar ein Kanonenschuß zu hören, das Schlußsignal.

Plötzlich hastige Schritte draußen auf der Eisentreppe. Leute laufen hinunter. Dann schwere Schritte, Flüche gellen, Rufe: »Juden!«, Gewehrschüsse. Dasselbe im Hof und auf der Straße. Oben bei der Christin sind die Kinder entdeckt worden. Der Knabe, der gezittert hat, ist bestimmt tot: Er liegt mit ausgestreckten Beinen mitten auf der Straße. Und die andern? Die andern Kinder? Ihre Eltern sind hier.

Gibt es Grenzen für die Angst? Gibt es ein Ding, das der Mensch nicht imstande ist zu ertragen? In jedem tobt jetzt der Verzweiflungskampf, eine furchtbare Gewalt, die einen zerreißt und durch und durch martert. Man fühlt sich gefangen im eigenen Leib, der einen stört, der zittert, der Furcht hat, daß ihm schlecht wird. Und jeder ist für sich, jeden stört und quält die Gegenwart der andern, die dasselbe erleiden. Wohin fortlaufen? Wo sich verstecken? Die Augen suchen, suchen alles ab, weichen den andern Augen aus. Sich fortschleichen. Sich verstecken. Nicht hören. Nicht sehen.

Mit einem Krachen geht die Tür auf. Das Schloß ist mir vor die Füße gefallen. Bewaffnete Männer treten ein, wir machen ihnen Platz, wir weichen zurück, noch weiter zurückweichen kann man nicht.

Der Anführer der Bande lächelt. Er will das Geld. »Alle Juden haben Geld.« Sie drohen uns mit Handgranaten, und das wäre in der Tat sehr einfach; es gibt nur eine einzige Tür. Mit großer Hast geben alle her, was sie bei sich haben, so gering sein Wert sein mag: Ringe, Ohrringe, Uhren; manche ziehen ihre Schuhe aus. Einer aus der Bande verlangt das. Meine Mutter und meine Schwester wollen mich hinter ihren mageren Körpern verstecken. »Bringt uns miteinander um.« Ich trete vor und reiche meine Brieftasche hin, die leer ist. Angesichts der Mörder aus Fleisch und Blut bin ich wieder ruhiger geworden. Ich versichere ihnen, daß die Brieftasche aus gutem Leder ist. Meine Mutter geht zur Tür, sie wendet sich an einen bewaffneten Mann, der sein Gesicht wegdreht, sie nennt ihn beim Namen, sie fleht ihn an:

»Du weißt doch, daß wir nicht reich sind. Du kennst mich doch gut, du weißt, daß mein Sohn und mein Mann schon tot sind, daß unser kleines Haus verbrannt ist, du weißt, daß wir es mit unseren eigenen Händen gebaut haben.«

Sie faßt ihn am Ärmel. Er reißt sich los und macht einen Schritt zurück. Meine Mutter folgt ihm.

»Du weißt, daß mir nur noch mein Sohn und meine Tochter bleiben. Hab doch Mitleid, laß sie mir! Sei gut!«

Der Milizsoldat, er ist nämlich einer, hebt seine freie Hand (in der anderen hält er ein Gewehr), um sie wegzustoßen. Sein Gesicht ist mager. Er kneift die Augen zu, seine Lippen zittern; er senkt seine Hand und drückt damit sein Gewehr an sich und schreit:

»Du ekelst mich an. Hörst du, Alte, du ekelst mich an. Sei still, sei still, sag ich dir!«

Aber er wird von einer Frau beiseite gestoßen, die von draußen beinahe hereinfällt. Groß, wohlgenährt, mit aufgelöstem Haar, streckt sie ihre nackten Arme über die Köpfe und schreit:

»Hauptmann, Hauptmann, Sie haben meinem Vater das Leben versprochen! Die wollen meinen Vater umbringen, retten Sie ihn, ich gebe euch viel, viel Geld. Hier.«

Und sie öffnet ihre Hand, und die Banknoten flattern überall hin, auf den Boden, über die Leute.

»Ich werde euch noch mehr geben, kommt schnell, alle, ihr alle, kommt alle zu mir!«

Sie zieht die Matrosen und den Anführer mit sich. Die fassen sich unter, und sie, beinah froh, ruft uns zu:

»Und ihr auch, kommt alle, kommt!«

Ein paar von uns folgen ihr. Man folgt dem Leben, der Bewegung, man folgt vielleicht dem Tod, lieber dem Tod folgen, ihm entgegengehen, als von ihm verfolgt werden.

Dem alten Vater ist es schon gelungen, sein Leben freizukaufen. Die andere Bande ist bereits fort. Die Retter ziehen auch ab.

Doch wir Juden, wir bleiben.

Die junge Frau bringt etwas zu essen. Niemand hat Lust darauf. Aber sie befiehlt uns: »Eßt!« Und wir essen. Wir sind es zufrieden, ihr zu gehorchen. Wir antworten ihr. Sie fragt nach allem. Sie geht die anderen holen. Die anderen, außer den alten Mädchen, kommen. Sie gibt ihnen zu essen und fragt sie aus. Allmählich kommt eine Unterhaltung zustande, und die ganze Versammlung teilt sich in zwei Parteien. Die eine bleibt verzagt, überrumpelt, hört und sagt nichts, die andere wird redselig. Aber gesprächig sind nicht viele: unsere Gastgeberin und eine Alte, eine ganz winzige, ganz runzlige. Sie spricht schnell. Die anderen beantworten die Fragen, versuchen aber nicht zu vergessen. Außerdem geht das gar nicht. Im Angesicht des Todes, der vielleicht noch an der Tür steht, versucht jeder aus eigener Kraft zu vergessen, und das einzige, was er will, ist, in Ruhe gelassen zu werden. Die dicke Jüdin, die eben ihren Sohn verloren hat, wiegt sich die ganze Zeit hin und her, die Augen gesenkt, ihre langen Wimpern werfen schwarzen Schatten; es sieht aus, als schlafe sie. Als die Gastgeberin, deren Art zu vergessen offenbar Bewegung ist, auf sie zugeht, fährt sie zusammen. Sie hat Angst, als die andere sie nach ihrem Sohn fragt, und die alte Schwätzerin antwortet für sie.

»Gehen Sie ihn doch holen, vielleicht ist er nur verletzt ... Sie sind die Mutter, niemand wird Sie anrühren ...«

Aber die dicke Frau klammert sich an ihren Sitz, sie vergräbt sich darin, sie wendet erschrocken das Gesicht ab, sie sucht mit ihren Augen Hilfe, als wollte man sie von ihrem Platz wegreißen, sie vertreiben. Sie senkt den Kopf und flüstert:

»Nein, nein ...«

Und ihr Mund klappt schrecklich auf, ihr Hals legt sich in Falten, ihre Augen werden feucht, die Augen eines entsetzten Kindes:

»Nein, nein ...«

Darauf geht unsere Wirtin in ein anderes Zimmer, einige von uns folgen ihr; mit sehr viel Vorsicht öffnet sie einen Fensterladen. Auf der Straße, beinah an der Straßenecke, liegt der arme Junge. Er ist fast nackt, man hat alles von ihm weggenommen. Irgendeine barmherzige Seele hat ihn bis zu den Knien mit einem alten Sack bedeckt.

»Nichts mehr zu machen, die Hunde streichen schon um ihn herum«, sagt die Wirtin und schiebt uns vom Fenster weg.

Und wieder herrscht entsetzliche Stille. Das Rätsel bleibt: Ist es vorbei? Und wieder ist jeder allein mit seinem Leid, das er nicht los wird, das immer wiederkehrt. Jeder ist allein. Zwei kleine Jungen drücken sich aneinander, man hat sie vergessen. Sie sind nicht Brüder, das ist bekannt. Ihre Väter sind da, auch das weiß ich, aber über Stunden habe ich ihre Anwesenheit nicht einmal gespürt. Diese beiden Knaben sind untrennbar, sie wollen nichts, sie suchen niemanden. Sie sitzen und halten sich fest, die Augen weit offen. Plötzlich sagt einer von ihnen laut:

»Der Himmel ist ganz rot.«

Und von seinem Platz aus zeigt er mit seinem kleinen Finger auf eine schmale Öffnung oben in einem Fenster. Der Himmel ist wirklich sehr rot. Diese Ablenkung interessiert alle Anwesenden, man blickt durch alle Spalten, vorsichtig wird das Fenster aufgemacht.

Am Ende des Häuserblocks ein Brand. Weil die andere Häuserzeile schräg steht, sieht man gut, was passiert ist. Das Lager eines jüdischen Spediteurs brennt. Der brennende Holzzaun formt einen Kreis aus Flammen. Das Dach brennt auch. Die Pferde stehen grünschwarz und mit gereckten Hälsen eng beieinander; sie rühren sich nicht. Bald tauchen Leute auf. Soldaten, dieselben, die unseren Tod wollten, setzen ihr Leben aufs Spiel und springen über den Flammenkreis. Es gelingt ihnen, die Pferde beim Zaum zu packen, aber keine Kraft bringt die Pferde dazu, den Feuerwall zu überspringen.

Kapitel II
Der Bürgerkrieg

Ist es vorbei? Bei Dunkelheit suchen die Juden die Leichname der Ihren, begraben sie in Massengräbern: unter diesen Toten dreihundert junge Juden, die den konterrevolutionären Feind mit der Waffe in der Hand aufhalten wollten und die am Stadtrand getötet wurden. Sie tun es heimlich. Bei Tag und bei Nacht sind die Straßen menschenleer. Drei Tage später hören wir den Schritt von Soldaten, wir sehen Soldaten in geordneten Reihen vorbeiziehen. Sie brechen keine Türen auf. Sie klopfen leicht an, sie beugen sich über die Luken der Keller:

»Kommt heraus, habt keine Angst. Wir sind Rote, Kommunisten.«

Die neu Eingetroffenen haben auf ihren Mützen Bänder mit der Inschrift »Roter Schrecken«. Es sind Russen aus dem Norden, mit hellen Augen, magere und dunkle Juden, schwerfällige Ukrainer, friedfertige Chinesen.

Wir fangen an, wieder auszugehen. Man möchte etwas tun. Aber die Stadt ist tot; die Märkte sind verlassen, die Läden sind geschlossen; die Straße ist leer – es ist ein Zaudern. Von den dreißigtausend Juden der Stadt sind achttausend getötet und genauso viele schwer verletzt worden. Die Hunde heulen weiter den Tod an. Die umliegenden Dörfer werden von den Abteilungen des »Roten Schrekkens« durchsucht. Man hört das Knattern der Maschinengewehre. Es gibt kein Brot in der Stadt. In den Familien ist jeder Mund ein Mund zuviel.

Ich bin Sänger.

Ich singe jüdische Volkslieder. Das ist mein Beruf und mein Leben. Dem habe ich meine Jugend gewidmet, wie sie andere dem Vergnügen, der Politik oder der Karriere gewidmet haben. Mit Hingabe habe ich mich für das Lied des jüdischen Volkes eingesetzt. Das ist es, was ich liebe. Und zugleich ist es mein Broterwerb. Ich kann nichts anderes. Wer aber braucht jetzt Lieder? Wem kann ich hier nützlich sein, in dieser erstorbenen Stadt, die ihre Toten beweint? Achtundvierzig Stunden Eisenbahnfahrt von hier liegt eine große Stadt mit einem großen Hafen, mit vielen Juden, die nicht unter neuen Pogromen gelitten haben. Ich habe dort schon gesungen, man kennt mich dort. Ich kann dort mein Brot verdienen und meine Familie nachkommen lassen.

Meine Mutter, die seit sieben Tagen auf dem Fußboden sitzt, den Kopf auf ihre Knie gelegt, die es ablehnt zu essen, unbewegt und allem gegenüber gleichgültig, hebt erschrocken ihren Kopf, als ich ihr meinen Plan mitteile.

»Du wirst nicht fahren!«

Es stimmt, daß es gefährlich ist abzureisen. Die Mörderbanden, ihrerseits verfolgt von den Roten, tauchen in den Bahnhöfen auf, halten die Züge an, durchsuchen sie und schlachten die Juden ab. Es gelingt mir trotzdem, meine Mutter zu überzeugen. Ich fahre.

In meinem Abteil sitzt eine junge Frau aus unserer Stadt. Durch ein Wunder ist in ihrer Familie niemand getötet worden. Sie hat daran gedacht, Essensvorräte für die Reise mitzunehmen. Sie teilt sie mit mir. Dann unterhält sie sich mit mir, sie sorgt für mich. Das geht nach unserer Ankunft weiter. Aktiv, wie sie ist, findet sie für mich ein Zimmer in dieser großen Stadt, in der es kein Hotel mehr gibt. Sie kommt, um zu schauen, daß es mir an nichts fehlt. Sie hat mir ein zweites Hemd besorgt, zum Wechseln. Diese Frau wird meine Frau.

Die große rote Stadt braucht Künstler, trotz der Hungersnot. Sie braucht auch mich. Die Veranstaltungen vereinen ungeheure, aufmerksame Massen. Die Kunst zieht die unruhigen Blicke an, sie schließt die durstenden und hungernden Münder. Und es herrscht Durst. Das Wasserwerk ist von Kanonen zerstört worden, das Wasser wird aus einer Entfernung von drei oder vier Kilometern hergeholt. Es gibt kein Brot. Es gibt nichts. Der Bürgerkrieg dauert jetzt zwei Jahre. Die Wege, die Brücken sind zerstört, die Lokomotiven kaputt. Die Äcker liegen brach. Die Stadt ist sauber, sie ist leer. Die Mülleimer sind leer und sauber. Es wird nichts mehr hineingeworfen.

Es ist eine Trauer in mir, die mich nicht losläßt, vielmehr setzt sie sich fest in mir, sie verbirgt sich bei Tag, und ich singe. Gewiß, die lustigen Lieder gelingen mir nicht. Dabei weiß ich, daß die Leute, die mir zuhören, nicht traurig sein wollen, aber auch ein trauriges Lied, wenn es schön ist, macht nicht traurig, nein! Es gibt Kraft und Zuversicht.

Ich singe auf den Marktplätzen, auf eilig errichteten Bühnen, die manchmal unter meinem bißchen Gewicht zusammenbrechen. Ich mache weiter. Ich bin auf einem Lastwagen, zwischen zwei revolutionären Rednern. Ich singe in Kasernen, ich singe in Arbeiterklubs vor Zivilisten, die zwischen den Knien Gewehre halten; Arbeiter, die danach in die Schützengräben gehen, die in einer Nacht um die Stadt herum ausgehoben worden sind. Denn seit einigen Tagen sind die reichen deutschen Siedler, die ihre großen Landgüter rings um die Stadt haben, in Aufruhr und drohen, bearbeitet von den Emissären der Weißen, die Stadt mit den Arbeitern und den Juden, die darin sind, zu zerstören. Übrigens ist die Stadt schon seit einiger Zeit eine Insel, isoliert vom sowjetischen Machtbereich; sie ist von den weißen Armeen umringt, die bereits den ganzen Süden Rußlands besetzt haben. Die Menschen, die mir Beifall klatschen, gehen unter der Begleitung eines Militärorchesters in kleinen Gruppen fort, um bei der verzweifelten Verteidigung der Stadt zu sterben.

Es ist Sommer. Aber Ausgangssperre ist ab sechs Uhr. Ein Ring von Schützengräben, Leichen, entgleisten oder einfach mitten im Feld stehengebliebenen Zügen trennen die Stadt vom Rest der Welt.

Niemand weiß, wo der Feind ist, wer der Feind ist. Im ganzen Umkreis ist jeder Mensch, jedes Haus, jede Straße ein Rätsel. Aber für die, die noch hier bleiben, ist die Stadt vertraut und kameradschaftlich. Man geht nach Hause oder zu einem Freund, ganz gleich, wohin. Es herrscht ein solcher Mangel an Sicherheit; das Morgen ist so ungewiß, es gibt so wenig Hoffnung, und das dauert schon so lange, daß alle Menschen außerordentlich unbekümmert sind. Die körperlichen Schmerzen, die schrecklichen Erinnerungen, die dringenden Sorgen schlafen ein. Und das zum Erliegen gebrachte Leben, eine unmögliche Sache wie ein zum Stillstand gebrachter Planet, das Leben wächst, das Leben ist besser, die Liebe zum Leben ist machtvoll. Man bewundert es, aber niemand wird gemein sein, niemand hinterhältig, niemand wird sich etwas ausdenken, listig sein, um es zu bewahren. Niemand weiß, ob es ein Morgen gibt, und man liebt es mehr als je.

Ausgangssperre ist um sechs Uhr. Aber um Mitternacht ist noch niemand zu Bett. Man bleibt nicht allein. Man sucht Gesellschaft. Nicht um die Zukunft zu erörtern oder der Vergangenheit nachzutrauern oder um einen Weg aus den Gefahren der Gegenwart zu finden. Man will mit den andern bleiben, um zu sprechen, um zu schweigen, um still zu lachen, um zusammenzusein mit anderen, die leben, um Augen, Münder, die Gesten des Lebens zu sehen.

Darum ist das linkische »Lebewohl« Mitias, der jetzt an der Reihe ist, diese Stadt verteidigen zu gehen, die man nicht mehr verteidigen kann, weil sich fünf Kilometer hinter der Armee der satten Deutschen ein weiterer Ring schließt, der der Weißen Armee, unterstützt, ausgerüstet, wohlgenährt und gut bewaffnet von den Alliierten, darum ist das »Lebewohl« Mitias so schüchtern. Er will dieses »Lebewohl« richtigstellen, das niemand begreift, und ich verstehe gut den Satz, mit dem er sein »Lebewohl« verbessern will! Er sagt diesen Satz langsam.

»Wie schön es sein muß, sein Leben zu lassen.«

Es ist Sommer, erfüllt vom verschwenderischen Licht der Sonne. Das Meer ist nicht weit, ein paar Häuserblocks nur. Man hört es, lauwarm und tief. Die Fenster zum Hof stehen offen, neben anderen geöffneten Fenstern mit unbekannten Menschen, die genauso melancholisch heiter sind, genauso lässig, und die unsere Unterhaltung mithören, Antworten geben, sie fortsetzen, und die uns morgen auf der Straße nicht werden erkennen können. Das Leben kann morgen zu Ende sein, sehr rasch, aber die Ausgangssperre gilt ab sechs Uhr abends, und die Zeit bis zum kühlen blauen Morgen dauert länger als das Leben. Länger, weil wir uns keine Gedanken machen und uns auf nichts vorbereiten. Es ist zu spät, um über unser eigenes Leben nachzudenken, um uns Sorgen zu machen, um Angst zu haben. Wir leben in ruhevoller Bewunderung. Man sieht auf das Leben, wie man von einem Hügel einen großen Fluß betrachtet, der in der Tiefe unter der Sonne dahinfließt, in majestätischen Windungen, schimmernd und kalt. Was haben wir mit ihm zu schaffen, was gäbe es für eine andere Beziehung, als ihm endlos zuzusehen?

Jeder trägt eine einzigartige und ruhige Würde in sich. Es besteht keine Versuchung zur Eifersucht, kein Bedürfnis, zu betrügen oder sich zu rühmen, weil wir nicht auf uns achten, weil wir uns vergessen, uns nicht um uns selbst kümmern. Wir betrachten das Leben, das da ist, vor unseren Augen und prachtvoll.

Am Morgen spazieren wir über die breiten sonnigen Straßen, auf denen so wenig los ist. Wir streifen umher, es braucht Stunden, bis man einen Passanten findet, der raucht, um an seiner Zigarette den Stummel anzuzünden, der von gestern abend übrig ist. Die Leute gehen herum, bleiben stehen, setzen sich auf eine Bank, versammeln sich vor einem leeren Schaufenster. Eine Ansammlung umringt eine Händlerin, die Wassermelonen verkauft; die Früchte werden betrachtet, in den Händen gewogen. Es wird nach dem Preis gefragt. Auf die Antwort hin gibt es ein Lächeln, weil niemand die Absicht hat zu kaufen, da niemand die Millionen besitzt, die die junge Händlerin für die Wassermelonen verlangt. Wir gehen fort. Aber die Händlerin ruft uns zurück.

»Nehmen Sie eine! Sie bezahlen sie ein andermal.«

Dann fragt sie nach Nachrichten.

Wir gehen los, um zu lesen, was in riesigen Buchstaben auf die Fassade des »Politbureau« aufgemalt ist.

»Die weißen Kanaillen haben Kiew genommen, haben Charkow genommen. Das Proletariat unserer roten Stadt muß durchhalten ...«

Die Jungen halten durch, sie sind überall. Sie gehen in die Schützengräben oder warten in der Stadt, bis die Reihe an sie kommt. Im Zentrum der Stadt sieht man weder Greise noch alte Frauen. Die, die man sieht, halb versteckt in einem Torweg oder im Winkel eines Treppenhauses, zittern, weil sie an ihrem Leben hängen. Sie möchten essen. Und es gibt sehr wenig zu essen. Sie belauern unsere ungeniert gute Gesundheit.

Die alten Männer und Frauen haben allerlei zu verkaufen, altes Porzellan von sentimentalem Wert, alte ernste oder frivole Bücher in von Würmern zerfressenen Einbänden, Kleider aus guten Stoffen, die aus verriegelten Kisten ans Tageslicht gekommen sind. Vor wenigen Wochen konnte man das noch verkaufen. Heute braucht diese hübschen Gegenstände niemand mehr, das Leben ist schöner. Selbst wer hübsche Sachen liebt, hat kein Bedürfnis mehr danach. Wer ein Zimmer verläßt, um in ein anderes zu gehen, läßt die Koffer, die Bücher und die Wäsche zurück! Es wäre unsinnig, sich in diesem klaren und hellen Leben mit Gegenständen zu belasten. Ein zerrissenes Hemd bleibt in Fetzen. Was einen stört, zieht man aus und wirft es fort. Nackt fühlt die Brust sich wohl. Die Frauen tragen keine Strümpfe mehr. Die bloße Haut erregt bei niemandem Anstoß. Man sucht nicht mehr wie früher gierig den Körper. Man begehrt nicht mit Zittern und Keuchen. Es wird nicht vergewaltigt, es wird nicht angefleht, keiner bittet um das Mitleid der Frauen. Die Hauptsache ist, zu sehen, zu hören. Friedlich sprechen und frei lachen.

Die Männer haben Frauen, die Frauen haben Männer, aber die Begegnungen sind zufällig, ohne Wahl, ohne »Leidenschaft«.

»Gleich ist Ausgangssperre. Wohin gehst du, Sonia?«

»Zu Peter.«

»Du kommst da bestimmt nicht mehr rechtzeitig hin. Komm zu mir. Ich bin allein, und ich habe ein großes Bett. Ich habe auch ein bißchen Quark.«

»Und ich habe ein Stück Brot in der Tasche.«

Hier, in dem stillen Zimmer, kommt man sich näher, umschlingt einander. Ein glühender Augenblick, ein leidenschaftliches Wort, und die störende Schranke zwischen Mann und Frau ist gebrochen. Es gibt keinen Kampf, keinen Widerstand, keine Gier. Es wird eine schlaflose Nacht.

Nach dieser Verbrüderung bleibt man Liebhaber, nicht einer des andern und unbeständig, sondern des Lebens, zwei Liebhaber des Lebens, seiner Mannigfaltigkeit, seiner Ewigkeit. Man verbringt eine schlaflose Nacht, unendlich im unermüdlichen Austausch, in der Erinnerung an das Leichte, Klare, Helle.

Dann, eines Tages, ändert sich alles. In einem Augenblick. Die »Weißen« sind ganz nah, unten am Ufer der Bucht, zwei Kilometer entfernt.

Durch die Stadt marschieren die Roten, die abziehen. Man erkennt sie an den Gurten der Maschinengewehre, die ihnen die Brust einschnüren, an den Gewehren, um die sie ihre Hände pressen, an den Handgranaten, die sie an den Gürteln tragen. Vor sich her treiben sie eine Menge von Bürgern in Lumpen, von Offizieren in Uniform, von Soldaten: die Geiseln, die sich mit den Kindern und Frauen, den Familien der Kommunisten vermengen. Sie wollen versuchen, sich über Hunderte feindlich besetzter Kilometer durchzuschlagen, um zu den anderen Roten zu stoßen.

Während sie zum Norden der Stadt hinausziehen, ziehen im Süden die Weißen ein, junge Offiziere, Söhne von Reichen, unter dem Kommando von Offizieren in weißen Uniformen mit goldstrotzenden Schulterstücken.

Die Reichen der Stadt, die sich bis jetzt verborgen hatten, ziehen sich fein an, knöpfen ihre Kragen zu und finden sogar Blumen, die sie den siegreichen Befreiern bringen!

Die Weißen richten sich ein. Sie kratzen die riesigen Inschriften ab. Sie säubern die Stadt. Sie fangen mit den Arbeitern und den Juden an. Die Arbeiter werden öffentlich gehängt, man läßt sie am Galgen hängen und, leicht geworden durch Verwesung, in der Brise pendeln, die vom Hafen heraufkommt. Man tötet die Juden, wie sich's trifft, aus Spaß oder weil sie einen Namen tragen, den sich berühmte Kommunisten als Pseudonym ausgesucht haben: Trotzki, Sinowjew ... Die Weißen kommen, um frühere Zustände wieder einzuführen. Sie setzen die Junker in ihre Güter ein, die Fabrikanten in ihre Fabriken; sie verkaufen dem Volk Wodka und lassen für sich selbst Wein aus dem Ausland kommen; sie stellen den Überfluß, die Macht, das Geld wieder her, sie werfen mit diesem Geld um sich, sie essen und trinken viel, sie erfüllen das Zentrum der Stadt und meiden die düsteren Vorstädte.

Ich finde keine Arbeit mehr. Die Weißen, die siegreiche und feierfreudige bürgerliche Gesellschaft hat keinen Bedarf an jüdischen Künstlern. Die Bäckerläden sind voll von Weißbrot und Kuchen, aber der Kampf ums Brot ist härter, erniedrigender denn je. Ich suche Arbeit in der Atmosphäre eines Lebens im Überfluß, in der Brutalität üppiger Gelage, in der Verachtung für Arme, in der Vermessenheit gegenüber allem, was durch seine soziale Stellung verdächtig ist.

Es ist nicht erlaubt, schlecht gekleidet zu sein, keine feste Wohnung zu haben, die man bezahlt. Ich wohne mit meiner Frau in ihrem fensterlosen Zimmer, dessen Tür verglast ist und sich zur großen Küche öffnet. Meine Frau ist Köchin bei rumänischen Bankiers geworden. So haben wir Essen und Wohnung für uns beide. Die rumänischen Bankiers sind liebenswürdig, verdienen ungeheuer viel Geld und kommen in die Küche, um sich dessen zu rühmen. Ihre Wechselstube ist überfüllt, wie die Wechselstuben der Bankiers aller Volksgruppen, die zurückgekommen sind. Sie sind nett, zufrieden, daß »alles wieder wie früher ist«. Und die Weißen wollen tatsächlich nur die alten Zustände wiederherstellen.

Sie schaffen nichts Neues. Sie nageln keine Triumphbögen aus Karton und Holz zusammen, sie veranstalten keine großen Inszenierungen alter Dichter auf den Boulevards über dem Meer ... Sie beschäftigen nicht alle Künstler, wie es die Roten taten; die Weißen brauchen mich nicht. Niemand braucht mich hier.

»Wenn man wegfahren könnte ...«

Dieser Gedanke geht mir durch den Kopf, dann wiederhole ich

mir den Satz, ich denke daran, müßig wie ich bin in dem Zimmer neben der Küche. Es wird zu einer fixen Idee. Man muß weg hier. Wegfahren, zum Wohl meiner Verwandten, meiner Frau, wegfahren um meiner selbst willen. Ins Ausland. Der Hafen ist voll von Schiffen. Die Gelegenheit bietet sich, dank den liebenswürdigen Bankiers. Es muß sich nur eine Köchin für sie finden, die ebensogut kocht und so ehrlich ist wie meine Frau. Auf dem Schiff wird es Arbeit für mich geben, für meine Frau auch. Das Schiff wird viele Länder ansteuern. Vierundzwanzig Stunden weit weg von Odessa werden wir im Hochsommer sein, man wird ohne Jacke sein können. Ich glaube nicht an die große, an diese ungeheure Möglichkeit bis zu dem Augenblick, in dem wir unter dem Herbsthimmel, an dem die nassen Fetzen der Wolken hängen, und unter dem dünnen schnellen Regen, der wie Nadeln in den eisigen Schlamm sticht, eine Erschütterung verspüren, ein Wirbeln von Ketten, von Rädern und von Hebeln. Dazu heulen die Sirenen über das bleierne Meer. Wir fahren los.

Kapitel III
Auf der Suche nach meiner Familie

Ohne Visum für irgendein Land sind wir entschlossen, im erstmöglichen Hafen auszusteigen. In Port Said ist es uns gelungen, das Schiff endgültig zu verlassen.

Hier, in Ägypten, beginnt ein kurzer Abschnitt in meinem Leben, der trotz der harten Arbeit, der ich nachging, hätte ruhig sein können, wenn mich nicht die Erinnerung an meine toten und lebenden Angehörigen verfolgt hätte.

Ich habe nie allzusehr an meiner Familie gehangen. Mit meinen Liedern bin ich viel herumvagabundiert; sie nahmen mich völlig in Beschlag, und es kam vor, daß ich meinen Angehörigen über Monate keine Nachricht gab und keine von ihnen erhielt. Aber seit dem Pogrom oder vielmehr seit meiner Abreise aus Rußland denke ich oft an sie. Besonders nachdem das Fieber meiner Erfolge vorbei ist, und auch, weil mir zwischen den paar Gesangsstunden, die ich gebe, viel Zeit bleibt. Ich erinnere mich an meinen Vater, der mich in dem kleinen Haus vor der Stadt, in das wir nach der Ermordung meines Bruders umgezogen waren, unvermittelt, in einer merkwürdigen Vorahnung seines baldigen Todes, ermahnte, die Familie nicht zu vergessen, sie nicht zu verlassen. Und ich habe sie zurückgelassen, meine Familie! Und wo gelassen! Bei dem Gedanken erinnere ich mich, wie grausam die Leute sein können, die um sie herum sind. Ich erinnere mich an den Tod meines Bruders: Ich hatte gerade in der Stadt die Nachricht von einem Angriff auf unser Haus erhalten. Außer Atem kam ich an. An der Pforte zu unserem Gärtchen war eine große Blutlache. Das Blut meines Bruders. Und darum herum standen die Nachbarn, mit denen wir immer in so guten Beziehungen gelebt hatten. Sie bildeten einen Kreis, sie sahen mich an, sie sahen die Blutlache an, und sie lachten. Gleichzeitig erreichte mich aus der Entfernung ein Schrei. Unser Häuschen lag unten am Hang eines Hügels, an einem Bach. Ich wandte mich um und sah, klar abgehoben vor dem Horizont, vor dem Licht, meine Mutter, die mit zum Himmel erhobenen Händen lief; sie kam von dem Krankenhaus, in das man meinen verletzten Bruder gebracht hatte. Sie rief:

»Er ist tot!«

Sie schrie, und sie lief unwillkürlich nach Hause, weil sie es nicht glaubte, sie lief zu uns, damit wir ihr sagen, daß es nicht möglich sei! Hatte ihr nicht eben noch ihr Sohn, mit seiner Wunde am Bauch, gesagt (er, der Soldat, der von der Front zurückgekehrt war, wußte, was das heißt, eine Kugel im Bauch), hatte er ihr nicht gesagt:

»Es ist nichts, Mama!«

Nichts hilft mir über meine quälenden Sorgen hinweg. Umsonst spaziere ich stundenlang durch das Gewirr von Tönen und Farben der lärmigen arabischen Stadtteile: Es gibt in Kairo eine kleine Straße, in der die Juden so sind, wie ich sie in den armen Städtchen Rußlands und Polens gekannt habe. Man lebt dort das gleiche Elend, man spricht dort nur von Rußland, von den russischen Juden, den Pogromen ... Es tut mir weh hinzugehen, aber ich komme trotzdem in diese arme Straße, in der Aschkenasim, europäische Juden, wohnen, die es hierher verschlagen hat, die hier isoliert sind vom Schicksal eines gejagten Volkes. Ich halte mich im Laden eines Uhrmachers auf, ich verweile bei einem Schuster.

Alle Juden in dieser ärmlichen Straße haben Verwandte in Rußland. Sie haben erfahren, daß die Juden aus Rußland nach Bessarabien fliehen, indem sie den Dnjestr überqueren.

Jetzt habe ich nur noch einen Wunsch: meine Familie kommen zu lassen. Aber leben sie noch? Werde ich sie finden? Sind sie während dieses Durcheinanders in derselben kleinen Stadt geblieben? Um meine Zweifel zu betäuben, vergrabe ich mich noch mehr in die Arbeit.

Als wir zweihundert Pfund zusammenhaben, beschließen wir, aufzubrechen, um sie zu suchen.

Ich suche die Bekannten auf, die ich durch meine Konzerte gewonnen habe. Man empfiehlt mich einem englischen Oberst bei der ägyptischen Polizei. Er besorgt uns Pässe und macht uns darauf aufmerksam, daß Rumänien eine gefährliche Falle ist. Er gibt uns eine Bescheinigung, daß wir als Künstler in Ägypten bekannt sind und daß wir nichts mit Politik zu tun haben. Schon sind wir auf dem Schiff. In Konstantinopel, eines Abends, in einem armen Hotel von Galata, begegnen wir einem jungen Juden, einem rumänischen Studenten; er sagt uns mit Überschwang:

»Sie fahren in das schönste Land der Welt!«

Ein alter Jude aus Saloniki, ein Handelsreisender, schüttelt skeptisch den Kopf.

Auf dem spanischen Schiff, das sanft dahingleitet zwischen den Ufern der Donau, die in der Abenddämmerung verschwimmen, lehnen wir neben einem bedächtigen kräftigen Rumänen an der Reling. Er sagt uns:

»Sie werden in Rumänien glücklich sein. Künstler sind beliebt bei uns ...«

Galatz. Das Wasser im Hafen ist glatt, flach, unbewegt unter der heiteren Sonne. Man prüft unsere Pässe. Wir sind fertig, an Land zu gehen. Keine Boote. Es ist Sonntag. Ein eleganter und schlanker junger Mann lüftet galant seinen Strohhut und sagt zu meiner Frau, die sich ärgert, weil kein Boot gekommen ist, die Passagiere zu holen:

»Da sieht man, daß Sie nicht wissen, in was für ein Land Sie kommen. Man braucht Geduld hier. Legen Sie mal hundert Lei auf Ihren Hut, und die Boote und alle Leute kommen wie durch ein Wunder zu Ihrem Dienst herbeigeeilt. Sonst ...«

Er geht über das Fallreep hinunter, wo ihn das Polizeiboot erwartet. Jemand sagt uns, daß er ein Hafenkommissar ist.

Kischinjow. Die Straßen sind breit, eingefaßt in die Gitter stiller Gärten und, dahinter, weiße ruhige Häuser. Die hohen Bäume mit den breiten Wipfeln verwandeln die Straßen in grüne durchsichtige Lauben. Sie sind lang, gerade und eintönig und enden in einer staubigen Anlage, in der unablässig Tag und Nacht junge Mädchen und junge Männer spazierengehen. Das ist das Zentrum, gekrönt von einer massigen und düsteren Kathedrale. Der untere Teil der Stadt ist eine Ansammlung zerfallender kleiner Häuser auf zwei lehmigen Buckeln, die ein stinkender Bach trennt.

Ich kenne das alles. Es ist das alte provinzielle und melancholische Rußland.

Es war einmal eine reiche Stadt. Aber drei Viertel der Bevölkerung arbeiten nicht mehr. Die Armen überleben, wie immer, nur durch ein Wunder. Die ehemaligen Reichen und Wohlhabenden halten sich dank ihrer großen Häuser, die sie vermieten, und der Möbel, Teppiche, Juwelen, die sie noch haben. Die Stadt ist ganz Resignation und Melancholie.

Die wenigen Passanten auf den Straßen gehen langsam und lassen sich viel Zeit. Sie beleben nicht die Straßen, ihre kümmerliche Anwesenheit betont erst die Verschlafenheit.

Aber hundert Schritte von der Hauptstraße entfernt, die genauso öde wie die anderen ist, liegt eine kleine schattige Straße, in der man nicht umhergeht, die vielmehr schwarz ist von Menschen.

Vor einem großen, trostlosen mehrstöckigen Gebäude, die hohen Wände des Hofs entlang, stehen Männer, Frauen und struppige

Kinder mit müden Blicken herum oder dösen am Boden. Das sind jüdische Flüchtlinge, und das schwarze hundertjährige Gebäude aus Granit beherbergt ihr Hilfskomitee.

Die Bedrohung durch Pogrome und die unzähligen Pogrome, die schon stattgefunden haben, vertreiben die ukrainischen Juden in einem anhaltenden Strom aus den kleinen Städtchen, aus denen sie nur das Notwenigste mitnehmen, in die größeren Städtchen und von da in die Städte, wo sie schon mit nichts außer der Gewöhnung ans Weiterziehen eintreffen. Sie kommen in der Mehrzahl an die Orte des Hungers und der Seuchen. Diese Abgesunkenen, kleine Händler ohne Laden, Handwerker ohne Werkzeug, die nichts besitzen und schon wissen, daß sie weitermüssen – sie gehen nach Westen, an die rumänische Grenze. Ab da, meinen sie, sind die Wege offen, nach Europa, nach Palästina, nach Amerika. Die Frage nach dem Paß stört sie nicht. Diese Juden sind Zeugnis für die Hinfälligkeit des Staatswesens, der Gesetze, der Verordnungen. In manchen Städten hat die politische Verwaltung zehn-, zwanzigmal gewechselt. Jede verlangte neue Papiere. Sie sagten sich:

»Was soll ein Stück Papier, wenn es um unser Leben geht?«

Sie passierten die Grenze, zerrissen, ausgehungert, ohne jedes Dokument. Aber hier brauchen sie gleich vom ersten Tag an Geld und Papiere.

Aber dann kam schnell Hilfe. Die amerikanischen Juden, die schon früher vor der Not und den Verfolgungen geflohen und jetzt reich waren, warteten auf die Gelegenheit, ihren leidenden Brüdern zu Hilfe zu kommen. Die amerikanischen Juden gründeten bei sich mächtige Hilfs- und Auskunftsorganisationen. Sie schickten den Flüchtlingskomitees Geld und halfen ihnen, Freunde und Angehörige wiederzufinden.

Die Flüchtlinge bildeten eine neutrale, unpolitische, niedergeschlagene Masse, die von der befreienden Revolution nichts verstand. Dieser neue Bevölkerungsteil bedrohte nicht die Ordnung Rumäniens, vielmehr war er dem Land einträglich. Diese Masse bildete ein ganzes Volk von Touristen. Für Bessarabien waren sie ein einziger Gewinn, diese hunderttausend Flüchtlinge, die ihr Brot bezahlten, die sich hier einkleideten, die hier wohnten und ihre Angehörigen als reiche Touristen anzogen, die ihnen aus anderen Ländern entgegenkamen, die Journalisten und so weiter.

Die rumänische Regierung hatte zu Anfang nichts dagegen, daß sie kamen. Wovor also haben diese Flüchtlinge Angst? Warum zukken sie zusammen, wenn man vor ihnen das Wort Sigurantza ausspricht? Warum sehen sie mich, der ich aus Ägypten komme, mitleidig an, wenn ich sage, daß ich in die Sigurantza gehe, um meinen Paß beglaubigen zu lassen?

Warum gibt es in dieser Menge Leute, die schon öfters gekommen sind, um vor der Sigurantza zu warten, bis sie an die Reihe kommen, und die plötzlich ihren Platz in der Schlange verlassen? Die gerade im Augenblick, da sie eintreten sollten, kehrtgemacht haben?

Man kann sagen, daß die Polizei seit Beginn der Emigration von dem Geld gelebt hat, das die terrorisierten Flüchtlinge und ihre botmäßigen Komitees gezahlt haben! Es ist dieselbe Polizei, derselbe ungeheure Apparat, der Bessarabien »befriedet« hat. Zu diesem Apparat gehörten alle berufsmäßigen Folterer und Provokateure, die Leute, die jede Arbeit annahmen, die sie fanden. Mit der Ankunft der Massen von Flüchtlingen haben sie sich für sie interessiert. Sie suchten nach Verdächtigen. Diejenigen, die nicht »gestanden«, und diejenigen, die nicht »denunzierten«, wurden auf einer angeblichen Flucht erschossen oder begingen »Selbstmord«. Alle Polizisten waren käuflich. Man mußte nur Geld haben, um sie zu kaufen, um sie rechtzeitig zu kaufen. Man kann sich denken, daß die möglichen Schuldigen leicht entkamen. Es war ein verwickeltes Spiel. Die wahren Schuldigen bewiesen durch ihr Treiben die Notwendigkeit eines ungeheueren Polizeiapparats; sie rechtfertigten die Arbeit der Polizei! Man durfte nicht an sie rühren. Die Sigurantza hatte ihre Spitzel in allen Kreisen, die, um etwas zu liefern, ihre persönlichen Feinde und solche Leute anzeigten, die zahlungsfähig waren.

Die Foltern, die man bei der Sigurantza anwandte, waren zahllos und abscheulich, wenn auch primitiv. Die Hand in der Tür gequetscht, die Nägel ausgerissen ... man setzte sich zu mehreren auf den befragten Häftling und vor allem: man schlug. Mit Raffinement, mit Gewalt. Da waren Fachmänner, die sich öffentlich rühmten, daß sie einem Häftling mit einem einzigen Hieb auf die Brust die Lungenschwindsucht verschaffen konnten. Es wurde exzessiv geprügelt. Wenn der Geprügelte das Bewußtsein verlor, wurde er mit Wasser übergossen und weiter geschlagen. Die wenigen Überlebenden kamen als Krüppel vor Gericht. Die Kommunisten kamen fast nie lebend heraus.

Alle in Bessarabien wußten das.

Die Menge um die Komitees herum weiß es genauso wie die anderen, vielleicht besser als die anderen. Diese Menge träumt von nichts anderem als abzureisen. Diese Menschen flüstern, drehen sich alle Augenblicke um: Sie fürchten, von hinten einen Hieb zu bekommen.

Ich gehe zur Sigurantza. Sie liegt im Zentrum, neben der kleinen Parkanlage. Ein großes Haus mit einem weiten Hof, und in diesem Hof eine Menge, die mit Zittern wartet.

Die Polizisten, von denen man sagt, daß sie Folterer sind, gehen hier spazieren, ruhen sich von ihren Tätigkeiten aus, die irgendwo hinten ausgeübt werden. Die meisten sind frühere zaristische Polizisten, die in der rumänischen Sigurantza Arbeit gefunden haben und die hier mit mehr Versessenheit und Zynismus als je zuvor ihren Eifer zeigen. Ein Koloß mit dem Kopf einer Bestie geht da auf und ab und lächelt zufrieden. Er betrachtet die ängstliche Menge, als treffe er eine Auswahl. Er hat die Ärmel hochgekrempelt, und auf seinen starken behaarten Armen drängen sich die Fliegen.

Die anderen Polizisten, die von irgendwoher kommen, schubsen beim Eintreten die Leute, die seit Stunden warten, sie bleiben plötzlich vor einem stehen, betrachten ihn und gehen weiter. Oben, in einem kleinen, von Leuten überfüllten Zimmer, schlagen oder drohen die Polizisten und spotten gehässig über die Leute, die Furcht haben, die eine Geste der Abwehr machen.

Ganz in meiner Nähe ist eine Tür halb geöffnet, sie führt in das Zimmer des Kommissars. Ich sehe dort einen schmächtigen Jüngling, vollkommen schweißgebadet; die Haare kleben ihm an der

Stirn, sein Gesicht ist überzogen mit dicken Schweißperlen. Ich sehe, wie der Kommissar sich erhebt. Er ist elegant, er trägt enge Reithosen, ganz gelbe Stiefel mit sehr hohen Absätzen, trotz seines hohen Wuchses. Er wiegt sich ein wenig auf seinen Beinen und geht wie zur Besichtigung um den jungen Mann herum, der sich nicht zu rühren wagt. Der Kommissar geht an den Tisch, nimmt ein Blatt weißes Papier, klebt es an die schweißnasse Wange des jungen Menschen und gibt mit aller Kraft einen Schlag auf das Papier.

»Abführen!« sagt er zum Wachmann.

Es ist ein großes Glück, seinen Ausweis schon mal zu haben, aber garantieren wird das nichts. Ein Polizist kann ihn einem wegnehmen und sagen, daß man keinen gehabt hat. Man kann ohne jeden Grund unten an der Treppe, im Hof, auf der Straße verhaftet werden. Die Stadt ist voll von Provokateuren, die herausfordernd und auftrumpfend herumspazieren. Man hat die ganze Zeit Furcht.

Und alle wissen all das.

Kapitel IV
Die Flüchtlinge

Unter den Flüchtlingen, die den großen Hof des Komitees füllen und auf der Straße herumstehen, begegne ich oft einer mageren, aufrechten Frau mit einer Stola, die ihr von ihrem eingefallenen Gesicht mit dem zu langen Hals in gerader Linie bis zu den Füßen hinunterfällt. Man nennt sie hier die »Leichentuch-Frau«. Man nennt sie so, weil sie zu jedem Neuankömmling geht und ihm dieselben Worte sagt:

»Ich, ich habe in meinem ganzen Leben so wenig Glück gehabt, daß die Leute nicht mehr gestorben wären, wenn ich mit Leichentüchern gehandelt hätte ...«

Es liegt mir viel an der Freundschaft der Leichentuch-Frau, weil sie alle Leute hier kennt und mir, was für die Suche nach meinen Angehörigen sehr wichtig ist, die Flüchtlinge aus meiner Gegend zeigt.

Heute läuft sie mir entgegen, als sie mich erblickt.

»Sie ist auch da, es geht ihr genauso schlecht wie uns, außer daß sie noch Puder benutzt und sich das Haar frisiert.«

»Wer *sie*?«

»Die Frau Rabinowitsch!«

Ich erfahre, daß diese Frau aus unserer Stadt kommt, daß sie sehr reich und stolz war, daß »wir jetzt aber alle gleich sind«.

Alle sind jetzt gleich in dieser Menge. Es gibt vielleicht welche, die besser gekleidet sind als andere, aber das Komitee hat beim Verteilen der aus Amerika geschickten Kleider – Sportmützen, Golfhosen, Lackschuhe zum Tanzen, helle Röcke mit Lederknöpfen – alles durcheinandergebracht. Niemand hat eine vollständige Garnitur erhalten oder eine, die ihm paßt. Und dann waren diese Kleider auch noch vermischt mit abgenutzten Kleidungsstücken aus Sackleinwand. Sogar die einstens eleganten Leute sehen aus wie alle anderen, die seit Tagen, seit Wochen und seit Monaten warten. Standen sie zuerst stolz aufrecht, so lehnen sich diese Leute mit den guten Manieren jetzt auch an die Wand und setzen sich schließlich auf den Boden.

Die Flüchtlinge bleiben aus vielen Gründen hier. Sie fragen nach Neuigkeiten: Zweimal täglich kommt die Post, die aus dieser bunten Masse einige Glückliche wählt, die abreisen können. Sogar die, die ihre Verwandten oder Freunde gefunden haben, die schon Geld und Visum haben, die mit neuen und glänzenden Anzügen ausstaffiert herkommen und versichern, daß sie nur Auskünfte im Komitee holen, kommen in Wirklichkeit, weil sie aus diesem Leben unglücklicher Vagabunden noch nicht herauskönnen; sie sind noch an diese schmutzige Masse gefesselt, weil man nicht an einem Tag von einem solchen Leben loskommt.

Nur hier begegnen sie den Freunden oder den Fremden, die sie verstehen. Vielleicht kommen sie auch, um das Maß ihres Glücks abzuschätzen. Vielleicht auch, weil nie eine Menge so packend war. Es ist ein Sammelsurium von Leben, und zwar Leben, die von sich erzählen.

Die Briefe werden von allen gelesen: Sie kommen aus allen Ekken der Welt. Man erzählt offenherzig sein ganzes vergangenes Leben, weil dies Leben zu Ende ist und weil man zur Zeit nicht lebt, man wartet und man erzählt.

Es gibt auch Verschlossene und Schweigsame. Sie bilden gleichfalls Gruppen für sich, die Gruppen, die nicht sprechen. Eine riesige Frau sitzt in der Mitte einer Bank. Ihr Gesicht mit den harten Zügen ist fast versteckt hinter dem Fächer ihrer langen und knotigen Finger, ihre spitzen Ellbogen stützen sich auf die kantigen Knie. Beinah an sie gepreßt hat sich ein schmächtiger junger Mann, ganz zusammengezogen, die Hände in den Ärmeln versteckt. Sein Kinn ist das einzige, was man von seinem Gesicht unter dem Hut mit der herabfallenden Krempe sieht. Auf der andern Seite der großen Frau schaut eine sehr alte Frau für alle drei. Aber ihr einziges Auge ist gläsern, schrecklich aufgerissen. Auf ihrem grünlichen Gesicht sind erdgraue Flecke, wie getrocknete Erde. In dem Hof, wo alle einander kennen, vermeiden es die Leute, diese Gruppe zu stören, die über ein großes Unglück brütet.

Diese Menge ist voller Mitleid, nicht verhärtet. Sie zeigt Aufmerksamkeit für die Alten und die Einsamen. Es ist hier ein Paar kleiner gebückter Greise, die mit eiligen ganz kleinen Schritten ankommen und erst an der Tür des Komitees hinten im Hof stehenbleiben. Hier warten sie. Sie sind vollkommen gleichgültig gegen alles, was rings um sie vorgeht, wachen aber übereinander. Sie sind mit ihren zwei Söhnen aus Rußland fortgegangen. Einer ist beim Übersetzen über den Dnjestr ertrunken, der andere wurde vor den Augen der alten Eltern von rumänischen Grenzposten umgebracht. Jeder der beiden weiß, daß ihnen das Leben unerträglich ist, voll ewigen Schmerzes, aber einer verbirgt dieses Gefühl vor dem andern, weil der es vielleicht nicht so stark fühlt oder weil er vielleicht noch nicht diesen Abgrund von Einsamkeit bemerkt hat. Jeder fürchtet, der andere könnte aufhören zu leben, er könnte vor Kummer das Leben lassen. Also verlassen sie einander niemals und überwachen sich gegenseitig. Dann gibt es alte Frauen, die immer weinen; ihre Augen sind Falten nassen Fleisches.

Aber es wird auch gelacht in der Menge. Still, wie Geängstigte unter Geängstigten. Vor allem ist man zufrieden, wenn die andern lachen.

Es gibt in der Menge großzügige Lügner, mutige Dichter, Angehörige dieses skeptischen Volks, das sie »Luftkutscher« nennt. Sie bringen optimistische Neuigkeiten. Einer von ihnen hat erfahren, daß zweihundert amerikanische Kriegschiffe unter zionistischer Flagge herankommen, um die Juden aus Kischinjow abzuholen. Ein anderer erzählt, daß Edmond de Rothschild für jeden Flüchtling in Palästina eine Villa mit Bad und Grammophon gebaut hat.

Die Leute erzählen hier alles. Aber man darf sie nicht ausfragen. Alle verstehen das, außer der »Leichentuch-Frau«, die einem jungen schüchternen Burschen Fragen stellt.

»Und deine Eltern?«

»Die wurden in Proskurow umgebracht ...«

Und der junge Mann lächelt übers ganze Gesicht. Er lächelt, verlegen, er lächelt zum Schutz vor der Neugierde. Verlegen, daß eine so große Sache ihm passiert ist und die Aufmerksamkeit auf ihn lenkt.

Ein alter amerikanischer Jude, der beinah aussieht wie ein alter Engländer und der dieser Unterhaltung beiwohnt, ist entrüstet. Er sagt es ganz laut, vor einem Kreis, der sich bildet. Er hat fünfzig Jahre in einem zivilisierten Land gelebt. Dort bei ihm zu Hause lächelt man, wenn es heißt, fröhlich zu sein, man schaut traurig (schreit aber nicht vor Verzweiflung, wie er es hier gesehen hat), wenn jemand stirbt. Der Kreis von Juden löst sich auf, die Flüchtlinge wenden sich ohne weitere Erklärung von dem erstaunten alten Amerikaner ab. Der schüchterne junge Mann fühlt sich schuldig. Er stottert.

Die meisten Flüchtlinge wissen noch nicht richtig, wie ihnen geschehen ist, woran sie sind. Sie haben einen Augenblick zum Atemschöpfen, sie könnten ein wenig nachdenken, aber sie fühlen sich noch zu zerschlagen. Ihre Stimmen überraschen oft durch ihre Ruhe, wenn sie die Städte aufzählen, durch die sie auf dem Weg aus Rußland gekommen sind, die Namen der Freunde und Verwandten, die auf dem Weg zurückgeblieben sind, die für einen Rock, für ein Paar Stiefel von gut bewaffneten, aber verhungerten und zerlumpten Leuten umgebracht wurden. Dann sprechen sie von den anderen Mördern, schon in Rumänien, tückische, die sie anhielten, durchsuchten und diejenigen töteten, die Schmuck bei sich hatten, und auch die töteten, die nichts hatten, weil sie sich getäuscht fühlten; sie töteten auch nur so, oder weil das Leben eines Menschen keinen Wert hatte. Die, die flohen, um ihr Leben zu retten, erniedrigten sich, flehten, warfen sich zu Boden, feilschten hartnäckig, um ihr Leben zu behalten, andere blieben reglos, bereit, sich abschlachten zu lassen. Jeder Mann auf dem Weg konnte ein Mörder sein, und sie hatten keine Hoffnung, keine Erinnerung, keine Scham: Sie nahmen alles hin, ohne sich zu empören, ohne daß der Wunsch nach Rache in ihnen aufkam. Sie liefen fort, um am Leben zu bleiben. Sogar die Verstümmelten, sogar die, die keine Beine mehr hatten, sogar die, denen man die Ohren abgeschnitten hatte, sogar die, die den Verstand verloren hatten, waren sich darüber klar, daß man geboren wird, um zu leben, egal wie, aber zu existieren. Wie alle, die durch Unglück und Angst Mitleid erregen, wurden sie mit der Zeit unansehnlich. Ihre ängstlichen Bewegungen, ihre immer verkrampften Gesichter, ihre von Dornen eingerissenen und von Staub und Regen schwer gewordenen Kleider waren ekelhaft, stießen andere Leute auf die Dauer ab, und die Hunde verfolgten sie und rissen ihnen ihre Lumpen herunter. Und die Juden flohen.

Und zu fliehen, auf der Straße hinzufallen, zu sehen, wie die andern fallen, war viel leichter, als zu Hause in den großen Steinhäusern eingesperrt zu sein, in den Zimmern im dritten, im fünften Stock, im Erdgeschoß, und dort in der Erwartung zu leben. Die, die sich erinnern, die, die erzählen, und die, die zuhören, lächeln oft. Sie sprechen von der Furcht, wie man von Liebeleien spricht, verständnisvoll. Die »Landsleute« erinnern sich, wie sie sich in Kiew behauptet haben.

Die Stadt war eben von der Armee Petljuras oder einer andern konterrevolutionären Armee erobert worden. Nach der Ausgangssperre, bei Nacht, kamen bewaffnete Soldaten, oder bewaffnete falsche Soldaten, um nach den Juden zu suchen. Sie nahmen fest, sie plünderten, sie töteten. Man brauchte nicht um Hilfe zu rufen. Niemand wäre gekommen. Da öffnete sich ein Fenster. Einige Frauenstimmen schrien Alarm. Und alle Fenster in allen Häusern, alle Fenster zur Straße und zu den benachbarten Straßen, absolut alle Fenster öffneten sich, die Frauen traten an die Fenster und ließen ihre Schreie in die Nacht gellen. Sie schrien aus vollem Hals, mit aller Kraft, und die Räuber liefen weg, flohen vor diesem verzweifelten Geheul.

Die Frauen, die dort geschrien haben, lächeln jetzt; ein seltsames Lächeln. Und die, die ihnen zuhören, unterdrücken den Seufzer:

»Wenn es doch ein Ende nähme ...«

Es gibt auch angenehme Abwechslungen, Überraschungen, die Hoffnung machen. Ein zwölfjähriger Küchenjunge, der ganz allein aus Rußland kam, ist plötzlich reich geworden. Ein Millionär aus Südafrika ist persönlich gekommen, um seine unglücklichen Verwandten abzuholen. Ein geschwätziger junger Mann hat die Spur seines Onkels, eines Multimillionärs in Philadelphia, gefunden. Er erwartet einen Brief. Schließlich erhält er einen großen Umschlag; einen Brief und eine Photographie vom Onkel. Ein sorgfältig rasierter Mann mit großen traurigen Augen unter einer niedrigen, von senkrechten Falten durchzogenen Stirn. Der Onkel schreibt seinem Neffen, daß er nicht reich ist, daß seine Filiale in Chicago gar nicht gut geht, daß seine kalifornischen Ländereien an Wert verlieren, daß er seinem Neffen weder Geld noch eine »Schiffs-Karte« schicken kann, aber daß er, der keine Familie hat, sehr glücklich ist, einen Verwandten zu finden, dem er von seinen Sorgen erzählen kann!

Der Neffe, der sich bereits als reicher Mann gebärdet hat, hie und da schon Geld geliehen und sich ein Zimmer in der Stadt gemietet hat, schreit:

»Ich weiß nicht mehr, wo ich schlafen soll.«

»Du brauchst nur mit mir ins Bad zu gehen«, antwortet ein kleingewachsener Einäugiger mit leicht boshaftem Lächeln.

Die Leute schlafen im öffentlichen Bad, in den jüdischen Schulen, im Leichenhaus, in den Synagogen. Am Abend werden in den

Synagogen die Pulte an die Wände gerückt, und man legt sich auf den Boden. Man zieht seinen Rock aus, seine Schuhe, und macht daraus ein Bündel. Aber diese Bündel geraten bei Nacht durcheinander, werden verlegt, verschwinden manchmal. Ein alter Jude und seine Frau haben eine Beschäftigung gefunden. Sie bleiben die ganze Nacht wach und passen auf die Sachen auf, die jeder in ein Pult legt. Jeder bezahlt einen Kupferling. Aber es ist einem Juden nicht beschieden, einem Geschäft nachzugehen, das ihm nicht Scherereien bringt. Am Morgen sind da immer anspruchsvolle Leute; eine Frau schreit:

»Wo ist mein Rock, mein schwarzer Rock?«

Ein Mann zeigt verstörten Blicks auf sein aufgeschnürtes Bündel.

»Meine neuen Schuhe sind weg.«

Brummig sucht der Alte. Er sucht lange, bückt sich, erhebt sich. Dann ist er verärgert und erklärt kurz und bündig:

»Da, nimm deinen Kupferling, und laß mich in Ruhe!«

Heute war ich an zwei Schaltern, an denen ich registriert bin. Keine Post. Ich gehe zum dritten. Die Leichentuch-Dame ist mitten in einer lebhaften Unterhaltung mit ihrem exakten Gegenteil, einer üppigen Frau mit hochgewölbtem vollem Busen. Als sie mich erblickt, verläßt die Leichentuch-Dame schnell die Schlange und packt mich am Ärmel:

»Das ist sie doch!«

»Wer *sie*?«

»Na, die Frau Rabinowitsch!«

»Und?«

Frau Rabinowitsch hat meine Angehörigen gesehen. Meine Mutter verkauft irgend etwas in den Straßen von Odessa. Mein jüngerer Bruder singt, er hat geheiratet. Meine Schwester hat auch geheiratet und lebt in Nordrußland.

Ich muß einen Schleuser finden. Ich weiß, daß mit der Zunahme der Gefahr die Arbeit der Schmuggler teurer geworden ist und daß mein Geld nicht reichen wird, um einen zu bezahlen. Aber die Juden mögen den Gesang, ich kann mit Liedern Geld verdienen.

Ich schleiche im Hof des Komitees herum und suche Leute, die weniger mißtrauisch sind, damit sie mir einen sicheren Mann angeben.

Und der Terror wächst von Tag zu Tag. Die Juden bleiben nicht mehr auf der Straße beim Komitee; sie drängen sich alle in den Hof. Die eintreffenden Nachrichten werden immer beunruhigender. In Jassy, in Bukarest, in ganz Rumänien breitet sich der Antisemitismus aus, wie in Rußland. Die rumänischen Studenten verjagen die jüdischen Kommilitonen aus der Universität, verwüsten und verbrennen Synagogen, werfen die Juden aus den Türen fahrender Züge, schneiden Bärte ab, drücken ihre Zigaretten aus Spaß auf den Händen und den Gesichtern jüdischer Reisender aus. Tatsächlich treffen auch anrührende Gerüchte ein: Die Königin von Rumänien hat zu ihrer silbernen Hochzeit von einem Juden aus Bessarabien ein großes Geschenk angenommen, ja, sie hat den Geber sogar zum Fest eingeladen; ein adliger rumänischer General ist nach Kischinjow gekommen und hat einer zionistischen Versammlung beigewohnt, dort eine judenfreundliche Rede gehalten und hat sich erhoben, als die »Hatikva« gesungen wurde.

Aber zur selben Zeit brechen an verschiedenen Stellen der Grenze Bauernaufstände aus. Soldaten ziehen mit Kanonen durch die Stadt. Die Erregung bei der Sigurantza steigt. Sie sucht die Schuldigen in Kischinjow, gleichgültig wo, unter den Flüchtlingen. Die jungen Juden werden festgenommen, gefoltert, getötet; sie werden »ausgewiesen«, das heißt, daß man sie unterwegs umbringt oder sie im Dnjestr ertränkt. Der Dnjestr ist voller Leichen, die an die Oberfläche kommen.

Eines Tages gelangt in den von Panik ergriffenen Hof eine entsetzliche Nachricht: Der dicke große Folterknecht der Sigurantza, der mit den aufgekrempelten Ärmeln, ist von seiner Geliebten getötet worden. Die Juden trauen sich nicht, den Hof zu verlassen. Sie wissen, daß man ihre Hand im Spiel sehen wird, sie wissen, daß sie dafür bezahlen werden. Doch ein paar Stunden später kommt die Erleichterung: Der Gott Israels ist dazwischengetreten, der Folterknecht ist nur verletzt. Am nächsten Tag eine neue Nachricht, noch erfreulicher: Er ist außer Lebensgefahr, er erholt sich zusehends, er wurde sogar schon im Hof der Sigurantza gesehen, die Hand in einer Armbinde, wilder und drohender als je zuvor.

Eine Freudenstunde!

Und das Gefühl der Katastrophe kehrt zurück. Der Hof, das Komitee sind in Aufregung.

Plötzlich drehen sich alle Köpfe zum Hofeingang. Die schon dichte Menge preßt sich noch mehr zusammen und macht einem jämmerlichen Zug Platz: Ein Dutzend Frauen geht schweigend im Gänsemarsch. Sie gehen sehr schnell, so als folgten sie einer unsichtbaren Totenbahre, und ohne daß man ihre Schritte hört. Man sieht nicht ihre Gesichter noch ihre Hände und nicht einen hellen Flecken auf ihren Kleidern. Sie sind in weite Tücher gehüllt, die beängstigende Falten werfen.

Das sind Mütter, Frauen, Schwestern von Männern, die die Sigurantza an die Grenze, an den Dnjestr zurückgeschickt hat, in die Folter, in den Tod. Sie gehen hinauf zum Komitee. Einige sekundenlange schrille Schreie. Erschreckende Stille im Hof. Diese Frauen waren schon bei der Sigurantza, beim Rabbiner, bei den reichen Juden der Stadt, beim Präfekten. Wen wollen sie hier sehen, bei wem suchen sie hier letzte Hilfe? Bei einem Hampelmann! Beim Advokaten des Komitees.

Sie haben ihren unsagbaren Schmerz zu diesem Hampelmann getragen, der mit seinen dreißig Jahren runzlig ist wie ein Greis, diesem Sohn reicher Leute, diesem verfaulten Burschen, der seinen Gestank in Pariser Parfums auflöst.

Aber er versteht sich aufs Beruhigen. Er versteht es, den Unglücklichen Hoffnung zu machen, die vielleicht nichts anderes suchen als das. Diese Frauen werden bald herunterkommen, weinend, aber beruhigt; er wird sie bis in den Hof begleiten. Er wird seine Mappe unterm Arm haben. Er wird entschlossen und sicher wirken, er wird aussehen, als werde er in ihrer Angelegenheit etwas unternehmen. Auf der Hauptstraße wird er sie aber vergessen. Er wird die Regel seiner Leute befolgen: Niemals anderer Leute Unglück ansehen, ausweichen muß man ihm; und wenn man schon gezwungen ist, sich damit zu befassen, dann muß man es hinauszögern, dem Unglück Zeit lassen abzuklingen, und vor allem darf man sich selbst nicht rühren lassen. Eigentlich läßt er die Leute nur zum Wohl der Gemeinschaft im Stich.

Ich kenne ihn. Er hat eine sorgfältige Erziehung genossen. Er kann alles mögliche. Er singt auch ganz schön. Er mag mich sehr, weil derlei Aas die Künstler liebt; machen die Künstler nicht das Leben schöner?

Übrigens ist er, abgesehen von dem Verbrechen, diese ungeheure Verantwortung auf sich genommen zu haben, ein gutmütiger, fröhlicher Bursche. Vielleicht faul. Mit Hilfe von Hauslehrern, Professoren und der Achtung, die sein Vater genießt, hat er sein Anwaltsdiplom erhalten. Danach gab es für ihn nichts mehr zu tun. In Rumänien wurden Anwälte mit russischem Diplom nicht zugelassen.

Das Hilfskomitee in Kischinjow war von armen Leuten gegründet worden. Am Anfang arbeiteten sie dort. Aber in dem Maß, wie das Komitee an Bedeutung gewann und aus dem Ausland Geld hereinströmte, stellten sich die Reichen an die Spitze des Komitees. Vielleicht war das für sein Prestige notwendig. Aber diese reichen Juden sind nicht allein gekommen, sie haben ihre Verwandten und ihre Schützlinge mitgebracht. Der Vater des Hampelmanns von Anwalt hat seinen unbeschäftigten Sohn da untergebracht.

Seither langweilt sich dieser Sohn aktiv in den Räumlichkeiten des Komitees. Die unsaubere und müffelnde Menge widert sein Auge und seine Nase an. Aber er ist nicht schlecht. Er ist zugänglich und einfach. Nur macht ihm die enervierende Arbeit keinen Spaß, die hier zu tun ist.

Die Verfolgten erwarten seine Hilfe. Die verzweifelten Frauen kommen immer öfter.

Eine alte, vertrocknete Frau kommt herbeigelaufen, stößt die Leute aus dem Weg, schluchzt. Sicher ist ihr ein schon nicht mehr gutzumachendes Unglück widerfahren, sie preßt in ihrer knochigen Hand krampfhaft einen amtlichen Briefumschlag. Wozu ist sie dann hergekommen? Vielleicht besteht noch ein kleiner Zweifel, vielleicht kann sie nicht lesen und ist nicht sicher, ob es die andern richtig gelesen haben.

Aber sie geht nicht zum Komitee hinauf. Sie wirft sich mitten im Hof zu Boden. Sie verfällt in Zuckungen; mit ihrem Kopf schlägt sie auf die Erde.

Einige junge Flüchtlinge, aus der ersten Lähmung erwacht, versuchen sie aufzuheben. Aber sie wehrt sich. Ungeschickt ringen sie mit ihr. Dabei decken sie ihre nackten Beine auf, sehr hoch hinauf, ihre nackten, zu weißen Beine. Sie sehen erschrocken aus. Sie weichen zurück und lassen sie am Boden liegen, weil sie fühlen, daß es schamlos ist, sie anzurühren. Soll sie sterben, aber niemand soll sie so beleidigen, daß sie wieder ihre alte weiße Haut entblößt, die weiß ist wie ein fahler, schimmernder Knochen. Die Leute ringsum sind bleich, sie blicken vor sich in die Luft, um nicht die Alte zu sehen, die sich in dem gelben Sand windet, der von den Abfällen verschmutzt ist, die eine lange herumstehende Menschenmenge immer zurückläßt.

Es wird nichts erzählt in dem Hof. Man mißtraut einander. Alle sind zu unruhig. Es sind viele dabei, die noch keine Papiere haben. Und die Razzien beginnen, erfassen die ganze Stadt, bei Nacht und bei Tag. Die Flüchtlinge verlassen das Komitee nicht mehr, sie suchen dort die abgeschiedensten, dunkelsten Winkel, sie lauern auf jeden Aufruf, sie warten, daß der Anwalt sie aufruft und sie von dem Fieber ihrer Angst erlöst.

Aber der Anwalt ist ein Hampelmann. Er kann nichts für sie tun.

Wer weiß? Wenn er zur Sigurantza geht, wenn er gegen seinen Willen von einem Verzweifelten hingeschleppt wird, der kühner ist als andere, vielleicht kann er dann mehr machen als einer, der für seine Mandanten leiden würde. Denn es geht nicht darum, die Folterknechte zu rühren. Sicher versteht er sich darauf, mit diesen Rohlingen zu sprechen, sie zu unterhalten, bis die Angelegenheit eines Flüchtlings in Gefahr an Bedeutung verliert und seine Befreiung nur wie eine kleine, einem fröhlichen Kumpan erwiesene Gefälligkeit aussieht.

Ich habe ihm zugesehen, wie er es macht. Es war während einer Razzia. Eine breite, geschäftige Straße war wie von einem Wirbelwind ganz leergefegt. Alle sprangen zur Seite, an die Mauern, in die Türen, die Läden und die Cafés. Die Leute zerdrückten einander, auf die Gefallenen wurde getreten. Ein Einbeiniger hat seine Krücke verloren. Sie ist von der Menge mitgeschleppt worden. Ein paar Sekunden lang blieb er aufrecht auf dem Platz, auf einem dünnen schwarzen Fuß, dann hüpfte er komisch, stolperte über einen Stein und fiel zu Boden; und da fing er, was haste was kannste, zu kriechen an, zu seiner Krücke, die wie ein fremdartiges Zeichen auf der leeren Straße lag. Von beiden Seiten kam jetzt Polizei. Darauf senkte er den Kopf, den er bis dahin wie ein Schwimmer erhoben und ausgestreckt hatte. Er blieb auf dem Bauch liegen. Er legte seinen Kopf in den Staub, die Hände nach vorne ausgestreckt, wie man schwimmt.

Ich habe den Anwalt herbeilaufen sehen, lächelnd, lachend, ich habe gesehen, wie er den Polizisten die Hand drückte. Der Mann wurde aufgehoben, durch die Menge fortgetragen, gefolgt von dem Anwalt, der lachte und mit dem Einbeinigen Witze machte. Ein Polizist hat ihm die Krücke getragen. Man hat ihn laufen lassen.

Der Glückspilz, er wird seine Papiere bekommen.

Kapitel V
Die Schmuggler

Die Razzien, die Verhaftungen, das Foltern und die Morde halten die Schmuggler nicht auf. In diesen Zeiten streichen die deklassierten, mutigen Reichen, die ihr Vermögen wiederzuerlangen trachten, die Empörer aus Leidenschaft, die Berufsmörder, Polizisten, die ihre Dienste anzubieten suchen, die Landstreicherphilosophen, die Abenteurer – die, die wissen, was sie wollen –, sie streichen um die Grenze so wie die, die nur eines wollen: in Bewegung sein! Russen, Rumänen, Juden. Sie machen sich wegen der Polizei fast gar keine Sorgen, weil es gefährlich ist, sich mit ihnen anzulegen.

Unter diese Leute verteilen sich die Schmuggler, unter sie und zwischen die Bäume und auf die wenig bekannten Pfade. Diese Leute haben keine äußeren Abzeichen, aber man erkennt sie, wie sie um den Dnjestr herumstreichen.

Die neuen Gesetze schränken die riskante Tätigkeit der Schmuggler nicht ein: Es braucht nur ein bißchen mehr Geld für die, die die Flüchtlinge in ihren Häusern unterbringen; und ein wenig mehr für den Gendarmen und den Polizisten, die eine Ablöse verlangen.

Es ist noch nicht richtig Herbst, doch die grauen Tage, die die Städte einhüllen, die heulenden Winde, die die Läden klappern lassen, die feinen, durchdringenden Regen des russischen Herbstes sind schon gekommen. Der Himmel ist vom Wasser gesättigt, der Morgen in kalte und silbrige Nebel getaucht; der Himmel und die gewässerte Erde sehen aus wie eine gleichförmige unfeste Masse; jedes Ding auf der Straße verliert seine Grundlage: Die Bäume, die Häuser, die gebückten Menschen, die vorbeihuschen, sind unkörperlich, dunkle Flecken, wie auf einen flachen, nassen Schleier gestickt.

An solchen Tagen ist es scheußlich, allein zu Haus zu sein, so wie es heute bei mir der Fall ist. Aber ich habe keine Energie. Ich wollte mich warm anziehen, einen Schirm nehmen, ich war schon dabei hinauszugehen. Ich hatte den Hut schon auf dem Kopf, aber ich setzte mich wieder hin, unsicher, und sah durch das Fenster den Himmel an, weil es nichts Anziehenderes gibt als diesen abgeschiedenen und trostlosen Raum.

In diesem Augenblick hörte ich die Tür aufgehen und wandte mich um. Eine massige Silhouette.

»Ich bin Guirchman.«

Er ist der Schmuggler, der mir empfohlen worden ist und auf den ich schon lange warte.

Er hat sehr breite Schultern, ist aber klein, ein großer Oberkörper auf kurzen, festen Beinen, ein rauher, unsymmetrischer Kopf, ein grauer Blick, mal mißtrauisch, dann wieder offen, sympathisch. Er stottert ein wenig, er rührt sich fast nicht, sitzt steif auf seinem Stuhl, und wenn er eine Bewegung macht, wirkt diese Bewegung überflüssig, unnütz. Seine Gesten entsprechen nicht dem, was er sagt. Er sagt mir, daß ich auf ein Taschentuch, das er in das Futter seiner Jacke einnähen wird, einen Brief schreiben soll, der meinen Angehörigen zeigen wird, daß er von mir kommt. Er sagt mir seinen Preis, er sagt, an welchem Tag er kommen wird, um das Taschentuch zu holen. Alles ist abgemacht und beschlossen, aber er bleibt noch. Die Stille ringsum, das kleine warme Zimmer, ein unschlüssiger Kopf ihm gegenüber im hellen Licht des nahen Fensters verleiten ihn wohl dazubleiben. Doch die Worte, die er findet, um die Unterhaltung anzufangen, sind ebenso primitiv, ebenso ungeschickt wie seine Gesten. Also helfe ich ihm. Ich frage ihn, obwohl ich es von den Freunden, die ihn mir empfohlen haben, bereits weiß, ob er diese Art Reisen schon gemacht hat.

»Zweimal, ja, zweimal. Nein!, dreimal.«

»Und wo fahren Sie dann hin?«

»Ich weiß nicht. Ich habe nirgends jemanden. Aber ich will schnell wegkommen, egal wohin. Ich will meine beiden letzten Reisen in zwei Monaten machen.«

Wie ich seine linkische Gestalt so ansehe, seine ehrlichen und entschlossenen Augen, habe ich den Eindruck, daß ihm kein Land besser entsprechen würde als Rußland. Dieser kleine Jude ist in jeder Beziehung ein beharrlicher, klarer und geduldiger russischer Bauer. Unvermittelt frage ich ihn, ob er Rußland liebt. Darauf lächelt er breit und lange Zeit. Die offene Freude verwandelt sich auf seinen harten Lippen in ein bitteres Lächeln, in ein verzweifeltes Lächeln.

Er liebt sein Städtchen im Kreis von Tschernigow sehr. Da ist alles, rings um die Not herum, groß, weit und unendlich. Der Winter ist Winter, der Sommer ist Sommer. Und der Frühling! Der erste Tag, an dem der Schnee schmilzt und man zum ersten Mal den Pelz ablegt! Und das Brot, und das Obst! Versteckt die Äpfel unterm Stroh, unter dem Heu, sie werden sie immer finden, so stark duften sie. Jedes Ding hat seinen Duft. Die Blätter an den Bäumen duften …

Aber dann hat er ein Pogrom erlebt. Er kann einen Russen nicht mehr unvoreingenommen ansehen, ihm die Hand geben.

»Wer weiß, wer getötet hat? Vielleicht dieser …«

Je liebenswürdiger ein Russe ist, desto verdächtiger ist er für Guirchman.

Er muß weg! Er will zu den Afrikanern, zu den Schwarzen fahren. Es heißt, daß sie ängstlich sind. Wer Angst hat, weiß, daß Sterben schrecklich ist, und tötet nicht.

Nach dem Pogrom in seinem Städtchen ist er mit einer Abteilung des »Roten Terrors« gezogen. Sie sind durch viele Gegenden gekommen. Sie schossen auf die Teilnehmer der Pogrome, er aber, er zielte nicht. Er konnte nicht töten.

»Schade, daß die Juden nicht töten können! Wer nicht tötet, kann nicht zwischen Menschen leben, die töten.«

Beim Abschied sagte er, daß er in drei Tagen, am nächsten Samstag, wiederkommen würde.

Aber am Samstag ist er nicht gekommen, auch am Samstag darauf ist er nicht gekommen.

Ich bin zu anderen gegangen, die ihm auch eine Suche anvertraut hatten: Sie wußten genausowenig.

Ein paar Tage später höre ich beim Komitee in einer Gruppe seinen Namen nennen. Mit dabei ist ein Bekannter von mir.

»Was ist mit Guirchman passiert?«

»Sie haben ihn mit Ladestöcken totgeschlagen und seine Leiche der jüdischen Gemeinde geschickt.«

Ein anderer fügt an:

»Er ist selbst schuld! Heutzutage reicht es nicht mehr, Mut zu haben, um diese Arbeit zu machen, das muß organisiert sein ...«

Der Mann, der so redet, wird um die Dreißig sein, er wirkt sehr aufgeweckt, er hat ein Lächeln in den Augen. Er ist sehr gut angezogen, genau wie der Mann, der neben ihm steht und wie sein Doppelgänger aussieht, zwei graue Anzüge, Gamaschen, zwei gelbe Stöcke, weiße Hemden mit schwarzen Streifen, seidene Fliege.

Die beiden Männer sondern sich mit mir von der Gruppe ab. Wir reden weiter über die Schmuggler. Sie sagen, daß sie mich kennen und daß ich, wenn ich Tips brauche, was solch einen »modernen« (sie gebrauchen dieses Wort) Schmuggler angeht, zu Herrn Fouks gehen soll, und sie geben mir seine Adresse.

Ich gehe am nächsten Tag zu diesem Fouks. Es sind die beiden Brüder – ohne Jackett sehen sie aus wie elegante Zirkusakrobaten –, die mir entgegenkommen!

Die jüdischen Flüchtlinge, die nach Kischinjow kommen, die wenigen, die hier auf Dauer bleiben wollen, haben es nicht eilig, sich Wohnungen einzurichten. Das Beispiel Rußlands ist ganz nah, gut ins Gedächtnis eingeprägt.

Ich bin überrascht, in ein kleinbürgerliches Interieur einzutreten, sauber, mit neuen Möbeln, handgestickten Zierdeckchen, seidenen Vorhängen, Photographien an den Wänden, Nippsachen, Puppen auf dem Buffet.

Es ist eine kleine jüdische Familie, die in gutem Einvernehmen lebt, die Friedlichkeit liebt und ausstrahlt. Und sie betreiben dieses gefährliche Gewerbe.

Der ältere ist verheiratet. Da ist seine Frau, eine sanfte und lächelnde Jüdin, gefolgt von einem Kind, das sich an ihre Röcke hängt.

Wir lächeln einander zu. Der ältere, sehr zufrieden mit seinem Eindruck auf mich, spricht:

»Wir haben die rumänische Staatsbürgerschaft angenommen. Warum soll man denn nicht seßhaft werden? Wenn man in einem Land arbeitet, ist es besser, die Staatsbürgerschaft zu besitzen.«

Und er erklärt mir seine Arbeitsweise.

»Die rumänische Grenze, der Dnjestr, das taugt nichts. Das ist eine Sache für Habenichtse und für Tollkühne. Wir mögen kein überflüssiges Risiko, weder für uns noch für die, mit denen wir zusammenarbeiten. Darum lassen wir die Flüchtlinge über die polnische Grenze kommen, die viel bequemer ist.«

Sind die Flüchtlinge erst mal in Polen, besorgen sie ihnen Pässe, und dann kommen sie schon legal, in aller Ruhe, über die rumänische Grenze, in die Bukowina. Die Brüder Fouks arbeiten als Familie. Sie haben einen Onkel in der Ukraine. Der jüngere Bruder fährt zu ihm, der ältere bleibt in Polen, um den Übergang über die Grenze vorzubereiten. Eine Schwester, die in Rowno, ein paar Kilometer von der Grenze wohnt, hilft ihm dabei. Seine junge Frau, die in Kischinjow bleibt, gibt Auskünfte, sobald sie sie erhält.

Am selben Abend ist das Geschäft im Beisein eines Zeugen abgeschlossen, bei dem das Geld hinterlegt wird, dem Direktor der Bank »Bessarabien – Palästina – Vereinigte Staaten usw., usw.«.

Inzwischen organisiere ich mein Konzert. Es hat großen Erfolg. Der Saal ist überfüllt. Als ich anfange, die Kosten zu bezahlen, entdecke ich, daß die Einnahmen sie kaum decken. Aber ich gewinne einen Bewunderer, den Direktor des statistischen Büros im jüdischen Komitee. Er verschafft uns in seiner Abteilung Arbeit.

Wir machen uns mit glühendem Eifer an die Arbeit. Von neun Uhr morgens bis neun Uhr abends. Die Überstunden werden doppelt bezahlt. Während der kurzen Ruhepausen ist meine Frau ins Rechnen vertieft: »Unter der Matratze sind viertausend Lei; bis Sonntag stehen weitere vierhundertfünfundachtzig aus, dazu die Überstunden, hundertundzwanzig und neunzig (wir werden es bis zwei Uhr nachts noch auf neunzig bringen)« und so weiter. Wir arbeiten schnell, wir essen noch schneller. Die einzigen Besuche, die wir machen, sind die bei der Frau des Schmugglers.

Doch die Wochen vergehen, und es gibt keine Nachricht vom jüngeren Bruder, der noch in Rußland ist. Vielleicht wartet er auf eine günstige Gelegenheit für die Abreise, vielleicht hat er Typhus bekommen, vielleicht haben ihn die »Grünen« umgebracht …

Keine Nachrichten. Die Frau des Schmugglers verbirgt ihre Sorge nicht mehr und beruhigt uns auch nicht mehr. Im Gegenteil: Jetzt trösten wir sie, erst recht, weil sie seit Tagen außerdem von ihrem Mann keine Nachricht mehr hat.

Währenddessen werden die Zeiten für die Flüchtlinge immer schwerer; die Razzien sind jetzt täglich, Leute verschwinden immer häufiger, die Leute, die am Dnjestrufer wohnen, erzählen, daß in jeder Nacht vom Fluß Gewehrschüsse zu hören sind; morgens sieht man Leichen, die von der Strömung fortgetragen werden, und in den Dörfern und Städtchen ziehen betrunkene Soldaten herum.

Auch um die Sigurantza wächst der Schrecken. Die Regierung erläßt drakonische Gesetze für Bessarabien. Die Schmuggler, die Flüchtlinge, die sie herbringen, und die, die sie verstecken, sie alle müssen mit der Todesstrafe rechnen.

Eines Tages beim Nachhausekommen läuft mir meine Frau entgegen. Sie ruft von weitem, sie strahlt, sie hält in ihrer erhobenen Hand ein Papier, ein Telegramm.

»Sie sind in Polen, sie sind vier. Du hörst, vier. Dein Bruder hat ein Kind ...«

Plötzlich erfaßt mich ein Schrecken. Sie wollen hierher kommen, in die Stadt der unersättlichen Schlächter. Sie dürfen nicht bis hier kommen. Man muß ihnen entgegenfahren, sie in Czernowitz erwarten. Aber um in die Bukowina zu reisen, benötige ich ein besonderes Visum der Sigurantza. Ich bereite mich schon am Vorabend vor, um ruhig zu sein. Dann gehe ich zu den Unmenschen. Man verweigert mir den notwendigen Ausweis. Also werden sie in einigen Tagen in Czernowitz sein! Und dann hier!

Ich laufe zum Advokaten. Er sagt mir, daß meine Angelegenheit bei der Sigurantza durch ihn in ein paar Minuten geregelt sein wird; ich soll in einer Stunde wiederkommen, um das Visum abzuholen. Ich warte lieber an Ort und Stelle.

Im Hauptsitz der Sigurantza von Kischinjow, einem vergessenen Gebäude in einer stillen Straße, beginnen die Ausweise ihre Existenz im Keller. Wir schmieren einige Hände. Dann steigen wir von Stockwerk zu Stockwerk. Je höher wir kommen, desto munterer wird der Advokat, im Zimmer des Chefs der Sigurantza ist er ein vollendeter Hanswurst. Er spricht schnell, macht Witze und lauert auf den Eindruck, den er auf den Chef gemacht hat. Schließlich gibt er ihm den Ausweis zur Unterzeichnung. Der andere liest ihn und entdeckt einen Formfehler. Wir müssen wieder hinunter. Wir gehen den gleichen Weg nochmal. Der Advokat möchte fort, ich soll allein fertig werden, aber ich lasse ihn nicht. Endlich sind wir an der Tür vom Chef. Der Wachsoldat sagt uns, er sei vor fünf Minuten gegangen. Morgen ist Sonntag. Die Büros machen zu. Der Anwalt wischt sich den perlenden Schweiß von der Stirn, er sieht mich an wie ein schuldbewußtes Kind und rät mir, ohne den Ausweis nach Czernowitz zu fahren. Dort würde ich ihn für wenige Lei bekommen.

»Sie haben gesehen, wie's geht, es ist ganz einfach ...«

Ohne gültige Pässe, erschöpft durch die fieberhafte Arbeit in Kischinjow, in Aufregung wegen der Ungewißheit um die Lage unserer Angehörigen irgendwo in Polen, fahren wir nach Czernowitz, in der Tasche die Adresse einer Frau, die zwischen dem älteren Bruder Fouks und seiner Frau vermittelt hat. Vom Bahnhof machen wir uns sofort auf die Suche nach ihr, vielleicht weiß sie etwas Neues über die Schmugglerbrüder.

Eine Stadt, die von der klaren Luft, dem hellen Regen und dem sanften Wind eines Tals gereinigt ist. In einer breiten, sauberen Allee erhebt sich ein großes Haus. Rechts vom Torweg beginnt ein langer Korridor, der, je weiter wir ihn mit unserer Ungeduld durcheilen, sich windet und immer schmutziger und dunkler wird. Am Ende ein kleiner Hof, vollgestellt mit leeren Hühnerställen, altem Stroh und Müll. Gegenüber eine große verglaste Tür; hinter dieser Tür wäscht eine alte, vertrocknete Frau mit langsamen Bewegungen erdgraue Wäsche in einem Holzzuber.

»Frau Faktor?«

Die alte Frau fährt zusammen.

Während sie ihre Hände an ihrer schmutzigen Schürze hastig abwischt, mustert sie uns, ohne zu antworten, und sagt dann ganz atemlos:

»Sie warten auf Ihre Mutter, sie ist sehr nett. Und Ihr Bruder mit seiner kleinen Familie. Alle sind nett. Wie schön sie ist, die Frau Ihres Bruders ... Gehen wir gleich hin.«

Wir schauen wohl erstaunt, denn wir verstehen noch nicht.

Da stößt mich die alte Frau mit ihrer zitternden Hand sanft an:

»Aber sie sind doch schon da, Dummerchen, sie sind gestern angekommen.«

Hundert Meter auf einer Straße, die vor Sauberkeit glänzt, wieder drei düstere Flure, dann zwei Zimmer voll ungewaschener, lärmender Kinder, die kränklich und zerlumpt sind. Ohne anzuklopfen, treten wir in ein dunkles Zimmer. Ich sehe nichts, aber ich höre Ausrufe: Jemand ruft meinen Namen. Eine Luke wird geöffnet. Mitten im Zimmer, in einen langen Sack gehüllt, steht meine Mutter, barfuß, die grauen Haare aufgelöst. Mein Herz schnürt sich zusammen, als ich sie ansehe. Ich habe nicht einmal Zeit, mich ihr zu nähern, als ein mageres Mädchen, schweißglänzend und mit schmutzigem, struppigem Haar, von dem riesigen Bett hinter ihr springt, auf dem sich ein Dutzend Frauen und Kinder tummeln und sich kratzen, sich mir in die Arme wirft und mich verzweifelt an sich preßt:

»Sagen Sie schnell, wo ist mein Vater? Grünwald, Simon Grünwald?«

Dann sind die anderen ganz dicht bei mir, umringen mich, bedrängen mich und fragen mich aus. In dem stinkenden Gemenge, in dem krächzenden Wirrwarr, zwischen den halb entblößten schlaffen Frauen suche ich meine Mutter. Sie steht abseits, unfrisiert, in ihrem Sack, und wartet. Mein Bruder und seine Familie sind woanders. Meine Mutter zieht hastig ein schwarzes Kleid über und geht mit uns.

Wir gehen wieder durch enge Korridore, durch triste Höfe, vorbei an den eng aneinandergedrängten Läden dieser Juden, von denen man sagt, sie seien reich, die aber ärmlich sind, die in einer sauberen Stadt, die sich weit über blaue und klare Hügel ausdehnt, sich diese Plätze aussuchen und bewohnen, die so schmutzig sind wie ihre schwarzen Lumpen, um dort ihr Bettlerleben zu führen, ihr Leben von Bettlern, die sich schwer plagen.

In dem kleinen leeren Zimmer meines Bruders sind die Wände einförmig blau; ein Bett, ein kleiner Tisch vor dem Fenster und darauf zwei große Photos: mein Vater und mein anderer Bruder, auf dem Pflaster der Landstraße hingemetzelt, mit offenem Mund.

Ich gehe mit meiner Frau schnell los, wir kaufen Schuhe, Kleider, Nahrungsmittel. Aber sie interessieren sich gar nicht für die Kleider, sie sehen sie distanziert an. Das weiße Brot erregt ihre Aufmerksamkeit. Sie essen es langsam, in kleinen Stücken, sie klauben die Brosamen auf, die zu Boden fallen.

»Also, erzählt doch mal ...«

Aber sie haben nichts zu erzählen. Wir stellen ihnen Fragen. Sie antworten. Sie haben sechshundert Kilometer in einem Pferdefuhrwerk zurückgelegt. Sie haben zwei Wochen lang im Bahnhof von Berditschew gewartet, wo der Boden von Läusen und an Typhus sterbenden Menschen bedeckt war. Als der Zug endlich kam, war er über und über voll: Menschen auf den Waggondächern, an die Türen geklammert und auf den Puffern sitzend. Die drinnen waren, ließen die andern nicht herein, selbst wenn noch eine kleine Möglichkeit bestand zusammenzurücken. Aber meine Familie hatte Glück. In einem der Wagen saß eine jüdische Schauspielertruppe, sie erkannten meinen Bruder. Dieser Zug brachte sie in eine Stadt in der Nähe der Grenze. Zwei Tage und zwei Nächte lang sind sie, trotz der Morgenfröste, durch den Wald gewandert, barfuß; man mußte die Schuhe ausziehen, weil sonst die trockenen Zweige knakken und die Aufmerksamkeit der Patrouillen erregen konnten. In diesem Wald hatte das schwarzhaarige Mädchen, das seinen Vater suchte, seine zwölf Silberlöffel verloren. Als sie durch den Wald waren, versteckten sie sich in einer Scheune. Es war darin kalt, aber man durfte sich nicht rühren. Bei Nacht sind sie durch einen Fluß gewatet. Das Wasser ging ihnen bis zum Hals, es drückte sie zur Seite, immer zur Seite. Und wie war es schön, sich am Feuer einer jüdischen Familie zu trocknen! Das war bereits in Polen. Als sie aufbrach, fand meine Mutter einige Kleidungsstücke nicht mehr. »Die waren so arm, die haben kein Geld annehmen wollen.« Dann kamen Städte, falsche Pässe. Meine Schwägerin wurde zur Tochter meiner Mutter, mein Bruder der Bruder seiner Frau. Dann Polizisten, die ihnen nachstellten, die drohten und Trinkgeld verlangten, die feilschten und andere Polizisten schickten; die Hilfskomitees, das trockene Brot, Bohnen ... Dann wieder eine Grenze in den Bergen, die Bukowina. Man mußte über glatte Felsen klettern, mit einem Kind, mit einer Kranken ... Ja, meine Schwägerin ist krank, die Lunge ... Klar, bei den ungeheizten Zimmern, der wenigen Nahrung, der Anstrengung, dem Gelaufe.

Meine Schwägerin hustet und hält sich zurück. Sie drückt sich ein kleines Taschentuch an den Mund.

»Aber huste es doch ab«, sagt mein Bruder besorgt.

Dann schliefen sie in einem Tal im Massenlager und wärmten sich aneinander.

Sie erzählen und sehen zu Boden. Sie heben den Blick zu mir und sehen mich einen Augenblick lang an.

Ich wage es nicht, sie anzusehen oder ihnen weitere Fragen zu stellen. Aber nun erzählen sie von selbst. Langsam. Stück für Stück. Onkel Salomon ist verhungert, eine ganze Familie, Verwandte von uns, ist an Typhus gestorben, mein Vetter ist General in der Roten Armee.

Mein Bruder ist ungeduldig, er steht oft auf, macht zwei Schritte in dem kleinen Zimmer und sagt:

»Wir müssen anfangen zu arbeiten.«

Gleich am nächsten Tag laufen wir zu den Komitees, den Kommissariaten und anderen Ämtern. Es werden uns Papiere ausgestellt, die dazu dienen, andere Papiere zu erhalten, die ihrerseits notwendig sind, weitere Papiere zu erhalten, und so weiter. Schließlich stehen wir vor der letzten Tür: der englische Konsul, Repräsentant der jüdischen »Heimat«, der Schrecken aller mittellosen Juden, die nach Palästina wollen. Aber es wird uns überall gesagt, daß der englische Konsul in Czernowitz, eine seltene Ausnahme, kein Antisemit sei. Und es stimmt: Ein gelassener Mann mit grauen Schläfen, sitzt er in einem großen hellen Zimmer im Sessel, erhebt sich bei unserm Eintreten, sieht unsere Photographien und unsere Papiere an und gibt uns den Passierschein.

Glücklich kehren wir zum Komitee zurück, damit man uns hilft, unser Konzert zu organisieren. Diese Juden, die Ähnlichkeit haben mit den Deutschen, haben von uns gehört, sie stellen sich uns zur Verfügung und ermutigen uns:

»Czernowitz ist ein kleines Wien. Wir lieben hier die Musik.«

Wir sind seit zwei Tagen in Czernowitz, wir haben unsere Pässe, auf die andere monatelang warten, und wir singen heute abend.

In dem kleinen Saal fühlen wir uns heimisch. Wir singen auf einem kleinen Podium, mitten in einer begeisterten Menge.

Bald reagiert diese Menge, sinkt und hebt sich mit uns, fügsam. Wir vergelten ihnen diesen Gehorsam mit Liedern von einer sanften, lächelnden Frivolität. Selten haben Sänger an einem Abend ein so langes Programm gegeben.

Drei Tage später, das Geld und die Pässe in den Taschen und Pläne im Kopf, die rumoren und einander drängen, spazieren wir durch die hellen Straßen. Wir machen Bekanntschaften. Wir gehen über einen Platz, wir bleiben stehen. Mein Bruder erbleicht. Ein Offizier ohrfeigt mitten auf dem Platz einen schwerfälligen Soldaten, der in Habachtstellung verharrt. Ganz atemlos vor Erregung sagt mein Bruder:

»So etwas sieht man in Rußland nicht mehr.«

Ich ziehe ihn am Ärmel.

»Komm, in ein paar Tagen verlassen wir Rumänien.«

Kapitel VI
Die Provokation

Im Zug von Czernowitz nach Galatz fühlen wir uns alle ein bißchen krank, es ist die Erschöpfung. Wir kommen fünf Tage vor Abfahrt unseres Schiffs an, weil wir kein Geld für die Fahrkarten haben und weil wir es zu verdienen hoffen, indem wir hier ein Konzert veranstalten. Wir nehmen ein kleines Hotel an den Kais, um näher beim Schiff zu sein. Das Hotel ist schmutzig und kalt, aber draußen breitet sich milde und wärmend die Herbstsonne aus. Wir gehen auf die Kais und setzen uns alle für einen Augenblick auf einen Holzhaufen. Wir betrachten das Wasser, das von einem kalten und schweren Grün ist, wir hören die groben Rufe der wenigen Arbeiter, die ein Segelschiff entladen, wir blinzeln beim Anblick der Schiffe, die sich in einer breiten funkelnden Fahrrinne entfernen oder hoch und mächtig auf uns zuschwimmen. Mein Bruder und ich gehen zum Komitee für jüdische Emigranten, dessen Sekretär uns tausend Versprechungen für die Organisation unseres Konzerts gemacht hat. Wir sind selbstbewußt und frohgemut, schnell gehen wir eine kleine steile Straße hinauf. An der Ecke einer Seitenstraße begegnen wir einem übertrieben höflichen jungen Mann, einem Bekannten meines Bruders, der uns indiskrete Fragen über die wunderbar großen Summen stellt, die wir in Czernowitz verdient hätten. Am Ende einer breiten Straße verschwindet er plötzlich, und einen Moment später trennt ein hoher runder Schatten meinen Bruder und mich.

Ein großer dicker Mann in einem alten, abgetragenen Mantel, dessen Schwärze grün geworden, der aber gut geschnitten ist, grauer Kopf, auf dem er eine abgenützte, aber sauber gebürstete Melone trägt, faßt meinen Bruder plötzlich unterm Arm.

Der Fremde ist bleich, fahl sogar, aber nervös entschlossen. Hastig sagt er:

»Sie sind mir einer. Ich habe Ihnen zwei Worte zu sagen. Kommen Sie mit mir. Es ist sehr wichtig.«

Da wir überrascht stehenbleiben, wiederholt er:

»Kommen Sie schon, kommen Sie, es ist zu Ihrem Vorteil.«

Er ist sehr groß und stark und hält den Arm meines Bruders fest umspannt, er zieht ihn.

»Aber was ist denn los?«

»Gehen wir in das Café da, da können wir besser reden.«

Mir wird kalt im Rücken. Der Mann ist seltsam: Er ist von einer Entschlossenheit, die ihn bleich, eben fahl macht, unter der seine Stimme heiser klingt und sein Atem schwer geht; sein dicker Leib macht eine sichtbar ungewohnte Anstrengung. Da wendet er mir ein sehr großes Auge zu, ein geöffnetes starres Auge, ein Auge aus Glas...

Im Café, uns gegenüber sitzend, legt er seine schweren Arme auf dem kleinen Tisch übereinander, neigt sich zu meinem Bruder und fängt an zu sprechen:

»Ich kenne jemanden, der euch richtig übel will. Ich habe mich dazwischengestellt ... Er hat sein ganzes Vermögen in Rußland verloren, er ist verbittert, er will sich rächen. Er weiß, daß ihr dort herkommt, daß ihr Bolschewiken seid.«

Mir ist, als rutschte ich in einen Abgrund. Der Mann redet weiter:

»Lassen Sie mich ausreden. Ich handle in Ihrem Interesse. (Er ist bleich, er ist entschlossen.) Gebt ihm ein bißchen Geld, er ist sehr arm, ruiniert von den Bolschewiken. Ein bißchen Geld, und ich werde es einrichten, daß er euch in Ruhe läßt.«

Der Mann mit dem Glasauge ruft einen langen jungen Mann mit gebeugtem Rücken und gesenktem Blick, der in seinen Mantel gezwängt ist und den ich seit ein paar Minuten in der Nähe unseres

Tischs hin- und hergehen sehe. Der junge Mann lehnt es zornig ab, an unseren Tisch zu kommen, aber er entfernt sich auch nicht. Der Dicke drängt ihn, er kommt heran und setzt sich.

Wir protestieren gegen die Beschuldigung. Wir wollen erzählen, erklären. Aber wir sind gelähmt, denn uns wird mit einem Schlag bewußt, in welchem Land wir uns befinden, wie schnell man hier verdächtig wird und daß es genügt, jemandem das Etikett Bolschewik anzuhängen, um ihn zu erledigen. Es droht da eine große Gefahr, noch unbestimmt, aber wir ahnen schon, daß sie in Wirklichkeit noch größer ist. Wir denken gleichzeitig an unsere Familien, die zuversichtlich auf dem Holzstoß sitzen. Kann sein, daß wir überhaupt nicht wegfahren! Unmöglich. Wir halten niemanden für fähig, uns das anzutun. Es geht nur um Geld.

Plötzlich nennt der Jüngere die Höhe des Lösegelds (er sagt »Lösegeld«), eine unglaubliche Summe, die auch von zehn, zwanzig Czernowitzer Konzerten nicht bezahlt werden könnte.

»Aber soviel haben wir ja gar nicht ...«

Der junge Mann will aufstehen, der andere hält ihn zurück und richtet sein Glasauge auf uns, das schlecht in der Höhle sitzt, das herausfallen kann ...

Ich bin völlig fertig, niedergeschmettert vom Schlag aus heiterem Himmel, aber plötzlich erkenne ich die Komödie, die Komplizenschaft der beiden, ich sehe die Falle, in die man uns stößt, ich erinnere mich an den höflichen jungen Mann, der uns vorhin so plötzlich verlassen hat: Ich bin empört. Dabei sind das Juden! Ich sage ihnen, daß wir vor ihnen keine Angst haben, daß uns unsere Pässe, in die der englische Konsul das Visum gesetzt hat, und der Ausweis des Obersten Davis in Ägypten beschützen ... Außerdem sind wir hier nur auf Durchreise; unser Schiff geht in drei Tagen ab. Darauf wendet mir der Mann mit dem Glasauge sein anderes Auge zu, es ist klein und scharf, eingehüllt in seine Falten.

»Nur die Ruhe! Wer kann denn wissen, was ihr in den drei Monaten gemacht habt, die ihr in Kischinjow verbracht habt!«

Ja! Alles paßt zusammen und ist unerschütterbar wie das Schicksal. Alle Auswege sind versperrt. Alles ist vorbedacht und berechnet, sogar unsere Machtlosigkeit gegenüber ihrer Niedertracht, die kalt wirken soll.

Mein Bruder regt sich auf, er redet: Er redet von unserer Familie, er appelliert an ihr Mitgefühl, er fleht sie an!

Die junge Kanaille setzt wieder eine wütende Miene auf. Der ältere wird sanft, versöhnlich, mit dem Ausdruck eines, der daran nichts ändern kann. Er versucht trotzdem, die Entschiedenheit des andern zu beschwichtigen. Darauf wird dieser, der bisher fast nichts gesagt hat, beredt. Er spricht klar, man sieht, daß er alles vorbereitet hat, er hat eine Lösung vorhergesehen und vorbereitet, die uns retten und gleichzeitig seinen Zorn gegen die Bolschewiken mildern kann! Er weiß, daß wir in Czernowitz einen großen Erfolg gehabt haben. Er schlägt uns vor, ihm das Geld, das wir dort verdient haben, als Vorauszahlung zu geben und in Galatz zu bleiben, um den Rest des Lösegeldes mit Singen zu verdienen! Um bis zum ersten Konzert durchzuhalten, sollten wir uns nur ans jüdische Hilfskomitee wenden, wie alle Flüchtlinge!

Wir verlassen das Café, völlig niedergeschlagen: Sie begleiten uns, uns geht es noch schlechter, als wir uns unseren Angehörigen nähern, die wir von weitem auf dem Holzstoß sitzen sehen, zu uns gewandt, uns erwartend. Näher gekommen sehen wir, daß die Frauen blaß vor Angst sind. Ihre weit geöffneten Augen fragen: »Was ist passiert, wer sind diese Leute?«

Die ältere Kanaille, der Mann mit dem Glasauge, ist er wirklich gerührt? Nach außen ist er voller Mitgefühl und Bedauern für die stumme Verzweiflung der Unseren. Er faßt mich zärtlich am Arm und sagt mir:

»Ihr werdet sehn, was für Konzerte wir euch hier veranstalten werden, wir werden uns alle ins Zeug legen.«

»Wie viele beteiligen sich denn an diesem tollen Geschäft?« Mir ist ganz neblig im Kopf.

Als wir beisammen sind, berichten wir unseren Leuten diese Geschichte, die sie mehr erraten; wir stehen wortlos da, wir erleben eine Tragödie, die uns Arme und Beine lähmt. Unser Verstand geht langsam, wie eine Uhr, bevor sie stehenbleibt. Wir sind unempfänglich für die harte Miene und für die Drohungen des jungen Rächers, der sich umwendet und auf ein Gebäude im Hintergrund, an einer Straßenecke zeigt.

»Die Sigurantza!«

Er setzt uns noch eine letzte Frist: sechs Uhr abends im gleichen Café, am gleichen Platz, an dem wir mit ihm gesessen haben. Sonst ...

»Die Sigurantza!« Dann zieht er wütend ab.

Der Alte zögert, bleibt noch einen Augenblick, um uns seine Ohnmacht angesichts der Wut des andern zu schildern.

»Er hat seine ganze Habe verloren ...«

Und geht dann zum andern, der in einiger Entfernung stehen geblieben ist.

Während wir alle zusammen über die sonnigen, öden Kais trotten, machen wir uns hastige Gedanken über einen Ausweg. Wir sind schon bereit, zu bleiben, das Lösegeld zu bezahlen, mit langer Arbeit diese widerwärtigen Menschen zu bezahlen, wir willigen ein, länger hierzubleiben. (Werden wir die Kraft dazu haben?) Und wenn man für die arbeitet, wo ist die Sicherheit, daß sie nicht neue Bedingungen stellen werden, indem sie uns mit derselben Verleumdung bedrohen? (Und dazu meine Schwägerin, die mehr denn je hustet.)

Deutlicher denn je wird uns bewußt, daß wir sofort abreisen müssen. Aber sie werden uns nicht fahren lassen. Das ist klar. Es ist so leicht, andere zu beschuldigen, sie mit einer Provokation fertigzumachen! Die Unruhe erfaßt einen nach dem andern. Die Sonne wird lästig, sie wärmt zu sehr. Wir kehren ins Hotel zurück. Dort, in dem kleinen kalten Zimmer, suchen wir eine Lösung. Mein Bruder, der einen ganzen Monat auf der Flucht gewesen, heimlich über die Grenzen gegangen ist und sich versteckt hat, drängt: Wir müssen fliehen, sofort fliehen! Auf jeden Fall wird er nicht einen Augenblick länger im Hotel bleiben. Ich, der ich im Hilfskomitee in Kischinjow gearbeitet habe, weiß, daß es unmöglich ist, sich zu verbergen oder aus diesem Land zu fliehen. Überall sind Verräter. In unserer Angst jagt ein Plan den andern. Aber mein Bruder geht weg, er hat sich einen Monat lang versteckt, er wird sich wieder verstecken. Wir gehen weg. Meine Mutter bleibt allein im Hotel. Wir gehen ans andere Ende der Stadt, in den ärmsten Stadtteil, bewohnt von armseligen Juden. Mein Bruder findet ein Zimmer im Erdgeschoß, mit Fenster zur Straße. Er sieht es sich genau an und hebt vorsichtig eine Ecke des Vorhangs, um die Straße zu sehen.

Meine Frau und ich gehen zu Rewutsky, ihn um Rat fragen, und unterwegs beschließen wir, unser ganzes Geld, das meine Frau bei sich trägt, ins Café mitzunehmen. Und weiter?

»Und weiter – wird man sehen«, seufzt meine Frau.

Wir erzählen Rewutsky, dem Sekretär des jüdischen Komitees, von dem Unglück, das uns droht. Er erhebt sich zur ganzen Länge seines hohen, spindeldürren Wuchses.

»Ich werde mit ihnen ein Wörtchen reden!«

Ich habe Furcht wegen seines entschlossenen Ausdrucks. Ich sage ihm, daß wir uns vorsehen müssen.

»Nur ruhig, gebt mir das Geld, ich werde euch das schon regeln!«

Um sechs Uhr sind wir zu dritt im Café. Wir warten an dem ausgemachten Ort eine halbe Stunde, eine Stunde. Niemand!

»Bleibt ihr da«, sagt Rewutsky, »ich komme sofort zurück.«

Wir warten ungeduldig, aufgeregt. Wir haben meinem Bruder versprochen, ihm noch am gleichen Abend zu berichten. Und dann meine Mutter, die nach allem, was passiert ist, allein in diesem Zimmer sitzt. Was für ein Zimmer! Nichts ist so traurig wie ein Zimmer in einem kleinen Hotel bei einem Bahnhof oder an Hafenkais. Selten bleibt man da länger als ein oder zwei Tage. In dieser Atmosphäre von verdorbenem Essen läßt jeder seine breiten Fettflecken zurück, seine schlechten Gerüche, jeder ist achtlos und gereizt, spuckt auf den Boden, wirft seine Zigarettenstummel beiseite und pinkelt aus Bequemlichkeit ins Waschbecken. Es ist da immer kalt. Nie sieht man einen Zimmerkellner oder die Besitzer. Sie interessieren sich nicht im geringsten für die Reisenden, die in ihrem Hotel bloß auf Durchreise sind. Und selbst wenn meine Mutter, die da ganz allein ist, jemanden vom Hotel hätte antreffen können, hätte sie doch nichts fragen können; sie spricht kein Wort Rumänisch.

Es wird schon Abend.

Wir warten noch eine Stunde. Viele Leute gehen vorbei (es ist ein großes Café im Zentrum der Stadt), und wir werden angeschaut.

Ein Schreck: Wir meinen den runden Rücken des Dicken mit dem Glasauge erkannt zu haben. Ich laufe hinter diesem Rücken her. Es ist ein Café mit zwei Stockwerken. Ich eile durch mehrere raucherfüllte Säle. Ich komme zurück und habe niemanden gefunden. Wir gehen. Ich vergesse meine Mutter. Um der Menge auszuweichen, die uns beiseite schiebt, gehen wir durch die kleinen, öden Seitenstraßen. Plötzlich hören wir Schritte hinter uns, gleichmäßig wie die unseren. Meine Frau flüstert:

»Er ist hinter uns.«

Wir verlangsamen unser Tempo. Er kommt nicht näher. Wir gehen wieder wie zuvor. Der junge Provokateur auch.

»Gehen wir ins Komitee, Rewutsky muß da sein«, sagt meine Frau. Wir nehmen eine große Straße. Der Mann folgt uns, ohne näher zu kommen. Wir betreten den Hof des Komitees. Der Provokateur ist immer noch hinter uns, näher jetzt; er überholt uns, wendet sich um und redet uns an: Einer seiner Freunde ist in unser Hotel gegangen, er hat nur meine Mutter angetroffen. Wo ist mein Bruder? Versteckt er sich? Wir antworten nicht, wir sind bereits an der Tür des Komitees; niemand ist da. Müde, wie wir sind, setzen wir uns auf die Stufen: Wir wollen auf Rewutsky warten, der bestimmt kommen wird. Der Mann setzt sich zu uns. Er spricht mit uns. Er will uns nichts Böses tun, auch meinem Bruder nicht. Er will nur mit ihm sprechen; er will seine Adresse. Wo ist er? Wir schweigen. Daraufhin bittet der Provokateur, der schon sehr unruhig wirkt (ich frage mich, warum), er weint beinahe, wird hysterisch. Wir stehen auf. Er geht neben uns her und wiederholt unaufhörlich:

»Gib mir die Adresse von deinem Bruder ...«

Er schreit fast. Wir befinden uns auf einer großen Straße, wir gehen an Läden vorbei, hell erleuchteten Schaufenstern, wir erregen die Aufmerksamkeit der Passanten.

»Gib mir die Adresse!«

Wir beschleunigen unseren Schritt.

»Die Adresse, die Adresse, die Adresse!«

Bis jetzt haben wir geschwiegen, weil wir uns nicht entschließen konnten, irgend etwas ohne Rewutsky zu tun, der im übrigen das Geld hat. Jetzt möchten wir mit dem Provokateur sprechen, ihm erklären. Es ist zu spät. Der Kampf hat begonnen. Wir sind so entrüstet, daß wir daran sind, zu schreien, alles zu zerstören, daß wir alle Vorsicht vergessen. Der Provokateur mochte sich in diesem Augenblick wohl fragen, wer zuerst handgreiflich würde. Ich glaube, daß wir gleichzeitig angefangen haben! Er kommt mir mit seinem kleinen verkrampften Gesicht ganz nahe.

»Die Adresse!!!«

Ich stoße ihn kräftig zurück. Er stolpert, dann stürzt er sich auf mich. Zwei Schreie ertönen auf einmal – der seine, heiser, und der meiner Frau, gellend. Er wirft sich auf mich und packt mich mit einem sehr geschickten Handgriff am Kragen. Ich erbleiche, ich stelle mir mein bleiches Gesicht vor. Er erweist sich durch diesen instinktiven nervösen Griff als Fachmann, als Polizist.

In diesem Augenblick taucht vor uns ein ganz kleines Männlein mit lang herabhängendem Schnurrbart und einer hohen, spitzen Mütze auf. Das Männlein zappelt herum und klammert sich dabei an die Arme einer ungeheuer dicken Frau, wahrscheinlich seiner Frau. Alle beide, die Augen weit geöffnet, mit stammelndem Mund, scheinen sich über meinen Angreifer sehr zu entrüsten. Eine große, dem Provokateur feindliche Menschenmenge umringt uns in einem aufgeregten Kreis. Aber der Angreifer schreit mit einer unerwartet hysterischen Stimme einen Satz auf rumänisch. Darin kommen »russo« und »bolschewitsche« vor. Die Haltung der ängstlich aufgeregten Leute um uns herum ändert sich schlagartig. Ein Augenblick unbewegten Zögerns ... Dann kommt der Kreis wieder in Bewegung, bildet einen festen Ring um uns, wendet sich, sucht etwas auf der Straße, einen Polizisten. Der kleine Schnurrbärtige schreit, daß er den Weg zum nächsten Polizeikommissariat kennt. Er läuft voraus. Die Menge stößt uns, führt uns, umfaßt uns, um gut auf uns aufzupassen. Das Männlein vorne dreht sich alle Augenblicke mit seinem ganzen Körper um, steif wie eine Puppe, und ruft:

»Hier lang!«

Die Menge, die uns umgibt, schreit zurück:

»Wir kommen!«

Zur Enttäuschung einiger Männer aus der Menge, die mit uns eingedrungen sind, ist man im Kommissariat gleichgültig: Das ist Sache der Sigurantza. Man schreibt uns auf. In Begleitung eines Polizisten und des Provokateurs gehen wir los.

Der Weg ist lang. Schließlich stehen wir vor einer schmalen Treppe. Wir steigen hinauf, wir befinden uns in einem einfach möblierten Saal, der nach Kaserne riecht und aussieht. Zwei Männer, die beim Eingang stehen, reden anscheinend freundlich miteinander. Der eine ist klein, der andere etwas größer, schon im Begriff wegzugehen. Ich höre den Kleinen sagen:

»Bis bald, *Domnule* Outschesko (oder Tuschescu).«

Den größeren hält dann aber unser schüchternes Auftreten zurück. (Auch der Provokateur hat seine Zuversicht verloren.)

Die freundlichen Männer scheinen alles über uns zu wissen. Unsere Überraschung legt sich, als wir im Hintergrund Rewutsky auf einem Stuhl sitzen sehen, mit seinen nach vorn ragenden spitzen Knien, die knochigen Hände auf den Griff seines Schirms gestützt.

Die Herren sind sehr liebenswürdig zu uns. Sie sind grob zum Provokateur.

»Komm her, du Vogel! Wer bist du?«

Der Provokateur weist mit zitternder Hand seinen Ausweis eines Agenten der Sigurantza von Kischinjow vor. Der andere reißt ihn ihm weg.

»Woher kommst du?«

»Aus Kischinjow.«

Zwei Ohrfeigen schallen.

Die beiden Herren sagen uns, daß der Erpresser bestraft werden wird. Wir werden gebeten, auf den diensthabenden Kommissar zu warten, der das Protokoll aufnehmen wird. Beim Weggehen drücken uns die beiden Herren die Hand. Rewutsky geht auch. Er wirkt zufrieden. Ich bin überhaupt nicht zufrieden. Es gefällt mir gar nicht, von der Polizei beschützt zu werden.

Ein dicker, irgendwie drüsenkranker Kommissar, pausbackig und schwarzhaarig, ist gekommen; er führt den Provokateur in ein kleines Büro. Dann fordert er uns auf hereinzukommen. Wir erzählen ihm die Begegnung mit dem Provokateur, seine Drohungen, die Festnahme auf der Straße. Der dicke Kommissar saugt unseren aufgeregten Bericht auf wie ein Schwamm das Wasser. Er ist sicherlich müde, aber er macht seine Arbeit gewissenhaft. Er sagt uns, daß er zum Abschluß der Untersuchung noch die Aussage meines Bruders braucht. Meine Frau gibt ihm die Adresse. Aber sie selbst ist erstaunt, ja erschrocken über die Hast, mit der sich der Kommissar in Begleitung eines Wachtmeisters auf die Suche nach meinem Bruder macht.

Wir bleiben im Raum. Außer uns und dem Provokateur ist noch ein Angestellter da. Er sitzt an einem Tisch und zeichnet auf das Löschblatt, das vor ihm liegt, spitznasige Köpfe. Nach und kommt er mit dem Provokateur ins Gespräch, der sich eindeutig bemüht, mit ihm zu reden. Dann wird die Unterhaltung lebhaft. – Sind sie nicht Kollegen? – Sie sprechen Rumänisch, mit gesenkter Stimme.

Wir warten, wir warten. Zwei Stunden sind schon vergangen, seit der Kommissar und der Wachtmeister gegangen sind, und sie sind noch immer nicht zurück.

Kapitel VII
Die Juden sind reich und mächtig

Der dicke Polizist und der Wachtmeister kommen zurück: Sie haben niemanden gefunden. Meine Frau merkt jetzt, daß sie ihnen vorhin eine falsche Hausnummer genannt hat.

Draußen gießt es in Strömen. Es wird beschlossen, daß morgen weitergesucht wird und daß diesmal meine Frau mit den Polizisten mitgeht. Der junge Mann, der mit uns war, spricht leise mit dem Kommissar. Der scheint unzufrieden; nach einigem Zögern wendet er sich an uns:

»Ihr werdet bis morgen früh hierbleiben«, sagt er.

Seit einigen Monaten kann ich trotz meiner Schwäche, wahrscheinlich aufgrund der Gewohnheiten meines Berufs, bis ein Uhr nachts wach bleiben; aber länger ist unmöglich. In dem Zimmer, in dem man uns untergebracht hat, befindet sich eine Bank, auf der ich mich ausstrecke, den Kopf auf den Knien meiner Frau.

Und ich denke: »Hauptsache, daß das alles vor der Abfahrt des Schiffs ein Ende hat.« Ich will einschlafen. Das einzige, was ich möchte, ist schlafen. Alles übrige tritt in den Hintergrund. Ich lege meinen Kopf auf die Bank, um meine Frau nicht zu beeinträchtigen. Ich werde lange, lange schlafen. Ich verstecke mich in meinem Mantel; den mag ich sehr; er ist zart und weich ... er trägt mich fort; ich empfinde nichts mehr, weder über mir noch unter mir.

»Es ist Morgen«, sagt eine Stimme nahe an meinem Ohr. Bevor ich die Augen ganz auf habe, bemerke ich meine Frau, die sich über mich beugt. Um uns herum ist es leer und kalt; ein Mann von gelber Hautfarbe geht von einer Seite zur andern, einen Staubwedel in der Hand. Ich bin mit einem Mal in ein eisiges, ungastliches Land versetzt, in eine Umgebung, die ich nicht will. Wie schön es wäre, wieder einzuschlafen.

Ich höre das Geräusch von Schritten. Bleich, mit ausweichendem Blick, tritt mein Bruder ein. Ich frage ihn: »Bist du allein?« Aber ich sehe, daß ihm meine Schwägerin folgt. Hinter ihr kommen der dicke Kommissar und andere Polizisten. Ich spüre, daß in diesem Augenblick etwas anfängt.

Man fragt uns aus, meine Frau und mich. Der dicke Kommissar beschreibt ein Blatt nach dem andern, ohne uns anzusehen, wobei er unsere Erzählung durch kurze Fragen unterbricht, aber ohne eine Sekunde mit dem Schreiben aufzuhören. Jedesmal, wenn er ein neues Blatt nimmt, seufzt er, vor Fett wahrscheinlich.

Wir gehen hinaus, und der Provokateur kommt an die Reihe. Er bleibt eine Stunde drin. Er spricht leidenschaftlich. Wir vier, auf einer Bank sitzend, hören durch die Tür seine Stimme: Sie ist eindringlich, entrüstet, beschwörend ... Dann kommt er, in Schweiß gebadet, heraus. Mein Bruder wird hineingerufen. Wir hören ihn nicht. Wir sehen seinen Rücken, als ein Beamter die Tür öffnet. Er steht und hält seinen Hut vor sich.

Durch die Tür zur Straße höre ich die Stimme meiner Mutter. Meine Mutter tritt ein, gefolgt vom riesigen roten Gesicht eines Polizisten. Mit vorgestrecktem Kopf und zusammengepreßten Lippen schaut sie nach uns. Schweigend setzt sie sich auf die Bank zu uns. Sie sieht sich nach allen Seiten um. Dann heftet sie, wie wir, ihren Blick auf die Tür des Büros, in dem der Kommissar sitzt. Die Tür öffnet sich. Meine Mutter erkennt den Rücken meines Bruders. Dann sieht sie uns an, prüfend, merkwürdig.

Ich flüstere ihr zu: »Das ist bald zu Ende.« Und ich frage sie, wie sie uns gefunden hat.

»Als ihr weggegangen wart«, antwortet sie, »bin ich im Zimmer geblieben und habe auf euch gewartet. Es wurde Abend, aber ich habe kein Licht angemacht … so hat der Tag länger gedauert. Ich habe mir gesagt: Sie kommen jeden Augenblick zurück. Aber die Uhr schlug neun, dann zehn … Ich habe mich an die Tür gestellt; die Straße war leer. Ich bin wieder hineingegangen. Ich hatte Angst, darüber nachzudenken, ich habe gewartet, ohne mich zu rühren. Als ich es zwei Uhr schlagen hörte, war mir klar, daß euch was passiert ist. Ich bin bis zum Morgen sitzen geblieben. Dann bin ich hinuntergegangen, ich habe schon gewußt, daß man euch in der Sigurantza suchen muß. Aber es war noch zu früh, es waren nur wenige Leute auf der Straße, und die hatten es eilig. Und ich sah keinen einzigen Juden … Ich bin hinauf- und wieder hinuntergegangen, ohne Lärm zu machen. Dann habe ich es nicht mehr ausgehalten. Ich habe mich entschlossen … Ich habe gewußt, daß ihr nach rechts fortgegangen seid. Es war schon acht Uhr. Vor einem Laden hab ich einen Juden angetroffen. Er hat sich schon gelangweilt vor seiner Tür. Ich frage ihn, wo die Sigurantza ist. Er antwortet mir scherzend. ›Sie, als Jüdin – warum zum Teufel suchen Sie die Sigurantza? Die soll in Flammen aufgehen.‹ Ich antworte ihm: ›Meine Kinder sind dort! Ich suche meine Kinder.‹ Darauf hat er den Ton geändert, er ging voran und hat mir den Weg gezeigt. Wird das denn mal ein Ende nehmen?«

Ich versichere ihr, daß ja. Ich sage nur die Wahrheit. Mein Bruder kommt heraus, und wir alle werden freigesetzt. Nur unsere Papiere werden einbehalten, »der Form halber«, erklärt man mir.

Rewutsky, den wir aufsuchen, sagt uns mit zufriedener Miene: »Da seht ihr, wie man im Leben handeln muß: Man muß die Dinge richtig angehen!«

Endlich kommen wir zurück ins Hotel. Aber trotzdem ist in unserer Freude eine Saite gerissen. Beruhigt sind wir kaum. Ich zum Beispiel liebe es, die Koffer zu packen; es macht mir Spaß, die Sachen darin nach einem rationellen Klassifizierungssystem als kleine und große Gegenstände zu ordnen. Heute aber, da ist es eine wahre Schinderei, die Koffer zu packen. Ich kann nicht vergessen, daß wir morgen unsere Papiere in der Sigurantza holen müssen; ich habe das Gefühl, daß uns dort neue Überraschungen erwarten.

Und so kommt es auch.

Am folgenden Tag fragt uns ein neuer Kommissar aus, Alexandresco.

Er ist mager, hat einen kantigen Schädel, einen großen Schnurrbart, sein schmales Kinn stützt sich auf einen hohen steifen Kragen. Er sieht uns starr an; er erwartet Geständnisse, er schreit, er droht. Er steht von seinem Stuhl auf, um mehr Eindruck zu machen. Ich wäre nicht erstaunt, wenn er mich an der Kehle packte. Nach mir kommt mein Bruder dran. Wir hören Schreie: »Ins Wasser!« Wir sehen den dicken Kommissar ankommen; für uns sieht er aus wie jemand, der uns zu Hilfe kommt. Er geht ins Büro hinein und kommt bald wieder heraus. Er sagt mir: »Ihr Bruder muß eine Zeitlang hier bleiben.«

Das ist, wie wenn eine noch nicht verheilte Wunde aufgerissen wird ... Unser Innerstes schreit auf: »Bis wann soll unsere Qual noch dauern? Für welche Sünde werden wir so hart gestraft? Man darf uns nicht mehr auseinanderreißen; man darf uns niemanden mehr wegnehmen. Wir sollen in Frieden gelassen werden!«

Wir laufen zu Rewutsky; er ist zuerst so erstaunt, daß er sich in seinem Erstaunen schier aufzulösen scheint. Dann gibt er uns die Adresse eines mächtigen reichen Juden, der uns helfen kann. Die

Flüchtlinge, die hier warten, sehen uns ängstlich an: Was, jetzt sind die noch immer nicht in Sicherheit?

Ein Papier mit einer Adresse in der Hand, gehen wir auf Suche ... Es kommt uns eine Idee. Wir nehmen einen Wagen. Wir halten einen an. Wir pferchen uns zusammen; wir beißen krampfhaft die Zähne zusammen, weil wir wissen (warum?), daß wir schweigen müssen, weil wir nah daran sind, »Hilfe!« zu rufen, zu brüllen, weil wir wissen, daß man die andern niemals sinnlos stören darf, und weil es eine Schande ist, Unglück zu haben, die schrecklichste aller Schanden.

Aber unser Schmerz platzt an der Tür eines großen Juwelierladens heraus. Alle sind hier Juden, alle leiden mit uns. Der Besitzer, Herr Friedmann, möchte viel für uns tun, aber er selbst vermag nichts, er legt seine Stirn in Falten, um den Namen eines mächtigen Freundes zu finden. Vorerst schickt er uns, weil wir fast kein Geld mehr haben, zu einem armen Juden, der aber ein ausgezeichneter Bursche ist. Weil er großzügig ist, sagt er seinem Angestellten, daß er uns begleiten soll.

Der Militärschneider Berg ist Junggeselle. Er ist sehr schön und sehr gut. Er betätigt sich auf dem Gebiet der Wohltätigkeit, weil er gerne hilft und weil ihm das die Möglichkeit verschafft, in der guten Gesellschaft zu verkehren und zu sagen: »Mein Freund Friedmann.« Seine alte Mutter wohnt bei ihm. Sowie wir eingetreten sind, kümmert sie sich um die Frauen und um das Kind. Sie führt sie in ihr kleines Zimmer, das durch seine Musselinvorhänge hell ist, mit Blumentöpfen auf kleinen Schemeln und einem Bett, auf dem viele Kissen liegen. Sie spricht ununterbrochen; die Unseren weinen, dann hört man sie ruhiger werden, sie waschen sich, sind geschäftig.

Die Männer, Berg und ich, bleiben in einem geräumigen, düsteren Atelier. Großer Arbeitstisch, Schrank für die Aufträge, ein Eisenbett in der Ecke und ein sorgfältig in Stoff gehüllter Smoking an der Wand ...

Berg ist praktisch, wenn es um anderer Leute Angelegenheiten geht. »Habt ihr Geld? Nein, fast gar keins. Also wollt ihr ein Gratiszimmer? Ich habe, was ihr braucht.«

Berg führt uns auf einen weiten unebenen Hof zwischen Häusern ohne Obergeschoß, Überreste eines früheren Gutshofs oder einer ehemaligen, aufgelassenen Kaserne. Hier wohnen Emigranten, glückliche Emigranten: solche, die bereits das Recht erhalten haben abzureisen, und die in diesem Loch monatelang auf den Tag der Abreise warten.

Hat er sie vorgewarnt? Oder hatte die Sigurantza ihr Zeichen bereits auf unseren Gesichtern hinterlassen? Möglich. Gleich nach Betreten des Hofs sind wir in Quarantäne, isoliert. Und auch wir suchen keinen Kontakt zu den anderen. Wir können von nichts als von unserer Angelegenheit sprechen; wir gehen herum wie die Schlafwandler; wir bereiten den Leuten ein Vorgefühl von Trauer, wir sind wie etwas, das sich schon vom Leben löst.

Sie, in Lumpen, mit ihren schmutzgrauen Gesichtern und ihren von Ungeziefer übersäten Kindern, sie fühlen sich froh, frei, reich. Unser Unglück hilft ihnen, ihre Sicherheit und ihr Glück zu sehen. Aber es sich offen einzugestehen ist ihnen peinlich: »Wir sind glücklich, weil uns das nicht passiert ist.« Es ist besser, nicht an uns zu denken, es ist besser, uns auszuweichen, umzudrehen, wenn man uns im Hof herankommen sieht, und einen Umweg zu machen, um uns nicht auf der Straße zu begegnen.

Neben unserem Zimmer ist eine gemeinsame Küche, die von etwa dreißig jüdischen Familien benutzt wird. Es herrscht ewig Streit um die Kochstellen, um das Feuer, das entfacht werden muß, um die Anzahl Töpfe, die man auf das gemeinsame Feuer stellen kann; manchmal hört man aus dieser Küche fröhliches Geschwätz.

Mit meiner Mutter und dem Kind, das ihr immer nachläuft, tritt dort absolute Stille ein. Ihr wird jede Kochstelle freigemacht, die ganze Küche; die Leute ergreifen die Flucht und lassen ihre Gerichte anbrennen.

Wir sind isoliert. Bemerken wir es überhaupt? Ich weiß es nicht. Als gäbe es im gleichen Hof auf der einen Seite Sonnenschein und schwarzen, toten Schatten auf der anderen, wo wir uns in einem engen Zimmer mit zwei Eisenbetten ohne Matratzen und einem großen Fenster aufhalten, das sich auf eine graue Mauer öffnet.

Wir haben uns eingerichtet, und meine Schwägerin geht zur Sigurantza; meine Mutter und meine Frau räumen auf, und ich drücke mich in einen Winkel des Betts am Fenster. Ich überdenke die furchtbaren Dinge, die über uns hereingebrochen sind. Ich habe Angst, an manche davon zu denken, und tue es doch.

Vielleicht hatte mein Bruder recht: Wir hätten fliehen sollen. Jedenfalls hatte ich nicht das Recht zu entscheiden.

Meine Schwägerin ist mit dem Kind zurückgekommen.

»Man kann ihn sehen. Das Fenster des Kellers, in dem er eingesperrt ist, geht auf die Straße. Ich habe ihn gesehen. Wenn man langsam vorbeigeht, kann man ihn sehen.«

Ich gehe hin. Links von der Tür der Sigurantza, auf der Höhe des Gehsteigs, sieht man ein Fenster mit dicken Eisengittern. Eine zwei Meter hohe Kluft trennt das Gitter vom Kellerboden. Vom Gehsteig vor der Sigurantza aus kann man nur die Füße der Häftlinge sehen. Aber indem ich mich schnell bücke, sehe ich im Halbdunkel meinen Bruder auf dem Boden sitzen. Ich begegne seinem Blick, der weich wird. An einem Balken entlang, der an der Wand liegt, nähert er sich dem Gitter, ich vergesse meine Vorsicht, ich spreche zu ihm, ich spreche ihm zu. Und erhalte einen Hieb in den Rücken, von dem Polizisten, der neben der Tür Wache hält. Ohne mich umzuwenden, gehe ich weiter. Ein paar Minuten später komme ich auf dem gegenüberliegenden Trottoir zurück; ich bücke mich und sehe meinen Bruder. Ich setze meinen Weg fort und komme nach zehn Minuten wieder. Meine Schwägerin, mit dem Kind auf dem Arm, ist schon da. Sie geht langsam vor dem Fenster vorbei, und man jagt sie nicht fort.

Die Tage vergehen. Wir laufen überallhin, vom einen zum andern empfohlen. Und mein Bruder bleibt im Keller, und seine Frau geht stundenlang spazieren. Mal geht sie auf dem Gehsteig vor dem Fenster, dann, verjagt von einem Rohling, auf dem Gehsteig gegenüber. Mein Bruder pfeift für sie die Lieder, die sie mag. Über das zarte Gesicht seiner Frau fließen Tränen, sie spürt sie nicht und wischt sie niemals weg. Hinter diesem Gitter befindet sich der einzige Mensch, der ihr nach den Massakern geblieben ist. Auf ihrem

Gesicht liegt eine sehr alte Trauer, besonders in ihren runden, offenen Augen, in denen ein stetes Entsetzen leuchtet.

Sie mußte schon sehr anrührend sein mit ihrem Kommen und Gehen an diesen dunklen Herbstmorgen (sie hat ihm Tee gebracht), an diesen regnerischen und kalten Tagen, an diesen dunklen und geschäftigen Abenden. Die Soldaten, die an der Tür der Sigurantza Wache hielten, sahen nicht hin, wenn sie an dem Gitter stehenblieb.

Nur einer machte ihr angst: Kommissar Alexandresco. Er hob seine Peitsche gegen sie, er lief ihr nach; wenn sie schwankend davonlief, das Kind auf dem Arm, spie er tausend unflätige Flüche hinter ihr her.

Aber sobald sie den knochigen, außer Atem gekommenen Alexandresco die Holztreppe krachend hinaufgehen hörte, kam sie zurück, um weiter ihre endlose Runde zu gehen und das Gespräch fortzuführen: zwei oder drei Worte, die sie jedesmal beim Vorbeikommen sagte.

Kapitel VIII
Das Schiff

Einflußreiche Juden, die uns aus unserem Unglück zu reißen suchen, erklären uns, was vorgeht.

Die zwei konkurrierenden Sigurantzas (die von Galatz und die von Kischinjow) haben unseretwegen einen Schriftwechsel geführt ... Der Provokateur ist bereits in Kischinjow, wo bekannt ist, wie er in Galatz behandelt worden ist, und sein Chef ist verärgert. Er bringt sein Ansehen ins Spiel und fordert, daß mein Bruder zwecks »Untersuchung« nach Kischinjow geschickt wird. Galatz lehnt ab und erklärt, daß die eigene Untersuchung die Unschuld meines Bruders erwiesen hat. Trotzdem wird dieser »formhalber« noch einige Zeit festgehalten. Dann wird er eines Tages endlich freigelassen. Er kehrt zu uns zurück. Nach einer kurzen, heftigen Freude erfaßt uns eine neue Angst: Bekommen wir unsere Pässe zurück, bekommen wir sie rechtzeitig zurück, damit wir mit dem großen weißen Schiff abreisen können, der *Grande Roumanie,* die wir schon gesehen haben, wie sie sich im Hafen wiegte? Wir sehen unsere Nachbarn mit Neid. Der ganze Hof bereitet sich auf die Abreise vor. Die Abfahrt ist für übermorgen früh festgesetzt.

Berg, der seit einigen Augenblicken bei uns ist, lächelt geheimnisvoll, als wir ihm von unseren Zweifeln erzählen. Er glaubt, daß wir fahren werden, daß wir unsere Pässe so rechtzeitig haben werden, daß wir das nächste Schiff nehmen können.

»Und der Beweis ... da ist er!«

Er zieht unsere Pässe mit den erneuerten Abreisevisa aus der Tasche. Mit einem Schlag sind wir wieder jung und fröhlich, wir fühlen den Duft des Lebens, unser Zimmer ist jetzt bloß noch ein Witz. Wir scherzen.

»Muß man Bettzeug mitbringen?«

Wir wollen hinausgehen, herumlaufen.

»Wir fahren! Machen wir uns bereit, laßt uns einkaufen und Pakete machen, kommt uns in die Arme!«

Über die öden Kais ziehen von hinter den Hügeln auf der andern Seite der Bucht ganz niedrig, ganz dicht über uns dicke, schwere, stille Wolken. Ein feuchter Wind streicht pfeifend um die Berge von Koffern, Kisten, Bündeln und Kissen, die in dem kalten, blauen Schlamm aufgestapelt sind, der das Pflaster überzieht. Die Leute, in warmen abgetragenen Kleidern, den Gürtel festgezurrt, warten tapfer herumstehend, oder sie ordnen ihre Pakete, wobei sie einander etwas zurufen. Sie sind guter Stimmung. Ich auch. Meine Angehörigen haben mir gesagt: »Ruh dich aus«, denn ich war schon sehr erschöpft und hustete viel. Trotzdem fühle ich mich heute sehr wohl, ich fühle mich stark, aber ich bin faul und egoistisch und sage ihnen nichts davon. Ich mache es mir gemütlich auf unseren Paketen, die auf denen der andern liegen, das ist ganz schön hoch. Ich sehe die rein weißen Seiten des Schiffs, durchbrochen von runden, in glänzendes Kupfer gerahmten Luken. Ich sehe die zahllosen Linien der Wanten und Seile, die parallel verlaufen, die sich überkreuzen und die alle zu etwas nützen, dessen bin ich mir sicher; die großen grauen Schornsteine mit dem verrußten Rand, die leicht nach hinten geneigt sind, wie um eine Anspannung zurückzuhalten, bevor sie losschnellen; ich höre das Plätschern und entrüstete Klatschen des grünschwarzen, von Öl beschwerten Wassers unten. All das geschieht um mich herum. Links vor mir öffnet sich ein Weg in das Unbekannte, nach dem wir uns so sehr sehnen. Hingestreckt auf meiner Festung, betrachte ich diese Öffnung, ich fühle, daß sie mich erwartet.

Wenn ich hinunterblicke, sehe ich mein Heer – meine Familie – vollzählig. Sie sind alle sehr geschäftig. Ich lächle ihnen zu. Sie tun, als bemerkten sie es nicht. Dann lächeln sie trotzdem. Plötzlich entdecken sie, daß sie etwas vergessen haben. Ich lache. Warum auch nicht? Wir fahren in warme, bunte Länder, wir verlassen endgültig dies abstoßende Grau, diese Kais, diese leichten Schiffe, die im Nebel verschwimmen, diese blauen Schatten, diese Gespenster.

Wieder eine Entdeckung. Wir haben etwas verloren. Oh, alles, was wir haben, alle unsere Sachen sind zum Wegwerfen. Da, wo wir hingehen, kann man nackt bleiben.

»Wir müssen alles hier lassen, keine Klamotten mitnehmen, jeder Fetzen ist voller Mikroben von Kälte und Ärger.«

Und ich lache.

Meine Mutter lächelt als einzige zur Antwort zurück. Die andern schmollen. Den griesgrämigen Nachbarn, die versunken sind in ihren Bündeln, erklärt sie lächelnd:

»Er war schon immer so. Er war immer fröhlich.«

Dennoch bin ich sehr zufrieden, als ich unter meinen Füßen das schwankende Fallreep spüre. Sicher gibt es im Bauch dieses Schiffes ein schön warmes Loch, in das ich mich stumm und glücklich und in Decken gehüllt verkrieche. Und bester Laune trage ich die beiden ausgebeulten Koffer und einen großen Krug. Ich staune über den Krug. Wozu ihn mitnehmen?

Einmal auf dem Schiff, bin ich aber enttäuscht. Unsere Plätze sind nicht im Schiffsraum; wir sind in der dritten Klasse. Es ist dort sehr warm, es herrscht da eine stinkende Sauberkeit, man riecht die

Maschinen, und jede ihrer eintönigen Bewegungen dröhnt in unseren Bäuchen. Es ist hier nicht dunkel, wie ich es für meine Ruhe gehofft hatte; die Eisenwände sind angewärmt, mit Ripolin weiß gemalt. Und mein Platz in dieser Unterkunft gefällt mir nicht.

Mein Bruder ist energisch, dreimal hat er den Platz gewechselt und dabei eine ganze Menge verdrießlicher, rheumatischer Leute aufgestört. Er hat sogar eine Auseinandersetzung mit einem Mann gehabt, der Uniform trägt und eine Mütze mit Borte. Jetzt bindet er die Kissen auf; das Kind schläft bereits in einem Winkel. Mein Bruder ist schon in Hemdsärmeln.

Ich bleibe ein wenig benommen in der Mitte des Raums stehen, den Hut auf dem Kopf, die Hände in den Manteltaschen. Ich drehe mich langsam um und schaue.

Gleich bei mir ein Kopf, den ich bestimmt schon mal gesehen habe. Ein Mann steht da, an die eiserne Säule in der Mitte gelehnt. Er beobachtet aufmerksam. Er ist kein Passagier, er hat nichts bei sich, und er bleibt angekleidet. Ich folge seinem Blick. Er kann nur meine Angehörigen sehen. Nur sie befinden sich in der Ecke, die mein Bruder erobert hat. Aber wo habe ich ihn gesehen? Wenn er spricht, werde ich vielleicht seine Stimme erkennen. Ich frage ihn, wann das Schiff abgeht. Er zieht zerstreut seine Uhr:

»In fünf Minuten.«

Eine warme, angenehme Stimme, aber ich erkenne sie nicht. Wo habe ich ihn schon gesehen? Wer ist es? Vielleicht ein Dieb. Ich lächle über mich selbst: ›Was der uns schon stehlen kann ...‹ Ich lächle, aber meine gute Laune kommt nicht wieder. Im Gegenteil, ich bin unruhig.

Mein Bruder ruft mich.

»Geh auf deinen Platz, wenn du ihn behalten willst ...«

Aber ich habe das Gefühl, daß das nicht mehr wichtig ist. Plötzlich hören wir das zweite Abfahrtssignal. Ich drehe mich um und suche den Mann. Er ist verschwunden. Aber da kommt er wieder, und nicht allein. Ein Rothaariger nähert sich uns und fragt nach dem »Künstler«. Mit Mühe liest er unseren Namen auf einem Papier. Wir stehen beide auf.

»Steigen Sie sofort mit mir aus!«

»Aber wer sind Sie denn?«

»Keine Widerrede. Kommen Sie raus, aber schnell!«

Der Mann von der Säule stellt sich dazu und spricht das Wort »Sigurantza« aus und bedeutet uns durch Gesten, daß wir unser Gepäck mitnehmen müssen.

Das ist eindeutig. Unsere Reise ist zu Ende.

Ich beeile mich nervös. Ich fühle eine Schuld gegenüber denen, die auf uns warten, gegenüber dem Schiff, dessen Abreise wir verzögern. Ich komme und gehe, um die ausgepackten Bündel, die geöffneten Koffer aufzulesen. Keinen Augenblick kommt mir der Gedanke, daß wir angesichts dieses neuen Unglücks alles wegwerfen, alles auf den Bänken lassen können. Unsere Bewegungen sind automatisch. Ist uns nicht gesagt worden: »Nehmt euer *ganzes* Gepäck, und zwar *schnell.*«

Ich sehe alles merkwürdig klar. Seltsame Sorgen nehmen mich in Anspruch: Meine Schwägerin trägt ihr Kind auf dem rechten Arm; ihre linke Hand hält den Griff eines kleinen Koffers, der bald aufgehen wird. Meine Frau schleift die Kissen, statt sie zu tragen, was ästhetischer gewesen wäre. Ich mache zu niemandem eine Bemerkung darüber, ihre Nachlässigkeit reizt mich nicht. Ich registriere, ich bemerke alles.

Wir gehen einige Dutzend Meter, wir überqueren eine breite Straße und befinden uns in der Hafensigurantza. Ein düsteres Zimmer im Erdgeschoß, wie ein Laden. Ein grauhaariger Kommissar mit einem ehrlichen, strengen Gesicht geht auf und ab, wie ein Kapitän auf einer schmalen Schiffsbrücke. In der Hand hält er das Telegramm, das uns betrifft. Ich lese es stückchenweise, jedesmal wenn er vor dem jungen Mann von der Säule stehenbleibt, der jetzt unsere auf dem Boden verstreuten Sachen durchsucht und den ich plötzlich erkenne. Es ist derselbe, der unsere Koffer bei unserer Ankunft in Rumänien durchsucht hat. Und ich fühle mich erleichtert.

Ja, er ist es.

Der Kommissar bleibt vor uns stehen.

»Ihre Papiere!«

Wir geben ihm unsere Pässe. Auf jedes Visum drückt er einen breiten Stempel: »ungültig«.

So, jetzt fahren wir nicht mehr!

Ist meine Ruhe nicht bloß Mutlosigkeit? Die andern sind nervös, sie drücken sich an die Fenster zur Straße.

Mit einem Sprung wirft meine Frau sich nach draußen, der Mann, der das Gepäck durchsucht hat, will sie noch packen. Ich schaue durchs Fenster. Der alte Rozner, der Präsident des zionistischen Komitees, versucht meine Frau aufzurichten, die vor ihm auf den Knien liegt, mitten auf der Straße. Sie fleht ihn an, sie schluchzt, sie hebt ihre Hände zu ihm. Ihr Hut ist nach hinten gerutscht. Sie ist lächerlich.

Der alte Rozner tritt ein, empört. Er spricht schnell, der Atem bleibt ihm weg, er stößt nervös seinen Stock auf den Boden. Der Kommissar ist bestimmt ein ehrlicher Mann, er setzt sich nicht in Pose. Er besteht nur auf der Tatsache, daß sich alles ordnungsgemäß verhält, und er zeigt das Telegramm der Sigurantza von Kischinjow: »Auf dem Schiff *Grande Roumanie,* Abfahrt am ..., soundso und soundso festnehmen« und so weiter. Der Kommissar hat nur seine Pflicht getan, und er ist über die Vorwürfe des Herrn Rozner, den er sehr schätzt, entrüstet. Und tatsächlich setzt er eine entrüstete Miene auf. Wie jeder anständige Mensch übertreibt er, sobald sich seine Anständigkeit in verwickelten Geschichten verheddert. Er ist sogar überzeugt, er sagt es, daß wir Bolschewiken sind.

»Und die alte Frau und das Kind?« gibt Rozner zurück.

Für den anständigen Mann ist das nur ein Vorwand.

Darauf fällt mir ein, daß Bettler manchmal Greise und Kinder auf diese Art benutzen. Dieser Gedanke bringt mich ab vom Ende des Auseinandersetzung. Rozner geht weg, schon ganz kriegerisch, sehr drohend; der Kommissar folgt ihm bis auf die Straße, er wiederholt eigensinnig, daß er nur seine Pflicht tue. Er ruft uns wütend zu, um seine Verlegenheit zu verbergen:

»Macht, daß ihr wegkommt!«

Ich sitze gut und habe gar keine Lust, weder die Sachen aufzulesen noch diesen ganzen auf dem Boden ausgelegten Bazar zu tragen. Wir verbringen gut eine halbe Stunde damit, unsere Sachen einzupacken.

Die Hafensigurantza wird uns los, indem sie uns zur Hauptsigurantza von Galatz schickt. Unsere Koffer gehen nicht mehr zu; an allen Seiten schauen Zipfel und Enden heraus. Wir gehen mühsam, wir halten an, um einen verlorenen Gegenstand aufzuheben, und verlieren einen andern. Endlich sind wir an der wohlbekannten Stiege und in dem kleinen Vorzimmer. Alle hier sind sichtlich verärgert, der Chef tobt. Gegen die Vorschrift weigert er sich, uns durchsuchen zu lassen, er telephoniert mit der Präfektur, daß von dort jemand geschickt werden soll, der es macht. Wir stehen und warten eine halbe Stunde lang, zwischen den Koffern, den Tüchern, den Notenheften. Die Leute, die hereinkommen, machen einen Bogen um uns.

Endlich kommt ein junger Mann herein, ein Künstlertyp (bestimmt spielt er Mandoline).

»Ihr seid Künstler?« fragt er, während er sorgfältig unsere Sachen durchsucht.

Im ärmsten Köfferchen, sogar in dem Bündel eines Obdachlosen kann man immer einen mickrigen kleinen Gegenstand finden, an dem sein Besitzer sehr hängt, der für ihn einen unschätzbaren Wert hat; solch ein Gegenstand hebt die Armut seines Besitzers noch mehr hervor.

Der feinsinnige junge Mann, der so viel Respekt vor uns hat, hat gerade solch einen Gegenstand in meinem Koffer gefunden: einen kleinen Skarabäus in sehr schönem Grün, einen jener »alten« Skarabäen, die in Ägypten zu Millionen fabriziert werden.

»Das ist schön. Kann ich es haben?«

»Aber sicher«, antworten wir im Chor.

»Und das da?«

Nehmen Sie doch alles, zum Teufel, ohne uns zu fragen, aber erzählen Sie uns nicht auch noch, daß Sie Aquarelle malen und eine Briefmarkensammlung besitzen. Nehmen Sie alles! Es ist uns egal. Wir bleiben hier, weil wir nicht weggejagt werden. Wir werden lange hier bleiben, einfach so, im Stehen. Wir können auch für immer hier bleiben, wenn Sie es wünschen.

Der Chef kommt heraus, er ruft meinen Bruder, daß er etwas unterzeichnet, und dann wird uns gesagt, daß wir gehen können, daß wir »frei sind«. Wir gehen. Wir gehen langsam, wir setzen uns unterwegs auf unsere Koffer, um auszuruhen, um die Leute anzuschauen, die uns anschauen. Wir haben weder Scham noch Wünsche, noch Kummer. Irgend etwas ist zu Ende, der Rest zählt kaum. Erst vor dem kleinen Tor zum Hof der Flüchtlinge erfaßt mich ein Schauer:

»Dann fahren wir also nicht mehr?«

Das gleiche Zimmer. Man kommt von dem matschigen Hof direkt hinein. Legen wir wieder unsere alten Kleider als Matratzen auf die Betten. Richten wir uns ein. Mein Bett wird wieder das am Fenster sein. Es herrscht da immer ein Luftzug, aber man sieht den Himmel. Allerdings ist der heute schmutzig; unten sieht man eine rote Tür, den Eingang in eine kleine Hütte. Ein Kind weint hinter der Tür.

Überall gibt es einen einfachen Luxus: Ein Obdachloser breitet eine Zeitung auf den Boden, um sich draufzulegen.

Schon packen meine Mutter und meine Frau die Koffer aus, und meine Frau, die unser Bett mit alten Kleidern, Hemden und Röcken aufgefüllt hat, stößt mich sanft an:

»Ruh dich aus.«

Kapitel IX
Die Tage und die Nächte

So sind wir also frei und können nicht abreisen und wissen nicht, was uns erwartet.

Wir können nichts machen, wir haben nichts zu tun, nichts kann uns ablenken. In unserem Zimmer haben wir alte Bücher gefunden, die unter den Betten herumliegen. Doch der Gedanke, sie zu lesen, kommt uns nicht.

Wir ziehen unsere Mäntel nie aus, weil es im Zimmer zu kalt ist, wir ziehen sie auch deshalb nicht aus, weil wir hinausgehen, zurückkommen, all das ohne Ziel, ohne Anlaß, automatisch.

Ich bin eben zurückgekommen. Ich setze mich nicht. Einen Augenblick später kommt meine Schwägerin zurück. Sie fragt mich:

»Wo ist dein Bruder?«

»Er ist eben weggegangen ...«

Ich habe den Satz noch nicht ausgesprochen, da ist er wieder da, macht zwei Schritte im Zimmer, wendet sich an mich und fordert mich auf:

»Laß uns rausgehen.«

Und so geht es die ganze Zeit.

Manchmal lassen wir meine Mutter bei dem Kind und brechen zu viert auf.

Wenn wir aus dem Hof herauskommen, sehen wir die trübe Anlage des Platzes, an dem unser Haus steht: vorne rechts das Badehaus, rostrot bemalt, mit verrußten Fenstern; ein schwerer Schornstein aus roten Ziegeln, der halb zerfallen ist, aber ständig dampft; links unten, wo der Platz abfällt, Baracken aus Holz und aus Lehm, bunt durcheinandergewürfelt. Aber von alledem trennen uns Schlamm und Wasserlachen. Wir wenden uns immer nach rechts.

Es kommt uns vor, daß wir betrachtet werden, daß wir gemieden werden und daß wir gleichzeitig zu genau gemustert werden. Wir flüchten uns in Seitenstraßen, die praktisch sind, karg an Wärme und Menschen. Wir gehen schneller, und wir kommen beim Ausgangspunkt wieder an. Dann gehen wir nach Hause.

Manchmal gehe ich mit meiner Frau aus. Sie geht langsam. Ich gehe vor und bleibe vor einem Schaufenster stehen. Sie kommt heran und fragt mich:

»Gefällt dir das?«

In einem solchen Augenblick ist in ihrer Stimme ein wenig Hoffnung, daß meine Gleichgültigkeit gegenüber allem, meine Gleichgültigkeit, die ihr angst macht, vorbeigeht. Aber ich habe nichts gesehen, ich habe das Schaufenster gar nicht gesehen.

Ich gehe auch mit meinem Bruder aus.

Er fängt immer an mit:

»Ich hab dir gesagt, daß wir fliehen müssen ...«

Er vergißt, daß wir gelähmt sind. Ist es möglich, aus einem Land zu fliehen, in dem die Sigurantza überall ist, in dem man stolz ist, ein Spitzel zu sein, wo man für ein Glas Wasser bezahlen läßt? Nein, wir müssen das Ende abwarten.

»Wenn wir um Hilfe rufen würden, wenn wir erklären würden, wenn wir zu ihnen reden, sie anflehen würden?«

Eines Abends, angenagt von dieser fortwährenden Furcht, gehen wir in einer friedlichen, wohlhabenderen Straße spazieren. Vor jedem Haus ist ein Zaun, sind Gitter, eine Tafel mit dem Namen der jeweiligen Villa: *Rose, Mein Heim* und so weiter. Auf ein paar Meter Entfernung sehe ich auf dem Bürgersteig eine Gruppe bei einem Wagen. Offenbar ein alter General mit seiner Familie: eine würdevolle Frau, zwei kleine Mädchen und ein Knabe. Der General macht einen ruhigen, gutmütigen Eindruck. Ein Gedanke ist mir gekommen: Zu dem General herantreten, ihn zurückhalten, ihn anflehen, ihm *alles* erzählen, ihm sagen:

»Sie haben Einfluß, Sie wirken so anständig, Sie haben Ihre Frau und Ihre Kinder. Bei Ihnen ist es warm und gemütlich, Sie sind sicherlich reich. Wir verstehen nichts von alldem, was man mit uns macht. Sie haben sicher ein gutes Herz. Sie haben Macht. Mit ganz wenig Mühe können Sie uns retten. Beschützen Sie uns. Sie sprechen Rumänisch. Erklären Sie denen, daß man nicht einen von uns töten kann, ohne uns alle zu töten. Wir sind Treibgut. Wir sind mit wenig zufrieden. Man soll uns nur beisammen lassen. Wir werden sehr arm bleiben, wir werden weit wegfahren, wir werden verschwinden, und niemand wird je unsere Stimmen hören, wir werden arm bleiben, wir werden uns plagen, aber wir werden weder Sie noch sonst jemanden belästigen. Helfen Sie uns da raus! Wir verstehen nichts, und man läßt uns grausam leiden.«

Aber ich werde das nie sagen können.

Die Tage vergehen, die Wochen, immer gleich. Unsere Gesichter sehen aus wie die schlecht gewaschene Wäsche unserer Nachbarn im Hof.

Eines Tages, als ich allein durch die Straßen gehe, fahre ich zusammen. Einen Augenblick lang hatte ich alles vergessen, was uns passiert. Auf der andern Straßenseite hatte ich eine Dame aus Kischinjow bemerkt. Sie war mehr als bloß eine Bekanntschaft. Erfüllt von einem Lächeln, ging ich auf sie zu. Doch sie war so verlegen, und es mangelte ihr so an Roheit, daß sie die Gründe ihrer Verlegenheit, die ich verstand, nicht zu benennen wagte. Es war eine reiche Dame, deren Vorname aus der entlegensten Mythologie stammte; sie war unabhängig, ihr Mann war eine wichtige Persönlichkeit. Er konnte uns in diesem Augenblick nützlich sein. Aber ich hatte das alles vergessen, als ich hastig die Straße überquerte. Ich begrüßte die Dame begeistert, gerade weil sie mich meine Lage vergessen ließ. Sie deutete ein Lächeln an, ich ging ein paar Schritte an ihrer Seite. Dann reicht sie mir die Hand und sagt, daß sie sehr bedauere, daß sie von ganzem Herzen mit mir sei, daß sie aber nicht weiter neben mir auf der Straße gehen könne.

Sie hat recht, vielleicht. Sie fährt nach Paris, diese Begegnung mit einem verdächtigen Menschen kann sie am Tag ihrer Abreise kompromittieren.

Bis dahin hatte ich mir manchmal gesagt: ›Wenn ich nur einem meiner Bekannten begegnen würde!‹ Von da an habe ich niemanden mehr gesucht.

»Aber kann man denn nichts unternehmen? Wie wär's, wenn wir zu dem und dem gingen?«

Es gibt genau vier Personen, die man aufsuchen kann, vier Juden mit Einfluß, und zwei davon sind reich: der Bankier Friedmann, der alte Bannerträger des Zionismus Rozner, Rewutsky und Berg.

Rozner ist nie zu Hause. Zunächst kommt ein Mitglied der Familie an die Tür, danach sind es die Dienstboten. Alle sind auf dem laufenden, alle sind höflich und voll Mitgefühl. Alle antworten, daß Herr Rozner leider nicht zu Hause sei. Niemand kann uns sagen, wann er zu Hause sein wird. Es sieht aus, als esse und schlafe dieser alte abgelebte Mann nicht mehr zu Hause. Wir haben begriffen.

Rewutsy ist zu bestimmten Stunden in seinem Büro, aber er ist immer so verlegen, wenn er uns in seinem Vorzimmer warten sieht.

Was Friedmann betrifft, so ist er ein zu reicher Mann. Er hat die

Gewohnheiten und die Mittel der Reichen, um Belästigungen zu vermeiden. Bei ihm hat man nicht einmal die Möglichkeit, stundenlang zu warten und auf etwas zu hoffen.

Eines Tages, als wir herumlaufen, mein Bruder und ich, erkennen wir in der Dunkelheit den unfindbaren Rozner. Wir grüßen ihn und begleiten ihn nach Hause.

»Ich kann nichts für Sie tun«, sagt er, »absolut nichts.«

Wir erklären ihm, daß wir von ihm nichts Besonderes verlangen. Wir befinden uns nur in einer grauenhaften Ungewißheit über unser Schicksal. Alles hängt von der Sigurantza ab. Die Galatzer Sigurantza hat nichts gegen uns, und es gibt dort sicher Informationen, die uns betreffen. Aber wir können nicht hingehen, um uns zu erkundigen.

»Ich aber auch nicht, ich werde mich nicht erkundigen gehen«, antwortet er. Und bleibt stehen, hebt seinen Kopf eines alten idealistischen Kämpfers und sagt zu meinem Bruder, er sei nicht sicher, daß wir keine Bolschewiken seien, daß er sich bei gar nichts sicher sei.

»Wer keinen Knoblauch ißt, hat auch keinen schlechten Atem.«

Bleibt Berg. Zu ihm können wir immer gehen, aber er hat so wenig Einfluß: Er ist Schneider, er arbeitet, um sein Brot zu verdienen. Und am Abend fährt er weg. Er fährt für eine Woche weg. Außerdem hat er schon die Zuversicht und den Optimismus der ersten Tage verloren, er ist ehrlich betrübt, wenn er uns sieht.

Man hat uns satt. Wir haben alle Leute ermüdet. Wir tun allen leid, aber niemand kann uns mögen, so schmutzig und beständig im Unglück, wie wir sind.

Und wir kreisen, kreisen, kreisen um unsere Verzweiflung. Besonders die Nächte sind schrecklich. Meine Frau erwacht mitten in der Nacht, sie zittert, sie ringt um Atem. Sie hat Alpträume gehabt. Sie hat Angst vor dem Gefängnis, sie ist sicher, daß man sie festnehmen wird. Sie hat Angst, dort *allein* zu bleiben. Sie richtet sich in ihrem Bett auf, mit stieren Augen schreit sie los: »Ich habe Angst, ich habe Angst … Mein Herz bleibt stehen, meine Hände sind kalt, wärm mir die Hände …«

Ich halte ihr den Mund zu, ich flehe sie an, Mitleid mit den anderen zu haben, aber sie schreit schon. Meine Mutter und meine Schwägerin erwachen, sie klagen und weinen auch, sie umarmen einander und beten zusammen. Jetzt sind sie ruhiger. Sie jammern, sie erinnern sich an alles Elend, an all das endlose Leiden.

Am Morgen, müde, wollen sie sich mit irgend etwas beschäftigen. Sie schämen sich trotzdem; eifrig machen sie im Zimmer Ordnung, sie wollen die Betten richten, und es scheint mir, daß sie all das tun, um weiter beisammenzubleiben. Wird das noch lange dauern? Wenn doch jemand an die Tür klopfen würde, wenn doch wenigstens von draußen jemand käme!

Und von Zeit zu Zeit kommt jemand zu uns. Berg kommt zu uns. Wie dankbar wir ihm dafür sind! Wir lieben alles an ihm. Er besitzt einen mühelosen, spontanen Mut. Er schafft Heiterkeit in unserem Zimmer mit seinen Scherzen, die uns nicht zum Lachen bringen, deren offene und warmherzige Fröhlichkeit wir aber empfinden. Wir lieben alles an ihm: seine Eitelkeit und seine Angeberei. Ist das nicht natürlich bei einem schönen Mann, der gut reden kann, der eine spontane Fröhlichkeit besitzt? Wenn er arbeitet, kauert er über eleganten Kleidern, die er für Tölpel und für häßliche Kerle näht. Sein Bedürfnis, sich zu rühmen, allerhand zu erfinden, um unabhängiger zu sein, um sich darüber hinwegzutäuschen, ist erklärlich. Seine Fehler sind menschlich. Er verbirgt sie nicht, und sie machen ihn erreichbar für uns Elende. Und seine Eitelkeit ist uneigennützig. Seine Fehler (er spielt auch Karten und mogelt) erlauben ihm, seine Zeit, sein Leben, sein Herz zu opfern. Er hätte uns niemals gesagt: »Wer keinen Knoblauch ißt ...« Er erhebt keinen Anspruch auf Lauterkeit wie jener alte Idealist, der nicht sehen will, daß der wahre Grund seines Unmuts gegen uns die Furcht ist, belästigt zu werden. Berg wird nie große Taten zu vollbringen haben und wird nie große Verantwortung übernehmen müssen wie der alte Rozner. Berg wird man eine kleine lästige Sache anvertrauen wie die unsere. Unsere Angelegenheit ist eine unendlich kleine und banale Angelegenheit, so banal, banal.

Bei alledem kommen doch Leute zu uns.

Seit einiger Zeit hat man zwei junge Burschen mit unserer Überwachung betraut: Pascha und Sascha. Als wäre es Zufall, begegnen wir ihnen, wohin wir auch gehen; an jeder Straßenecke warten sie auf uns; wir entdecken sie plötzlich, wie sie neben uns hergehen. Und sie kommen ganz offen täglich zu uns, um zu schauen. Wir sind fast immer da, und sie verbringen lange Stunden bei uns. Wie machen Tee für sie, und sie reden mit uns. Beide sind ehemalige russische Untertanen. Ohne daß wir sie dazu auffordern, schütten sie uns ihr Herz aus, erzählen ihr schmutziges Leben und geben uns Ratschläge. Sie erzählen naiv von ihren gemeinen verräterischen und provokatorischen Aktionen, und es gelingt uns nicht zu erkennen, wo sich der Aufpasser versteckt, der uns vielleicht provoziert, und wo der Mensch, der trotz allem Sympathie für uns hat, weil wir Russen sind und weil er die Rumänen verabscheut.

Wir stellen ihnen keine Fragen, wir haben Furcht vor ihren Ratschlägen. Sie können alles durcheinanderbringen.

Beide haben in der Roten Armee an der Grenze von Bessarabien gedient. Pascha kommandierte ein Kavallerieregiment. Er ist klein, schwarz, er hat sehr lebhafte Augen, die in allen Ecken etwas suchen. Eines Tages ist er mit der Regimentskasse abgehauen. Er wurde von den Rumänen gefangengenommen. Er wurde geschlagen und dann vor das Dilemma gestellt: entweder Verräter werden oder als russischer Spion sterben. Bereitwillig hat er sich zum rumänischen Spion machen lassen. Für ihn heißt das nicht, daß er die Bolschewiken verraten hat, nein, er beschäftigt sich jetzt nur noch mit seinen persönlichen Angelegenheiten. Es ist ihm gelungen, schöne Geschäfte einzufädeln, die für seinen Chef und für ihn sehr einträglich waren. Er hat zum Beispiel einen wohlhabenden Mann, der sein Vermögen zu vermehren suchte, dazu gebracht, sich finanziell an einem Coup von Falschmünzern zu beteiligen. Als der darauf einging, hat er ihm Geld für die Organisation der Sache abgeknöpft; danach hat er ihm gedroht, ihn an die Polizei zu liefern. Der andere bezahlte eine große Summe, die sich Pascha und sein Chef ihren Rangstufen entsprechend geteilt haben. Dann hat er den Geldsack festgenommen und von der Regierung eine Prämie erhalten – eine ganz niedrige Summe.

»Es war schade, daß es dann vorbei war.«

Wir verhalten uns, als hätten wir ein Raubtier bei uns. Aber wir sind ihm trotzdem dankbar. Die Zeit vergeht schneller. Und er erzählt von weiteren, ähnlichen Taten. Möglich, daß er all das sich selbst erzählt.

Pascha ist ein moldawischer Russe; man sieht es an seiner kleinen Gestalt.

Sascha dagegen ist ein ukrainischer Russe, er ist komplizierter, er hat eine gewölbte, vorstehende Stirn, eine weiche, dreieckige Nase. Seine Augen liegen in tiefen Höhlen unter dichten Augenbrauen. Er prahlt nicht wie Pascha damit, daß er ein prächtiges Pferd und eine glänzende Uniform gehabt hat. Er hat eine Leidenschaft, die ihn erfüllt und die ihn menschlicher macht: Er trinkt. Er hat nicht den naiven Zynismus seines Freundes. Manchmal schämt er sich sogar seiner Tätigkeit, aber er sagt es nicht. Er spricht lieber vom Krieg. Das sind dann die Läuse, die syphilitischen Frauen, die Unordnung, der Dreck und der Haß. Alle sind Scheiße: die Deutschen, die russischen Offiziere und diese Tiere, die Soldaten. Er verachtet die Rumänen. Er erinnert sich an ihre Feigheit im Krieg. Er hat sie gesehen, sie kämpften neben ihm. Er hat diese schwerfälligen Kerle vor einem betrunkenen Matrosen fliehen sehen. Und als die Russen »nach Hause gegangen sind«, hat er gesehen, wie ihnen diese rumänischen Helden in den Rücken schossen und sie bestahlen. Er hat eine ungeschminkte Art zu reden. Er spricht oft in abgehackten Sätzen von unserer Lage. Er sieht sie nur in Schwarz. Er spricht vor meiner Mutter. Und ich bemerke, wie sie den Kopf zu ihm wendet, um besser zu hören. Sie versteht sehr gut, aber sie will nicht glauben. Sascha glaubt, daß auch ich verhaftet werde, daß man zwischen mir und meinem Bruder keinen Unterschied mehr machen wird.

Meine Mutter kann auf ihrem Platz nicht mehr stillhalten, sie ringt die Hände, sie steht auf, sie setzt sich wieder.

»Stimmt das, daß du auch verhaftet wirst?«

Um meinen Bruder zu ermutigen, damit er sich nicht einsam und verlassen fühlt, antworte ich, während mein Bruder die Polizisten begleitet:

»Ja, natürlich, Mutter, ich werde mit ihm sterben, wenn er sterben muß.«

Sie hat begriffen, sie wirft sich vor uns auf die Knie, sie weint, sie jammert:

»Mein liebes Kind, tu das nicht, laß mich nicht ganz allein in einer fremden Stadt, in einem fremden Land, mich, die ich nicht mal ihre Sprache kann.«

Ich habe diesmal mit ihr geweint und habe ihre weißen Haare gestreichelt. Ich fand kein Wort, das ich ihr hätte sagen können, ich habe sie nur gestreichelt, und sie hat wiederholt:

»Habt Mitleid mit mir, habt Mitleid, laßt mich nicht allein!«

Und dann erzählt sie von ihrem Unglück: das Leben in einer kleinen Stadt, Schwarzbrot und saurer Fisch, achtzehn Stunden Arbeit täglich, die Krankheiten, die Pogrome ...

»Geht zu ihnen, ihr sprecht ja ihre Sprache. Wenn ich doch was sagen könnte! Erklärt es ihnen, küßt ihnen die Hände. Aber laßt mich nicht allein, stumm, blind, allein, allein ... Geht doch zu dem Dunklen, zu dem dicken Kommissar. Der hat doch ein Herz. Er hat bestimmt Kinder. Erklärt es ihm. Aber laßt mich nicht allein!«

Mein Bruder ist mit einer Neuigkeit zurückgekommen: Unsere Freunde und Beschützer organisieren ein Konzert für uns. Friedmann, dem er auf der Straße begegnet ist, hat es ihm gesagt.

Kapitel X
Das Konzert

Heute findet das Konzert statt. Werde ich singen können? Das Lied ist eifersüchtig. Habe ich es nicht ein wenig vernachlässigt während meiner unfreiwilligen Wanderjahre, in denen ich zwischen den alltäglichen Gefahren herumlaviert bin, habe ich es nicht verraten?

Früher verging keine Stunde, ohne daß ich daran dachte, ohne daß ich jede Rührung, jedes Ereignis in meinem Leben, jeden Kraftausbruch in mir dem Lied zu weihen suchte. Ihm, ihm allein mußten meine Sehnsucht, meine Freuden, meine Begeisterung und sogar meine Enttäuschungen und meine Stunden der Bedrückung dienen.

Wie werde ich singen? Wie werde ich mit einem Schlag mein von Angst besetztes und verworrenes Leben abstreifen und in die Zeit zurückkehren können, in der mir die Liebe zum Lied erwuchs, jene Liebe, die mir die Überzeugung eingab, daß es genau dieses Wort in einem Lied war, das sein Leben und seinen Mittelpunkt bildete; daß genau dieses Lied und es zu singen das Unentbehrliche war, das *Einzige,* was zu tun war?

Meinem Bruder sehe ich an, daß er nicht die Sorgen hat, die mich umtreiben. Ich glaube nicht, daß er seine Kunst mehr liebt als ich. Ist er einfach, durch die Umstände seines bisherigen Lebens, weniger abgelöst vom Lied als ich? Ja, das ist es. Er hat sie noch nicht verraten, er hat nie gebrochen mit dieser Anspruchsvollen, die das Lied ist. So bleibt es für immer bei ihm. Es kommt zu ihm ganz einfach; wie eine treue Frau.

Während ich unruhig um ihn herumstreiche, probiert mein Bruder seine Stimme, als vergäße er das Elend, in dem er steckt, spricht mit niemandem; auf Fragen antwortet er einsilbig. Und alle um ihn verstehen ihn; sie lösen sich bei ihm in dem kleinen Zimmer, das einem Käfig ähnelt, in Luft auf; allen ist klar, daß in ihm eine maßgebliche und wichtige Arbeit vor sich geht und daß das traurige Heute und die drohende Zukunft vor dieser Arbeit zurücktreten müssen. Wir achten auf sein Gesicht, auf seine Bewegungen; wir sind froh, wenn sich darin Zufriedenheit spiegelt. Seine Kehle, seine Nase, seine Stimme, sein Zwerchfell, all das ist ein Mechanismus, den er einstellt, der gut arbeitet; und mein Bruder interessiert sich, während er noch gurgelt, für die Requisiten. Seine Fragen dazu sind an niemanden im besonderen gerichtet; sie gelten allen und allem.

»Ist meine Hemdbrust genug gestärkt?«

»Und mein Kragen?«

»Vergiß nicht die Pastillen.«

Er hat schon Eier mit Zucker gegessen.

Ich suche währenddessen Ruhe. Aber es genügt nicht, ruhig zu sein; man muß lieben. Und mein Herz ist fern vom Lied, es ist bedrückt vom Unglück, fern von jedem Gefühl, das nicht Angst ist. Meine Angst dauert schon zu lange, und ich habe dabei den Stolz, den Wunsch verloren zu herrschen, *ich habe keinen Ehrgeiz mehr.* Ich habe nicht mehr dieses Verlangen, das an einem nagt, das an einem zehrt, das Verlangen zu siegen. Und das ist unentbehrlich für das Lied. Für jede Art von Kunst, möglicherweise. Für das Leben überhaupt, vielleicht.

Aber kann man wirklich nichts machen, ohne ehrgeizig zu sein?

Und ich suche das Beispiel der Eremiten, der Einsiedler, die ihr Opfer und ihre tragische Anstrengung nicht nur vor der Menge, sondern sogar vor sich selbst verbargen. Dann kommt mir noch ein anderer Zweifel. Haben diese Eremiten geliebt? Suchten sie nicht nur diese lebenspendende Liebe, ohne sie zu finden?

Nein, nein, die Kunst ist der Stolz, der Sieg, der Wille zu herrschen. Die Kunst ist die unmenschliche und grausame Herrschaft.

Ich frage mich dann: Wer sind diese zerrissenen Demütigen, die ihren Seufzern, ihrer Verzweiflung ohne Ende eine Form zu geben wissen? Was ist das für eine Beredsamkeit, die uns so oft in den Liedern des unterdrückten Volkes rührt? Kann man darin stolzen Ehrgeiz finden? Die Klage, die zugleich verzeiht, die gleichzeitig ein Erbarmen ist für alle und alles; die verborgene Bitterkeit einer verpfuschten Existenz; die Melancholie derer, die ihr Leben vertan haben; die demütigen und stummen Blicke aller Ohnmächtigen und aller Erdrückten, können sie durch einen ehrgeizigen Künstler zum Ausdruck kommen?

Vielleicht ist es mein Los eines Gekränkten, für die Erniedrigten, die Verstümmelten, die vom Leiden entstellten Menschen zu singen, in einem langsamen Lied auszudrücken, wie man nach und nach seine Würde verliert, wie man sich verbraucht und wie man eines Tages zum Luder wird, dessen Leben nur das Geschmeiß ist, das darin wimmelt.

Ja, die unglücklichen Menschen und auch die arme Natur, die Sehnsucht der Straßen ohne Ende, der Bäume ohne Äste, die tatenlose Einsamkeit in der Langweile ohne Pause.

Und ich erinnere mich an ein banales Lied, das herb ist in seiner nackten Banalität und ohnmächtig durch die Armut der Bilder: *Klage eines Idioten;* alles darin ist Tränen und ohnmächtige Seufzer; das Stammeln eines mittelmäßigen Menschen, der leidet.

»Hatte nicht auch ich eine Mutter, wie die anderen«, so fängt dieses Lied an.

Und wie ich es summe, habe ich ein noch fernes Gefühl, das jedoch näherkommt, das diese Worte, die unfruchtbar schienen, lebendig macht, es ist noch schwach, aber es schwingt schon von tausend Nuancen; ich *fühle* das Lied, das ich singen werde. Es singt sich von selbst, und ich folge ihm, es zieht mich mit, und aus meiner Brust lösen sich Töne mit zögernder Ungeduld, mit einem sehr sanften Schmerz. Und jetzt stehe ich auf, und ich gehe, ich gehe vorwärts, auf einem hochgelegenen Feld, geschoben vom Wind, vom Wind, der mich hochhebt, und ich bin eine Wohltat, eine Kraft, und ich hasse und ich liebe, ich fürchte nichts, weil vor mir das Lied ist, in mir, in tausend Herzen um mich.

»Ich habe es ...«

Geblendet, bis in die Eingeweide ergriffen, ungeduldig, es den andern zu bringen, es ihnen zu sagen, zu flüstern und zu schreien, um es zu sagen, weil ich, stumm zuvor, die Sprache wiedergefunden habe, dränge ich meinen Bruder, meine Frau, meine Schwägerin.

»Schnell, schnell, gehen wir.«

Aber unterwegs, im Herbstregen, fühle ich plötzlich eine Erschöpfung, ich weiß genau, wo: in den Beinen; die Zweifel kommen wieder, diese niederträchtigen Teufelchen, und ich halte meine Gefährten, die sich beeilen, zurück:

»Ich bin außer Atem, laßt uns langsamer gehen.«

Schon vorher habe ich Angst vor der grellen Beleuchtung der Bühne, vor den ironischen und mißtrauischen Juden, den jüdischen Damen mit ihren imposanten Busen, dem faden Geruch des Reispuders. Und vor dieser krassen Begegnung der Nacht, die wir in uns tragen, mit dem Kunstlicht. Ich fürchte, daß ich mein zartes Gefühl nicht bis zum Ende trage ...

Wir sind zu spät. Man war schon beunruhigt. Man wollte schon nach uns suchen.

Während der wenigen Minuten, die uns bleiben, bis der Vorhang aufgeht, bin ich mit dem lieben Berg zusammen. Mit ihm kann man allein bleiben.

In den Kulissen wechseln sich das zarte Rosa, das Dunkel, das das Licht aufsaugt, und die frischen träumerischen Grüntöne ab, klingen und verknüpfen sich und setzen sich fort in dem Säuseln des »Jiddischen«, dieser Mischsprache, der unser Volk eine singende Anmut verliehen hat. Diese Sprache ist mir so nahe, so verwandt und vertraut, daß meine Befürchtungen von eben verschwinden. Ich fühle mich ein wenig zusammengedrückt, beengt, aber zu Hause, auf einem Familienfest. Und ich denke weiter an mein Lied. Ich verstärke es durch eine Überlegung: »Ist das Leiden nicht eine Kraft? Ist das Aufbegehren eines Sterbenden nicht eine letzte und süße Genugtuung? Verleiht eine ausgedrückte Klage nicht neue Kraft? ...«

Wir fangen jetzt an. Ich sage meinem Bruder, daß ich als erster singen will. Es ist ihm recht. Ich habe das erwartet.

Im Vordergrund: Fahle Flecken, von der Farbe des Rätsels, die mich erregen. Der Kontakt ist gut. Der Beifall ermutigt mich. Ich fange gut an. Vielleicht ein bißchen langsam. Vielleicht bin ich auch nicht ganz frei von einer ängstlichen Berechnung. Aber es geht. Ich beherrsche mich. Ich baue aus. Ich nähere mich dem Bühnenrand. Aber plötzlich, als ich zum Wort *Mutter* ansetze, fällt mir etwas ein, was nicht mit dem Lied zusammenhängt: meine Mutter; ich sehe ihre schmale lange Nase oder etwas anderes; kurz, *ich erinnere mich.* Ich sehe mich selbst. Ich singe. Ich singe weiter, aber ich identifiziere mich mit dem Helden des Liedes. Ein Einfall. Und plötzlich fühle ich, daß ich schwach bin, körperlich schwach, daß mein Körper keinen Schwung hat, daß er mager und geschrumpft ist: Ich habe schlecht gegessen, ich habe schlecht geschlafen auf einem Bett ohne Matratze. Und das Schlimmste: Ich fühle, ich fühle schnell, blitzartig, daß ich selbst ergriffen bin, daß ich *von dem Lied gerührt* bin.

Werde ich die Kraft haben, zu Ende zu singen?

Und ich erkenne schon einen Kopf im Saal, Gesichter. Ich dürfte sie in diesem Moment nicht mehr sehen. Ich singe. Ich fühle den kalten Schweiß, der mir über die Stirn perlt. Etwas würgt mich, ich höre die Stille; sie ist so groß, daß die Atemzüge aus dem Saal bis zu mir kommen.

Singe ich noch?

Und plötzlich hört die Begleitung auf, unentschieden. Ich drehe mich zum Klavier um. Der Pianist sieht mich an, seine knochigen Hände drehen an seinem Ohr, falten es zusammen und wieder auseinander.

Mein Bruder, bleich und ruhig, steht in den Kulissen und läßt mich vorbei. Ich verstehe nichts mehr. Die Menge weicht zurück, man läßt mir einen Weg, man redet mit gedämpfter Stimme. Plötzlich sehe und höre ich meine Schwägerin, nur sie. Sie zappelt zwischen Händen, die sie zurückhalten wollen, sie schreit Befehle:

»Sie können nicht singen! ... Nein! Seht sie doch an, seht sie an!«

Sie kommt festen Schritts auf mich zu, sie hat seltsame Augen, sie sind groß und kalt; sie sucht mit dem Blick ihren Mann; sie schreit wieder:

»Seht sie doch an!«

Sie faßt mich am Arm, sie sucht ihren Mann. Jemand stützt sie.

»Meine Lieben ... Meine Lieben. Sagt ... Sagt ihnen doch, daß ihr nicht singen könnt, nicht ...«

Ihr Blick ist haßerfüllt. Sie, sonst so sanft und geduldig!

»Bringt uns doch alle um!«

Aber mein Bruder steht schon auf der Bühne. Er singt, und es ist eine überwältigende, ruhige Macht. Ich frage mich: Wo in diesem mageren Körper verbirgt sich diese Kraft? Und von da, wo ich bin, sehe ich, wie er auf der Bühne groß wird, daß er beim Singen größer wird. In seiner Stimme, die majestätisch wird, fühle ich eine Herausforderung, ja die Verachtung eines Königs, der in die Menge Gold wirft. Ja, wirklich, er ist ein großer Sänger.

Und der Saal brüllt, der Beifall flammt überall auf, wie das Feuer einer Explosion.

Als er zurückkommt, bin ich glücklich, voller Freude: »Wir« haben sie nicht getäuscht, wir sind Künstler. Und das gibt mir meine Kraft wieder. Die Leute ringsum sehen nicht mehr verlegen aus; sie sind herzlich, vertraut. Ich entschließe mich und kehre auf die Bühne zurück; ich stehe zu meinem Bruder gewendet, der mich mit einem aufmunternden und liebevollen Blick überwacht. Ich singe ein langsames und in seiner Freude wehmütiges Lied, ich singe es in leichten, zarten und einfachen Tönen, wie ein Genesender spricht.

Darauf begeht die Menge eine Ungerechtigkeit. Eine so menschliche Ungerechtigkeit. Sie klatscht mir noch mehr Beifall als meinem Bruder.

Ich singe wieder. Dann singen wir zusammen. Wir können nicht mehr aufhören. Das Publikum liebt uns, verwöhnt uns.

Als wir den Saal verlassen, erwartet uns die Menge, aufrecht stehend, die Augen weit geöffnet und feucht.

Es ist so schön, trotz einer kleinen Traurigkeit, die ich mir noch nicht erkläre. Diese Traurigkeit hilft mir auch, diese überall verteilte menschliche Wärme zu würdigen, die offen und feinfühlig ist. Tausend vertraute Dinge: das sanfte Licht, die Parfums, die an die Jahreszeiten denken lassen, das Rascheln von Seide, die Profile der Mädchen, die kräftigen Hände der Männer, die etwas so Naives, so Kindliches an sich haben.

Berg ist stolz auf uns. Er strahlt. Er sagt uns:

»Der Präfekt ist da, die ganze Sigurantza, ich habe Tränen in ihren Augen gesehen.«

Er führt uns durch die Menge, stellt uns vor und gibt uns Ratschläge.

»Es ist ganz wichtig«, flüstert er uns zu, »sich dem Gedächtnis einiger bedeutender Persönlichkeiten einzuprägen. Sprecht mit denen.«

Ich spreche, und ich lächle. Ich drücke dem Chef der Sigurantza die Hand; hier ist er wie alle Welt, gerührt, zärtlich, ein friedlicher Bürger. Der Präfekt ist rund, gutmütig, er unterscheidet sich von den andern nur durch die Uniform, die er trägt.

Ich spreche und lächle, das tut mir zu Anfang weh, habe ich doch nicht mehr die Übung …

Berg findet mich in der Menge, er macht mir Zeichen. Er nähert sich uns in Begleitung eines Herrn. Ein sehr höflicher Mann, wenn auch ein wenig zerstreut. Er beglückwünscht uns. Er sieht gar nicht aus wie ein Jude, eher wie ein Deutscher. Es ist Ingenieur Levy. Er stellt uns Fragen, und Berg antwortet oder erläutert unsere Antworten. Berg seufzt erleichtert auf, als der andere uns lange die Hand drückt. Das muß ein großer Mann sein.

Als wir mit unseren Frauen herauskommen, entführen die Wagen unsere letzten Bewunderer.

Der Matsch und der Nebel ernüchtern uns. Wir gehen zu Fuß nach Hause. Der einzige, der uns hätte begleiten können – Berg –, ist mit Levy fortgegangen, um ihm unsere »Geschichte« zu erzählen. Aber es gibt da keine Geschichte. Es gibt Abscheu, Langeweile, Angst, die langsam und grau ist wie das Wasser, das von den Dachrinnen abfließt; wie diese rostigen Ladenschilder; wie diese unordentlichen Gassen, die sich winden, absteigen und vor toten Enden haltmachen, vor Mauern ohne Hoffnung, und dann doch weiterführen zwischen niedrigem pechbeschmiertem Gebälk, geschwärzten Zäunen unter feuchtem Moos.

Der Weg ist lang, denn man muß die Pfützen umgehen, sich an den Häusern halten. Wir gehen einer hinter dem andern her, schweigend. Ohne Freude erkennen wir unsere Straße.

Der Hof ist dunkel und schlammig. Man betritt ihn wie ein Loch. Unsere Füße kneten den Boden und gleiten aus.

Die Tür zu unserm Zimmer hat keinen Riegel. Ein Lämpchen auf dem Fensterbrett erhellt das Zimmer notdürftig und läßt im Hintergrund die eingeschrumpfte Silhouette meiner Mutter erkennen, die auf dem Koffer, der ihr als Bett dient, eingeschlafen ist; etwas deutlicher läßt es den kleinen hellen Kopf des Kindes erkennen, mit seinen blauen Äderchen an den Schläfen, in einem Eisenbett zur Linken.

Gerade haben wir üppige Körper und glänzende Kleider gesehen; wir haben den zarten Duft ihrer Parfums mitgebracht, und da sind wir nun bei uns zu Hause, erschreckt über Schmutz und das Elend dieses dunklen, öden Zimmers, das wie ein alter treibender Kasten im Schlamm schwimmt, fern von den Lichtern, in dichter Dunkelheit.

Selbst unsere Stimmen sind nicht mehr erkennbar, sie klingen nicht mehr; sie sind heiser und stumpf. Wir sehen auf den Fußboden, von dem sich eine Art Wind erhebt.

Es muß darunter ein Keller sein.

Beim Auskleiden weichen wir einander vorsichtig aus. Wir sind nah dran, zu dieser abstoßenden Wirklichkeit zu sagen, daß sie nur ein Scherz sei, so zu tun, als hätten wir uns in der Tür geirrt ...

»Es war doch grausam, uns singen zu lassen.«

Kapitel XI
Abreise nach Bukarest

Berg kommt früh. Beim Eintritt bückt er sich und hebt ein kleines Papier auf, das man uns unter die Tür gesteckt hat. Ein Befehl der Sigurantza, an diesem Vormittag hinzugehen. Berg sagt uns:

»Bevor ihr zur Sigurantza geht, kommt mit mir zu Levy. Immerhin habe ich einen Termin mit ihm ausgemacht.«

Wir sind bei Levy. Er hört uns mit ruhiger Aufmerksamkeit zu. Dann überlegt er einen Augenblick.

»Anstelle von euch werde ich zur Sigurantza gehen.«

Er geht ans Telephon und verständigt sich in unserem Beisein mit einem Kommissar, der in unserer Angelegenheit eigens aus Bukarest gekommen ist. Levy geht sofort zu ihm.

In zwei Stunden haben wir die Antwort.

Tuchescu ist sicher, ebenso wie die Galatzer Sigurantza, daß wir keine Bolschewiken sind; aber da ich einige Monate in Kischinjow geblieben bin, ist es nur natürlich, daß der Chef der Kischinjower Sigurantza eine ergänzende Untersuchung wünscht, und zu diesem Zweck müssen wir nach Kischinjow fahren.

Levy findet eine »sachliche« Lösung: Beide Parteien, die beiden Sigurantzas, sollen dabeisein; wir werden nach Kischinjow fahren, begleitet von dem Kommissar, der die Untersuchung in Galatz geleitet hat, und von dem Inspektor, der uns vor jeder persönlichen Rache bewahren wird.

»Das ist eine Frage von nur zwei Tagen.«

Wir gehen nach Hause, sprachlos. Für uns ist die Reise nach Kischinjow die Reise zu Tod und Folter.

Wir finden Sascha und Pascha bei uns. Sie sind schon auf dem laufenden. Der beauftragte Kommissar ist der dicke Schwarze, der beim Verlassen der Beratung Levys und der Kommissare ganz laut und ganz in Schweiß gebadet erklärt hat, daß er nicht reisen würde, wenn er nicht den Befehlen seiner Vorgesetzten gehorchen müßte, weil er, erst einmal in Kischinjow, machtlos sein würde, uns zu beschützen, und daß er sich dann mit seinen Akten den Hintern wischen könne.

Levy, Sohn armer Juden, die hunderte Pogrome und Gemeinheiten durchgemacht haben, hat Vertrauen in ein großes und freies Rumänien. Wie soll man ihm die schlichte Tatsache begreiflich machen, daß es Heuchler, Sadisten, Mörder, regierende Mörder gibt? Levy braucht die edle und heitere Klarheit. Die Existenz von Provokateuren, von Mördern, bringt alles durcheinander. Levy und seinesgleichen sind von einem Egoismus, den sie niemals eingestehen. Auch nicht sich selbst, auch nicht im eigenen Haus. Dank ihrer logischen Veranlagung können sie nichts sehen, weder die Erschöpfung anderer, noch den Abscheu, sie können verlangen, daß ihre Frauen treu bleiben, daß ihnen ihre Kinder ähneln, daß die Dienstboten gehorchen und die Schüler an sie glauben.

Berg ist zu Frau Levy gegangen, er hat ihr alles erklärt, er hat sie um ihre Hilfe gebeten.

Zwei Stunden lang ist Herr Levy bei der Sigurantza geblieben, Stunden, in denen er ohne Pause gekämpft hat. Er hat seinen Fehler wieder gutgemacht, er ist durchtrieben und geschmeidig geworden. Und er bringt uns den neuen Beschluß mit: Wir fahren mit Tuchescu nach Bukarest. Die Hauptsigurantza wird entscheiden. Aber

Tuchescu garantiert den Erfolg. Von unserer Wohnung bis zur Sigurantza sind es zehn Minuten Weg. Ein solides weißes Haus mit zwei Stockwerken. Das ist das Gebäude der Sigurantza von Galatz.

Ein Posten bewacht den Eingang, der sich an der Seitenstraße befindet. Eine immer offene Tür. Ein kleiner viereckiger Vorraum. Links eine massive Holztür mit einem schweren Schloß, die in den Keller führt, der als Kerker dient; und oben auf der steilen Treppe ohne Geländer wieder ein bewaffneter Soldat.

Als wir ankommen, bricht schon die Abenddämmerung herein, und die Fenster der Sigurantza sind hell erleuchtet, bis auf einige, die immer abgedunkelt sind.

Zögernd bleiben wir an der Tür stehen: Die schmale Treppe wird von einem Ungeheuer blockiert, das sich langsam bewegt, auf vier Beinen. Es sind zwei Männer, die mit dickem Eisendraht Rükken an Rücken aneinandergefesselt sind, die Stricke, die ihre Füße binden, erschweren ihren Gang erst recht. Während wir warten, daß dieses provisorische Tier hinaufgelangt, hören wir, was der Fuhrmann, ein ausgemergelter Bauer, dem Posten erzählt.

Der Kleinere, im grauen Mantel mit Pelzfutter, scheint ein Aufständischer aus dem berühmten bessarabischen Dorf Tatar-Bunar zu sein. Während die andern mit Kanonenschüssen »liquidiert« worden sind, ist es ihm gelungen zu entfliehen. Er versteckte sich auf dem Land, wo er auf den Gehöften arbeitete. Aber er konnte seine Zunge nicht im Zaum halten. Im Dorf wußte man über ihn Bescheid. Es war nur die Frage, wer ihn »liefern« würde. Der andere, sehr groß und in einem schwarzen Mantel mit Pelzbesatz, ist auch nicht aus der Gegend, aber er kam dort herum und gab sich als Geschäftsmann aus. Um eine Prämie zu erhalten oder aus einem anderen Grund – vielleicht aus Lust am Verrat –, zeigte er den Fremden an. Die Gendarmen hatten versprochen zu bezahlen, aber nachdem der Gefangene erst mal in ihren Händen war, hatten sie es damit nicht mehr eilig. Sie interessierten sich für den Geschäftsmann. Wer ist er? Und was macht er in der Gegend? Und sein Paß? Sie erinnerten sich plötzlich, daß sie den Mann schon kennen, daß er ein gesuchter Pferdedieb ist. Also wurde beschlossen, ihn zusammen mit dem andern Fremden in die Stadt zu schicken. Als sie zusammen für die Abfahrt hergerichtet wurden, warf sich der Kleinere trotz seiner angeketteten Hände auf den Geschäftsmann und biß ihm mit seinen weißen Zähnen tief ins Kinn. Alle haben sich auf sie gestürzt und sie Rücken an Rücken aneinander gefesselt.

»Und dann werden die mir auf die Fuhre geladen, weil ich gerade vorbeifahre, und mir wird gesagt: Fahr zu. Mit der Polizei wird nicht diskutiert.«

Als sie gefesselt im Wagen liegen, versuchen sie trotzdem, einander etwas anzutun, besonders der Kleinere bemüht sich, an den andern zu kommen. Darauf setzen sich die Gendarmen, die sie begleiten, auf sie drauf.

»Und jetzt, werde ich bezahlt? Und von wem?« Der Fuhrmann sieht die Treppe hinauf.

Die Feinde mit den zusammengebundenen Rücken steigen die letzte Stufe hinauf; wir wollen auch schon hinaufgehen, als diese schwere Masse, die gegen das Licht ganz schwarz aussieht, plötzlich zusammenklappt, abrutscht und gegen die Wände prallt, sich zurückhält und dann mächtig vorwärtswirft. Es ist ein Kampf in der Masse selbst; die beiden zusammengebundenen Körper, durch die Fesseln unbeweglich gemacht, kämpfen im Rollen, und der Kleinere windet sich und bringt dadurch die Masse zum Stürzen. Wir treten schnell zurück und sie fällt uns wuchtig vor die Füße. Wie ein sterbender Vogel reckt der Mann im grauen Mantel, der blond ist, sicher eine Mischung aus schlankem Russen und breitem Moldawier, seinen Hals, wie ein Vogel in den letzten Zügen, und versucht noch, die Masse in Bewegung zu bringen. Der andere, unbeweglich, ein Klotz, mit seinem schwarzen Schopf und dem langen schwarzen Schnurrbart, mit seiner hohen, spitzen schwarzen Pelzmütze, die sich auf seinem Kopf hält, hat die Ruhe eines Magiers, sein Mund ist halb geöffnet, lacht er? Lächelt er? Es vergeht keine Sekunde, als schon ein Schwarm von Soldaten und Polizisten herunterstürmt – dabei habe ich sie genau gesehen, ich habe jede Einzelheit gesehen, es kommt vor, daß man sehr schnell sieht. Jetzt trifft schon ein Stiefel in den sich bewegenden Haufen – auf die Schädel, wo es sehr weh tut, in die weichen Pelze, wo es gar nicht weh tut, auf die aus dem zusammengepackten Haufen vorstehenden Schultern. Ein Tritt mit dem Absatz zerquetscht die Lippe des Blonden, und aus seinem blutigen Mund kommt eine heisere Springflut von raschen, abgehackten Flüchen, auf russisch:

»Ich scheiße auf euer Blut, auf eure Seele und auf eure Mutter, ich scheiße auf eure Religion, den Vater, den Sohn, den Heiligen Geist!«

Und als der erste Polizist, der einen Augenblick lang sprachlos bleibt, sich über ihn beugt, spuckt ihm der Aufständische mit aller Kraft ins Gesicht. Mit aller Kraft und eine ganze Flut. Darauf arbeiten die Stiefel aufs neue, diesmal zielen sie ins Gesicht, das rosarot und scharlachrot wird. Dieser Kopf rührt sich nicht mehr, schreit nicht mehr. Andere Polizisten, ruhig und geschäftig, kommen herunter. Sie wickeln die am Boden liegenden Klumpen ein, sie bringen etwas daran in Ordnung, und die schwarzen schweigenden Gestalten steigen wieder schwer die Treppe hinauf, die Soldaten ziehen sich zurück, und wir können jetzt hinauf. Riesig, allein, als steifes Bündel an die Wand gelehnt, lächelt der Geschäftsmann, braune Flecken im blauen Gesicht. Seinen Gefährten sieht man nicht. Irgendwo hinter verschlossenen Türen sind Stimmen zu hören.

Wir warten hier auf den Inspektor, der uns nach Bukarest begleiten soll. Wir drücken uns auf eine Bank in einer der Tür gegenüberliegenden Ecke, möglichst weit von dem gefesselten Mann, der lächelt. Und ich denke, und ich spreche zu mir selbst:

»Nicht daß du Bukarest fürchtest wie eine *endgültige* Entscheidung. Du fürchtest die Aktion, du hast Angst, es satt zu haben, du bist zu träge, dich zu rühren, dich zu verteidigen.«

Dann ganz kalt und ganz ruhig:

»Es gerät doch nur immer mehr durcheinander. Der einzige, der da Ordnung hineinbringen kann, bin ich. Könnte ich nur allein dem Tod gegenüberstehen.

Aber es geht nicht um den Tod, und noch nicht um Folter. Du hast Angst vor dem Ungewissen. Du möchtest Freiheit im Gefängnis, die Bedingungen auswählen, die Möglichkeit, dieses oder jenes Folterwerkzeug für dich auszusuchen. Du hast Angst vor dem Unvorhersehbaren. Du kannst nicht allem standhalten. Du hast auch vor dir Angst, dir selbst, der vielleicht nicht standhalten wird, nicht würdig zu sein, nicht ›du selbst‹ zu bleiben, so wie du dich dir vorstellst. Hältst du dich für einen Märtyrer?

Wie viele Male haben dir die Polizisten angedeutet, daß es dein einziger Fehler ist, zu deinem Bruder zu halten, daß dich das verdächtig macht und daß es deinem Bruder nicht einmal nutzt ...«

Sich im jetzigen Augenblick des Zögerns dieser Andeutungen zu entsinnen, ist das nicht suspekt, wirst du dir da nicht selbst verdächtig?

»Nein, nein, es reicht.«

Und aus dem Nebel all dieser Gedanken, dieser Zweifel brach ein einsamer Schrei, so allein, daß ich nicht sehen konnte, an wen er sich richtete:

»Mein Leben gehört mir, ich habe nichts als das, ich schulde es niemandem.«

Wieder ließ mich ein Schrecken erstarren, wieder tauchten einzelne Feststellungen auf, von selbst, als wäre mein Körper von tausend verschiedenen »Ichs« bewohnt, von denen ich nicht wußte und die ich nicht zum Schweigen bringen konnte:

»Wie schwach ich bin!«

Aber es ist außerhalb meiner selbst, es bin nicht ich, der denkt, der mich verdächtigt, der mir widerspricht, der einen so heftigen Abscheu gegen alle und alles hat.

Sicher, an diesem Nachmittag bin ich erschlagen wie noch nie, sicher, nie hätte ich diesen Schrei in mir genannt oder geflüstert oder eingestanden; sicher, das würde eine Angelegenheit zwischen mir und mir selbst bleiben. Und es ist vorüber. Aber ich bin nicht wie die Intellektuellen, die eine unwürdige Sache zulassen, wenn sie sie erst erklärt haben. Und wie ich jetzt dasitze, wie nach einem Erbrechen, auf der harten Bank, gebeugt von diesem Kampf in mir, bin ich noch mehr gedemütigt, vernichtet durch das erhabene Beispiel des aufständischen Bauern, der mit seinem Gewissen nicht feilscht, der nicht einmal »die Zunge im Zaum halten kann«. In dem Dorf, in dem er sich versteckte, hätte er sich in Vergessenheit bringen sollen. Aber er fuhr fort, bei jeder Gelegenheit von neuem gegen die Ungerechtigkeit zu protestieren, er legte sogar Wert darauf zu sagen, wer seine Feinde waren. Er hört nicht auf die Andeutungen der Polizisten, er trickst nicht mit ihnen, er hat eine einzige Beziehung zu den Polizisten, das ist dieser brutale und verzweifelte körperliche Kampf. Der schöne Bauer mit dem Haar von hellem Gold. Nein, er zweifelt nicht, er spuckt ihnen sein Blut ins Gesicht.

Schließlich ist der Inspektor, der uns nach Bukarest begleiten soll, gekommen. Wir haben Papiere unterzeichnet, wir sind mit ihm zum Bahnhof gefahren, wo vor dem Waggon Tuchescu auf und ab spazierte und uns freundlich begrüßte. Endlich sind wir eingestiegen, in den Wagen dritter Klasse, wir zwei, meine Frau und der Inspektor. Der Zug setzt sich mit einem Ruck in Bewegung, er braust los zwischen die rauchigen, öden Gebäude. Der Inspektor hat eine freie Bank für uns gefunden und einen Platz gegenüber für sich.

Ich kenne diesen Inspektor seit unserer ersten nächtlichen Ankunft in der Sigurantza von Galatz, also schon lange. Er lächelt nie, er spricht nicht viel, er setzt sich selten. Ich sehe ihn im offenen Mantel, den Kragen hochgeschlagen, einen Schlapphut auf dem Kopf, aber immer korrekt, in jedem Augenblick bereit zu Aufbruch oder Pause. Sein Kopf ist rot, knochig, seine Lippen sind böse, böse? Auch jemand, der viel gelitten hat, kann diese klare, scharfe Linie mit den tiefen Falten an den Mundwinkeln haben, Lippen, die sich nicht vorwölben, sondern nach innen gekniffen sind. Es stimmt allerdings, daß die, die leiden oder zu leiden hatten, einen Blick haben, der das Böse im Ausdruck der Lippen aufhebt. Unser Inspektor zeigt nie seine Augen.

Doch. Ich habe sie aufleuchten sehen, wie die Augen einer Katze bei Nacht leuchten. Das war, als wir beim Verlassen der Sigurantza an neuen Gefangenen vorbeikamen, die die Treppe hinaufstiegen. Da sah ich diesen Blitz, den ein Zischen begleitete: »Schnell vorbei!« Seit meiner Jugend, die ich unter den Russen verbracht habe, die ihre Gefühle nicht verbergen können, bin ich überzeugt, daß ein solcher Blick bei grausamen Menschen mit einem Zähneknirschen einhergehen muß.

Ein dicker großer junger Mann neben dem Inspektor schwitzt. Er hat schöne graue Augen unter schweren Lidern, ein langes Gesicht mit großen roten Flecken, die das Gesicht gelb aussehen lassen, seine Stirn ist ein kleines Rechteck, das unter den Haaren derselben Farbe, etwas dunkler, zu verschwinden droht. Sein Körper ist schwer, sein Körper hängt da wie ein gehäuteter Ochse beim Schlachter. Er muß feinfühlig sein und zutiefst dumm. Er ißt etwas Fettes und sieht uns von Zeit zu Zeit an. Und während er weiter kaut, wendet er sich langsam zum Polizisten und fragt ihn halblaut etwas. Die Stimme des Inspektors, gleichgültig aber deutlich, antwortet ihm, daß wir Juden sind, die im Verdacht stehen, Bolschewiken zu sein. Er sagt es mit genau so viel Worten, wie für die Auskunft nötig sind. Der dicke junge Mann hört auf zu essen, sein voller Mund bleibt mit glänzenden Lippen halb offen, und er läßt auf uns vor Mitgefühl triefende Blicke ruhen. Ich kann es mir nicht verkneifen, ihm hinzuwerfen:

»Iß weiter und glotz nicht, du Depp!«

Der Polizist erhebt sich und geht auf den Gang.

Ich habe Magenschmerzen, die mir das Gedärm zerreißen. Ich winde mich auf meinem Platz, beiße die Zähne fest zusammen und schließe die Augen. Meine Frau zieht mich an sich – mich, dies kleine nervöse Etwas –, ich beuge mich über ihre Brust. Sie möchte mir ihre ganze Wärme geben. Ich höre das wiegende Schaukeln des Zuges, das beruhigt mich.

Ein ruckender Halt weckt mich. »Bukarest«. Meine Frau sieht mich weiter an wie einen Kranken, sie stützt mich beim Aufstehen. Ich habe das Gefühl, daß der Polizist auch meine Frau als Häftling ansieht. Meine Frau, der einzige freie Zeuge, die so viel erreichen kann mit ihrer Verzweiflung. Ich schiebe sie ein wenig voran und flüstere ihr ängstlich zu: »Geh allein, verschwinde …« Doch sie versteht nicht. Dann, im Geschiebe des Ausgangs, stoße ich sie grob, mit aller Kraft.

»Wenn du nicht verschwindest, wirst du eingesperrt. Hau ab!«

Vor dem Gefängnis hat sie Angst, vor den verschlossenen Türen. Sie kommt voran. Vom Gehsteig aus sehe ich links ihre verwischte Silhouette, die um das Bahnhofsgebäude eilt. Der Polizist, der hinter uns hergeht, sucht jemanden, unruhig.

»Wo ist Ihre Frau?«

»Die muß schon weg sein.«

In diesem Moment kommt Tuchescu heran, Tränensäcke unter den Augen.

»Da sind wir schon. Aber ich sehe Ihre Frau gar nicht.«

»Schon weg.«

»Sie muß noch im Bahnhof sein. Sucht sie«, befiehlt er den Leuten um ihn herum.

Ein paar Minuten später kommen die Bahnpolizisten zurück, ohne meine Frau gefunden zu haben.

»Und ich«, sagt Tuchescu enttäuscht, »ich wollte sie ins Hotel bringen. Nachts, wissen Sie, eine Frau allein ...«

»Ah ...!«

Auf dem Weg am mittlerweile leeren Bahnhof vorbei sucht Tuchescu noch mit den Augen. Ein Limousine wartet am Ausgang. Wir setzen uns hinein, der Inspektor neben den Fahrer. Wir gleiten durch die leeren Straßen einer nächtlich leichten, körperlosen Stadt.

»Ich habe gehört, daß Sie große Sänger sind. Sehen Sie das Gebäude mit der Kuppel da hinten, das ist unsere Oper, vielleicht singen Sie dort eines Tages ... Wir haben hier viel übrig für die Künstler. Und da sehen Sie ...«

Ich bin nicht mehr müde. Ich denke an meine Frau: »Irgendwo, allein ... nachts ...«

Kapitel XII
Das Zentrum der Sigurantza

Im Dunkel kommen wir vor der schmalen, massiven Tür des Hauptsitzes der Sigurantza an. Kommissar Tuchescu klingelt selbst. Die Tür wird von einem dicken Greis mit roten Augen und blankem Zahnfleisch geöffnet.

»Diese Herrschaften sind keine Häftlinge«, sagt ihm Kommissar Tuchescu und zeigt auf uns, »aber die bleiben bis morgen früh bei Ihnen.«

Und zum Inspektor gewandt, der uns von Galatz nach Bukarest begleitet hat, fügt er an:

»Morgen früh besorgen Sie ein Hotel für sich und für die. Guten Abend zusammen!«

Wir gehen durch lange, halb beleuchtete, saubere Flure hinter dem Wärter her, der abrupt stehenbleibt, einen Schlüssel aus seinem riesigen Bund wählt und uns eine Tür aufmacht. Wir betreten ein riesiges Büro mit schwarzen Tischen und Stühlen davor. Der Tür genau gegenüber ein einzelnes großes Fenster. Wir nehmen Platz. Unser Inspektor setzt sich auch. Und steht gleich wieder auf. Ihm ist warm. Er knöpft seinen Mantel auf, seine Jacke. Mehrmals nacheinander läßt er seine Zigarette ausgehen. Er geht auf und ab, verläßt das Büro, kehrt zurück, geht wieder hinaus und kommt nicht wieder.

Allein in dem riesigen Raum, bleiben wir lange reglos, versunken in Halbschlaf. Wir sind in dem Büro vergessen worden. Ich sitze vor dem Fenster. In der schmutzig violetten Dämmerung sehe ich die feinen Zweige einer Akazie; sie zittern. Ein furchtbar blaues Stück Mauer ist hinter dem Baum. Das ist der gesamte Ausblick. Das schlechte Wetter, das am Abend vorher eingesetzt hat, bleibt. Das scheußliche Wetter, die Kälte, dazu ein heftiger Wind ... Der Regen prasselt schräg auf das Fenster. Ich stelle mir vor, daß jeder Tropfen auf der Haut eine eisige Verbrennung sein muß. Und meine Frau ist draußen, ich weiß nicht, wo ...

Ich stelle mir vor, wie sie durch die Straße läuft und außer Atem und unsicher stehenbleibt. Sie überlegt, wen man um Hilfe bitten könnte, wo man Hilfe suchen könnte. Aber bei solch einem Wetter sind die Herzen verschlossen.

Sollte es unser Inspektor sein, der da kommt? Wir hören Schritte. Es ist ein ganz junges Mädchen, das hereinkommt, und hinter ihr ein lässiger Junge, fröhlich, mit langen, nach hinten gebürsteten Haaren. Ich sehe seine Augen nicht, aber sein Profil ist elegant. Alle beide scheint es zu überraschen, uns hier anzutreffen, vor allem das Mädchen. Mit ihren runden geröteten Augen mustert sie uns verstohlen, aber aufmerksam.

Ohne uns etwas zu fragen, setzen sie sich in eine Ecke und rükken ihre Stühle zusammen. Sie küssen sich und unterhalten sich leise. Beide sind schön. Das Mädchen hat sich schick gemacht; sie trägt ein Seidentuch über den Schultern. Ihr Mund ist ganz klein und rot, ihre Haut frisch und weiß, sogar zu weiß. Doch warum ändert sich ihr Gesichtsausdruck, wenn sie zu uns schaut? Warum ist der Blick, den sie hin und wieder auf uns wirft, so traurig? Sie ist wirklich merkwürdig. Ihr Blick bleibt immer traurig, sogar wenn sie ihren Freund küßt, wenn sie sich an ihn schmiegt und schmollend mit ihrem Tuch spielt, sogar beim Lachen. Ihr Lachen ist schrecklich. Ich drehe ihnen den Rücken zu. Sie sind mir zuwider. Dabei sind sie mir ein Rätsel, das mich anzieht. Was kann dies junge Mädchen um diese Zeit, dazu mit diesem Mann, in einem Büro der Sigurantza zu tun haben?

Und mit einemmal ist kein Widerspruch mehr in ihrem Gesicht, zwischen ihren Augen, die trauern, und ihrem lachenden Mund: Ihr Gesicht ist nur Schmerz. Sie ist unbewegt, steif. Ich höre ihren Freund ihr zuflüstern:

»Was hast du denn?«

Sie aber lacht wieder, küßt ihn und spricht schnell, sehr schnell. Sie läßt nicht locker. Und ein Wort erreicht mich oft: »Meine Mutter, meine Mutter ...« Er schließt ihr den Mund mit zarten Küssen. Sie löst sich vorsichtig von ihm und bleibt beharrlich, sie bettelt; die Hände des Mannes gleiten über sie, aber er antwortet nicht.

Mich erfaßt eine unbegreifliche Unruhe; ich stehe auf, aber da gehen sie schon Arm in Arm davon. Und wir bleiben wieder allein, für lange.

Eine Hand öffnet die Tür, bleibt auf der Klinke liegen und läßt einen jungen Mann im schwarzen Anzug herein. Er wirft seine Aktentasche auf einen Tisch, nimmt den Hut ab. Er ist schön, von olivenfarbener Haut, die am fetten Kinn bläulich schimmert. Er bleibt vor uns stehen:

»Was machen Sie hier?« fragt er uns.

»Wir warten auf Kommissar Tuchescu.«

In diesem Augenblick tritt ein anderer junger Mann herein, der ebenfalls überrascht ist, uns hier anzutreffen. Der junge Mann mit dem blauen Kinn und dem Don-Juan-Gesicht wiederholt ihm unsere Antwort. Sie nehmen Platz, suchen in ihren Papieren. Und dann ein Bekannter: der junge Mann von vorhin. Er wird mit Fragen bestürmt. Er lacht und antwortet mehrmals:

»Die ist toll.«

Noch mehr Männer kommen herein, alle jung, gut gekleidet; sie reden, sie schauen auf die Akten, die sie vor sich haben. Aber es ist der Don Juan, der das Gespräch bestimmt. Unter die Fragen nach den Beschuldigten, nach den Festnahmen und Untersuchungen mischen sich Frauen, Beine, Knie. Jetzt erzählt der Don Juan. Ihm ist ein Ding passiert beim Ball von Frau X (alle kennen sie). Er tanzte viel, mit schnellen Wirbeln ... und dann, bei einer Runde Walzer, da hüpft ihr der Busen aus dem Ausschnitt (alle blicken auf). Er aber war so geistesgegenwärtig, ihn, immer weitertanzend, wieder an seinen Platz zu stecken. (Ein Lachen in der Ecke, die anderen bleiben sichtbar skeptisch.)

Es ist nicht verwunderlich, daß sie skeptisch bleiben, wenn sie diese Geschichte, so wie ich, schon anderswo gehört haben.

Der Don Juan dreht sich unvermittelt zu mir um:

»Sie haben hier nichts zu schaffen. Gehen Sie nach hinten!«

Ich erhebe mich, ich komme der Aufforderung nach; mein Bruder folgt mir. Wir bleiben neben einem jungen Blonden mit einem Pferdegesicht stehen.

»Nehmen Sie Platz«, sagt er liebenswürdig. »Wer sind Sie?«

Mein Bruder, der seit gestern kein Wort gesagt hat und der nur auf eine solche Gelegenheit gewartet zu haben scheint, erzählt ... Er erzählt. Der Kommissar spricht Russisch; er ist von Herkunft Bulgare. Er stellt Fragen. Er hat viel Mitgefühl für uns. Mein Bruder antwortet wortreich und mitreißend ...

»Genug«, schneidet ihm der Kommissar grob das Wort ab und zieht seinen Stuhl an den Tisch. Mein Bruder ist verblüfft ...

Wie er muß auch ich bleich und gelb aussehen. Wahrscheinlich sogar noch fahler nach meinen Bauchschmerzen diese Nacht. Ich muß dieselbe Müdigkeit wie er im Gesicht haben, dieselbe häßliche Leidensmiene. Wenn ich zu normalen Zeiten Leute träfe, die dem ähneln, wie wir, mein Bruder und ich, jetzt aussehen, was würde ich von denen halten?

Meine Finger sind klebrig. Seit gestern haben wir nichts mehr gegessen. Ich habe Durst. Ich möchte mir die Beine vertreten. Ich überlege, wie ich mich von meinem Durst ablenken könnte. Oh! Man darf die Herrschaften nicht mit Angucken verärgern ... Sieh die Pendeluhr an der Wand an, da hinten links; das Zifferblatt in einem achteckigen Kasten, Mahagoni, glaube ich ... Es ist zehn Uhr, genau zehn Uhr ... Merkwürdig, tatsächlich, der Zeiger springt, fällt wieder ein bißchen zurück ... Um die Uhr eine einfarbig gelbe, verschossen matte Tapete. Die Karaffe ist auf dem Tisch des Don Juan. Nein, den würde ich nie fragen. Ruhig bleiben. Ah!, wenn sie auf dem Tisch dieses mürrischen Mannes in der Ecke stünde ... Ich würde ihm sagen: »Darf ich mich aus der Karaffe bedienen?« Er würde mich gar nicht hören, er würde nicht einmal aufblicken ...

Man darf diese Leute nicht auf sich aufmerksam machen. Kommissar Tuchescu wird gleich kommen. Die sollen uns hier lassen. Halten wir den Atem an. Die dürfen uns nicht woanders hinbringen; und nichts durcheinanderbringen, was eh schon so durcheinander ist.

Mit Schrecken sehe ich meinen Bruder sich erheben. Er tritt geradewegs an den Tisch des Don Juan. Er fragt etwas. Er trinkt ein Glas Wasser, dann noch eins.

Ich lecke mir die Lippen und schaue zur Wanduhr. Ich sehe daran nicht mehr, was mich eben noch interessiert hat.

Es ist Mittag. Die Kommissare versorgen die Akten in ihren Schubladen. Sie strecken sich, sie erheben sich, sie machen Bewegungen, die ich auch gerne machen würde. Der letzte, der hinausgeht, dreht sich um, erstaunt, daß wir dableiben. Er ruft. Ein stämmiger Mann mit einem Schlüsselbund in der Hand ruft von der Tür, daß wir ihm folgen sollen.

Wir gehen durch die Korridore. Wir gehen Etagen hinab und stehen schließlich vor einer schmalen Steintreppe, die ins Dunkle hinabführt. Am Ende ahnt man eine Tür. Der Wachmann macht sie auf. Wir stehen in einem großen Klassenzimmer, mit einem Katheder rechts vor der Mitte der Wand. Auf der gesamten Länge sind Schüler-Pulte und -Bänke aufgestellt. An jedem Platz steht ein Tintenfaß. Das elektrische Licht ist am Mittag angestellt.

Und dort befindet sich eine Gesellschaft von zusammengewürfelten Menschen, Leute, die ihre Köpfe tief zwischen die Schultern gezogen haben. Sie sitzen oder lagern auf diesen Schulbänken. Die Männer haben Bärte oder sind schlecht rasiert. Alte, junge, bucklige, große, kleine, alle mager, alle blutleer, aber keine Kinder.

Vom Katheder aus redet uns ein weichlicher Junge an, dessen schwarzglänzende Haare an den Brauen zu wurzeln zu scheinen, so niedrig ist seine Stirn, er hält uns mit kleinen schwarzen Augen im Blick; ohne allzu viel Erregung fordert er uns auf, uns zu setzen. Wir setzen uns auf die erste freie Bank, bei der Tür.

In meiner Nähe sitzt ein Mann. Mager, schrecklich mager trotz seines großen Kopfes, ist er ein Sack Haut, aus dem die Knochen ragen, beinah ein Affe mit seinen riesigen schwarzen Augen unter dem Schatten dichter Brauen. Er riecht sehr schlecht, sogar für mich, nach dem Zug und dem Büro von vorhin …

»Sie haben noch Ihre Kragen und Krawatten? Also, da bleiben Sie hier nicht lange … Hören Sie, ich bitte Sie«, flüstert er mir ins Ohr mit einer Stimme, die an eine ferne Bandsäge denken läßt. »Bitte, merken Sie sich diese Adresse …«

Doch als mein Blick neugierig in die Runde geht, nach allen Seiten, wendet er sich ab und spricht zu meinem Bruder.

Gleich vor mir, in viel zu kleine Bänke gequetscht, die Rücken, die Nacken ... Es sind drei lange Reihen gebeugter, in sich zusammengesunkener Männer ... In der letzten Reihe, nicht ganz so zahlreich, sitzen die Frauen. Sie halten sich aufrechter. Die ersten fünf Bänke sind besetzt. Dahinter ein paar Bänke leer, bis auf eine allerdings, wo ganz allein das merkwürdige Mädchen von heute morgen sitzt.

Ja, das ist sie! Ich erkenne ihren kleinen kirschrunden Mund wieder, ihre großen Augen mit den roten Lidern, aus denen Tränen kullern, die sie immer mal wieder mit der Ecke ihres Seidenschals abwischt.

Wenn es mir schlecht geht, gelingt es mir manchmal, ruhig zu werden, wenn ich andere leiden sehe noch mehr. Es bringt mir eine niedrige Form von Erleichterung. Aber dieses Mal vergesse ich alles Unglück, das mich verfolgt, und mein brüderliches Mitleid für sie erfüllt mich vollkommen. Jetzt meine ich das Rätsel vom Morgen ganz zu begreifen, ihr künstliches Lachen, ihren Blick, ihre roten Lider. Und es ist fast mit einem Schrei, daß ich meinen Nachbarn unterbreche:

»Sagen Sie, schnell, wer ist dies Mädchen?«

»Was weiß ich?« gibt er zurück. »Irgendeine Geschichte mit verbotenen Zeitungen, eine Sozialistin, eine Kommunistin. Erst hat sie sich an alle gedrängt: ›Genosse‹ hier, ›Genosse‹ da ... Aufgeführt hat sie sich, sie war sogar arrogant zu den Kommissaren. (Die kommen manchmal hierher; sie gehen herum und schauen.) Dann hat man sie mal abends nach oben gerufen. Sie ist am nächsten Morgen zurückgekommen. Sie hat sich ganz da hinten ans Ende gesetzt, auf den Platz, wo sie jetzt ist; sie hat den ganzen Tag geheult und mit niemandem mehr gesprochen. Seit dem Tag kommt sie jeden Abend einer abholen, und am folgenden Morgen bringt sie ein Kommissar zurück an die Tür ... Die schlafen allesamt einer nach dem anderen mit ihr, die Schweine: Sie versprechen ihr die Freiheit ... Sie hat die Welt retten wollen; jetzt versucht sie, sich selbst zu retten. Wer sie ist, davon weiß ich nichts. Aber sie ist hier wegen der Politik, wegen Dummheiten, wie die alle hier«, fügte er verächtlich hinzu.

»Und Sie?« fragte ich ihn.

»Ich, oh nein. Ich, nein, nein ... nein. Nein, das ist eine völlig andere Sache. Ah! Nicht doch ... (Und er schüttelt weiter seinen Kopf.) Ich bin aufgrund eines Mißverständnisses verhaftet worden. Sehen Sie, ich bin Schmuggler von Beruf. Schmuggler, seit dreißig Jahren. Ich bin aus Jassy. Man kennt mich in Jassy. Aber jetzt, mit diesem Scheiß Krieg, mischen alle mit. Das Geschäft ist versaut. Also kümmere ich mich um Geld, ums Fälschen natürlich; das geht. Aber ich hatte das Pech, mich mit Rubeln abzugeben, mit echten diesmal. Die Rubel, das ist russisch, und alles, was russisch ist, riecht für die nach Bolschewismus. Ah, wenn ich mir das bloß nicht in den Kopf gesetzt hätte ... Bei uns in Jassy, wissen Sie, da redet man, wenn man »dran« ist, man regelt das mit dem Polizisten bei einem Glas. Man geht einen trinken. Aber hier in Bukarest kennt niemand Mordko. Ich sage zum Polizisten, der mich festnimmt: ›Laß uns einen trinken gehen.‹ Er meinte, man könnte das gleich an Ort und Stelle regeln. Das ist ein verbohrter, ein tüchtiger ... Wir gehen aufs Kommissariat. Da habe ich fett schmieren müssen. Das war das Ende. Der Polizist heulte vor Wut auf dem Weg hierher. ›Wie du dich trottelig angestellt hast‹, das hat er mir hundertmal wiederholt. Aber das ist nicht so schlimm. Es reicht, daß ich ein Zeichen gebe ... jemandem in Jassy ... Ich muß bloß die Adresse aufschreiben. Da, Tichka muß einen Stift haben ...«

Und mit dem Ruf nach Tichka rutschte er auf die Nachbarbank.

Ich spüre, wie mich jemand leicht an der Schulter berührt. Jemand sagt mir:

»Wollen Sie mal näher rücken?«

Und als ich unentschlossen bleibe, schlüpft ein sehr großer Mann, wobei er sich niederbeugt, gelenkig wie ein Affe auf den Platz, den der Schmuggler soeben freigemacht hat.

»Sie haben Ihren Kragen, Ihre Krawatte und sicherlich Ihre Hosenträger. Aus welchem Grund sind Sie also hier?« Und bevor mein Bruder nach seiner Gewohnheit hat antworten können, erzählt er schon:

»Ich studiere Jura. Ich bin seit drei Wochen hier. (Er hat die leise und bedächtige Stimme strebsamer Menschen.) Immer *sitzen* wir, nachts wie tags. Die einzige Bewegung ist, von einer Bank zur nächsten zu rutschen. Wenn ich nicht zu müde bin, schaffe ich es bis zur vorletzten Bank vor dem Katheder. Die Unglücklichen auf den vorderen Bänken setzen sich nie um. Niemand liest hier, niemand schreibt hier. Besuche gibt es nicht. Meine Eltern dürfen nicht wissen, wo ich bin. Eines Tages haben sie bei mir eine Hausdurchsuchung gemacht. Sie haben Bücher mitgenommen, alle Bücher. Ich habe nie eine Erklärung bekommen. Ich bin noch nicht verhört worden. Ich habe versucht herauszubekommen, was man mir vorwerfen könnte. Ich habe nichts gefunden. Allerdings, ich hatte einen Freund. Der wurde eines Tages festgenommen. Bald darauf hat die Polizei den Eltern seinen Leichnam übergeben. Er hatte eine niederträchtige Verletzung. Er hatte mehrere Verletzungen. Aber eine davon war niederträchtig. Es war eher eine Operation. Und nachdem das mein Freund war ...«

Dann schweigt er und denkt nach. Seine Stirn ist niedrig und breit. Alles an ihm ist breit. Und seine grauen, fahlen Augen blikken hinter mich.

»Ich sitze hier seit einundzwanzig Tagen«, fährt er fort. »Ich weiß nicht, wann das zu Ende ist. Meine Beine sind zu lang, als daß ich sie unter dem Tisch ausstrecken könnte. Immer sitzen. Die ersten Tage hat mir alles weh getan. Inzwischen habe ich vier Körperhaltungen gefunden, die erträglich sind. Die wechsle ich hin und wieder.

Drei Wochen können drei Monate werden, vielleicht drei Jahre. Wir sind hier vorläufig. Ich habe Angst durchzudrehen. Immer sitzen. Und vor allem immer, ja: vor allem immer dasselbe Licht. Und dann noch diese Schreie ... Stimmt, Sie haben die noch nicht gehört. Schauen Sie hinter uns; da ist ein Raum ...«

Ich hatte diesen Raum bereits bemerkt, der sich zu uns hin durch einen großen bogenförmigen Durchgang ohne Tür öffnet. Dieser Raum ist hell erleuchtet und leer. Vollkommen leer. Im Hintergrund zeichnet sich eine kleine niedrige Tür ab.

Der Mann fährt fort:

»Da hinten sind Häftlinge. Die werden gefoltert. Immer abends, wenn wir unser Viertel Brot bekommen haben. Manchmal picken sie auch hier einen raus.

Sehen Sie mal die leere Bank in der zweiten Reihe, da haben zwei Freunde *gesessen*. Eines Abends wurde der eine gegriffen. Der andere ist hinter ihm hinausgegangen, und ich habe einen einverständlichen Blickwechsel zwischen dem Kommissar und ihm bemerkt. Dieser Blick wollte sagen: ›Alles klar, gut gelaufen.‹ Sofort haben wir Schreie gehört. Dann hat ein Mann geweint ... Wissen Sie, ich habe Angst, verrückt zu werden. Wenn ich endlich mein Urteil kriegen würde. Ich würde zehn Jahre, zwanzig Jahre Gefängnis kriegen; da hätte ich ein Bett, einen Tisch, meine Bücher ... Aber hier, drei Wochen, die Monate werden können ... Sehen Sie die Frau da, die erste in der Reihe?«

Ich sehe eine Frau mit üppigem Haar. Was für goldenes Haar! Und ich drehe mich wieder zu meinem Nachbarn, um ihn zu fragen, aber Mordko, der Schmuggler, hat ihn schon ersetzt.

»Tichka hat seinen Stift verbummelt«, sagt Mordko, »aber die Adresse ist leicht zu merken.«

»Und wer ist dieser Tichka?«

»Das ist der dicke Schwarze dahinten, der schläft. Er schläft immer. Er ist es, der mich finanziert. Neben ihm ist der Pisser, der einzige, der Tichka erträgt: denn wenn Tichka schläft, legt er sich über Sie; unmöglich, ihn loszuwerden. Er wickelt sich um Sie wie ein Teig. Und wenn der Pisser ihn erträgt, dann darum, weil von ihm auch kein Mensch etwas will: Er riecht zu schlecht. Er geht mit allen zum Pissen raus; aber er macht sich auch in die Hose. Er sagt, das sei vor Aufregung ... Also, die Adresse: Chmercovici, in Jassy ... Chmer-co-vi-ci ... das ist doch nicht schwer, oder? Sie wollten wissen, wer die Dame mit den gelben Haaren ist? Ihr Mann ist in dem Raum da unten ... Er wird gefoltert. Sie ist schier verrückt geworden. Wenn jemand geschlagen wird, glaubt sie in jedem Schrei die Stimme ihres Mannes wiederzuerkennen. Seit zehn Tagen ißt und trinkt sie jetzt nicht mehr, aber gar nichts. Ja, sie meint die Stimme ihres Mannes zu hören, seine Schreie; neulich wurde eine Frau geschlagen (das dreht einem den Magen um, das ist, wie wenn man an Glas kratzt), sie verdrehte ihren Kopf wie ein Kasper! ... Die Frau neben ihr hat sich mit ihr angefreundet. Die sprechen nicht miteinander. Nur wenn die eine zu unruhig wird, streicht ihr die Freundin übers Haar. Sie sind immer zusammen.«

Ich hatte, als ich hier ankam, die Frau bemerkt, von der der Schmuggler gesprochen hat; sie hatte zu uns herübergeblickt, als wir eintraten, aber sofort hatte sie den Kopf wieder weggedreht. Wahrscheinlich hat sie sich gedacht, daß unsere Ankunft nichts verändern würde. Um sie zu überraschen, müßte schon die Erde beben, da bräuchte es eine Katastrophe. Außerdem, wer ist hier schon neugierig auf die neuen »Schüler«? Niemand. Jeder ist zu sehr mit sich beschäftigt. Wenn sich einer von denen für dich interessiert, dann, um die eigene Lage klarer zu sehen, weil ein Detail deiner Geschichte ihm hilft, die seine besser zu verstehen. Nein, keiner ist neugierig, und keinem ist langweilig: Wir sind hier dreißig, mitten in einer großen Stadt zusammengefegt, eingesperrt in dies gelbliche Licht, zwischen diese dicken Mauern. Und jeder Kopf arbeitet ohne Ende am eigenen Rätsel. Alle sind vorläufig hier, und jeder Moment kann etwas Neues bringen: So überlegt jeder, überlegt neu, wägt, erwägt, wie in einem Irrenhaus.

Dabei könnte man sogar hier sich beschäftigen. Zum Beispiel könnte man durch eines dieser kleinen Fenster spähen, die auf der Höhe des feuchten Gehwegs in die dicken Mauern geschnitten sind. An den Füßen, die sich im Vorbeigehen aus dem Schlamm ziehen, könnte man das kleine und zarte Kind erraten, den kranken Greis, der trotzdem geht.

Aber kein Mensch blickt aus dem Fenster. Man hält sich an die Einsamkeit, ans Fieber dieser verzweifelten Isolation.

Ein Schrei. Als käme er aus unserer Brust. Auf einen Schlag sind alle auf. Wir warten. Wir drehen uns nicht einmal zu dem Raum im

Hintergrund um, wo vorhin, vor dem grausigen Fleck der kleinen Tür, die Inspektoren kamen und gingen. Ohne uns zu rühren, ohne uns anzusehen, warten wir. Ängstlich, mit einer Ungeduld, die uns das Herz zerreißt, sind wir in Erwartung der Schreie, die gleich hervorbrechen werden, die sich bis zum spitzesten, zum schrecklichsten Crescendo steigern werden, und mehr und noch mehr Schreie, die uns den Magen umdrehen, die die dicken feindlichen Mauern durchdringen, die alles niederreißen, allem für immer ein Ende setzen werden ...

Aber nichts.

Nichts, außer der Stille. Lange Minuten vergehen. Keine Schreie. Wir alle stehen da wie in Habacht. Sogar Tichka schläft nicht ... Es kommt mir vor, als ob da oben im schmutzigen Violett der länglichen kleinen Fenster keine Schatten mehr vorbeiglitten.

Und als die Polizisten das Hinterzimmer verlassen und durch unsere »Klasse« hinausgehen, entspannen sich unsere Gliedmaßen, und unser Geist macht sich wieder an die verzweifelte Suche. Ich träume: »Arm sein, kleine Krankheiten haben, sein wie die, die so eilig am Fenster vorbeigehen, sich plagen, verhungern ... Aber frei sein: was für ein Glück!«

Nicht ein einziges Geräusch stört den jungen Mann, der am Katheder sitzt. Er langweilt sich. Er ist über seine Tischfläche gesunken, zerstreut zeichnet er etwas ... Eine Strähne fettiges Haar fällt ihm über das Gesicht. Er lächelt sanft; er erinnert sich an etwas Schönes.

Kapitel XIII
Wir sind frei

Die massive Kellertür öffnet sich langsam. Niemand achtet darauf: Es ist nur der alte Wärter mit seinem Schlüsselbund in der Hand. Er bleibt an der Tür und ruft jemanden. Nachdem aber kein Mensch hier erwartet, freigelassen zu werden, sucht jeder, statt auf den Wärter zu hören, nach dem glücklichen Leidensgenossen, der, sieh mal an, aufstehen und davongehen wird, frei … Doch kein Mensch rührt sich. Der Wärter wiederholt den Namen. Es ist der unsere. Wir steigen mit dem Mann, der die Schlüssel hat, die schmale Steintreppe empor, wir folgen ihm durch einen langen halbdunklen Gang, der vor Sauberkeit und Heimeligkeit bürgerlich glänzt. Der Wärter öffnet vor uns eine Tür, wir sind im Licht.

Was ist das? Der letzte Akt einer Operette? Oder, vor dem Aufbruch zu neuen großen Taten, die Pose der Nachtschwärmer beim Photographen? Diese miesen Kommissare, wohlgekleidet, frisch gebügelt, rasiert und gepudert, aufrecht wie weltläufige Tänzer, feierlich, und in der Mitte ein kleiner, dicker, struppiger Jude, Typ kleiner Händler an der Ecke, der uns ein verklärtes Gesicht zuwendet, schlecht rasiert und bewegt. In feierlichem Ton spricht er zu uns von unseren Leiden, der Gemeinheit des Teufels und der Gerechtigkeit, die am Ende immer obsiegt.

»Sie sind frei!«

Er beglückwünscht uns, die Gesichter der Kommissare heitern sich auf, wir hören: »Künstler, Künstler!«, und man schüttelt uns unsere dreckigen Hände, wir drücken sie mit Überschwang, man schiebt uns zur Tür, und wir gehen mit dem Juden. Wohin?

»Es sind da noch kleine Formalitäten zu erledigen.«

Wir gehen wieder durch lange Gänge, wir steigen breite, prächtige Treppen hinauf; bronzene Engel stützen sich auf die Pfeiler der Marmortreppe, die von dicken Teppichen gedämpft wird. Wir treten in eine weite Vorhalle, die von hängenden Kugelleuchten sehr hell erleuchtet wird, mit einer ganzen Menge Türen und dazwischen Spiegeln. Der Jude verschwindet mit der Aufforderung zu warten.

Warten, ohne einen Schritt zu wagen, auf der Stelle, wo man uns gelassen hat, dabei unser Anblick im Spiegel; wir sehen schmutzig aus, klein und erdrückt, vervielfältigt und grotesk in dieser riesigen Halle; wir sehen unsere Umrisse im Zickzack zwischen in Mahagoni gefaßten Vertikalen, deren oberer Fluchtpunkt eine vergoldete Krone ist. Wir haben uns niemals in einem solchen Zustand gesehen. Von unseren zerzausten Haaren über die ausgebeulten und verdreckten Kleider bis zu unseren ungeputzten Schuhen auf dem glänzenden Parkett. Unsere Blicke begegnen sich, mein Bruder betrachtet sich auch, gedemütigt.

Als eine Tür aufgeht und Tuchescu mit einem Gefolge von anderen Männern herausläßt, sind wir es, die sich genieren, die am liebsten im Boden versinken würden, am liebsten weg wären, damit man uns nicht sieht. Doch unser Dreck schreit. Es ist zu hell. Tuchescu lächelt uns im Vorbeigehen zu und grüßt von fern. Und wieder sind wir allein. Oh, wir haben uns im Keller wohler gefühlt, wo die gelbliche Farbe und die Lumpen unserer Gefährten uns ein so gutes Bild unserer selbst vermittelt haben!

Dann lächelt uns der feierliche Jude aus all den Spiegeln an, reckt seine Mappe in die Luft, in Begleitung eines jungen rosigen Rumänen, vom Typ athletischer Bauer.

»Ich hab's!«

Er weist auf den jungen Mann, der uns zur Präfektur begleiten soll, wo weitere kleine Formalitäten zu erledigen sind. Der Jude schaut auf seine Uhr, schießt wie eine Kugel die Treppe hinunter, und wir springen hinter ihm her. Wir nehmen ein Auto, und da, in die Polster geschmiegt, sieht mir der Jude in die Augen und wiederholt:

»Was für eine Frau Sie haben! Ich sollte jetzt in Jassy sein, wo vielen Juden ein großes Unglück passiert ist ... Die haben eine Synagoge abgebrannt, viele Juden sind verletzt worden, die haben auf die heiligen Bücher gepinkelt. Dort ist viel Unglück, hier ein einzelnes, aber ganz nah ... Was für eine Frau Sie haben!«

Seit ein paar Stunden habe ich nicht mehr an meine Frau gedacht, die arme gehetzte Seele. Sie ist es wohl, die jetzt für uns kämpft. Es mußte soweit kommen, daß ihr Schmerz wirksam und anrührend würde, daß sie in einem unbekannten Ort durch unbekannte, feindliche Straßen laufen und Leute finden würde, die ihr helfen könnten, daß sie vom einen zum anderen gehen, warten, nicht den Mut verlieren, schnell sein, auch mal aufsässig werden, überall hartnäckig bleiben mußte, und all das ohne die Leute vor den Kopf zu stoßen, vielmehr ihre unter tausend alltäglichen Besorgungen und Sorgen verschütteten Fähigkeiten wirken zu lassen, um echte Arbeitstiere wie den Juden aufzuwecken, der mit uns ist, und es zu schaffen, ihn anzurühren; ganz verschlagen zu sein, um ihre schwache Stelle zu finden, ihr Selbstwertgefühl als Menschen, als Angehörige der menschlichen Gesellschaft, indem sie an ihre Ehre rührte, an ihr Nationalgefühl; so agieren, daß sie, auch wenn sie müde oder in Eile sind, die erforderliche Kraft und das Durchhaltevermögen aufbringen; sie zu überwachen und sie die ganze Zeit anzuspornen; sich nicht mit dem Versprechen, etwas zu tun, zufriedenzugeben; all die anderen Unglücklichen mit ihrer Trauer zu überdecken, damit man nur uns sieht. Solche Sachen kann man für sich selbst nicht unternehmen.

Und als unser Jude, bevor er zur Präfektur geht, uns zur Überraschung ins Komitee nimmt, um meine Frau im Vorbeigehen, so bald wie möglich, zu sehen, empfinde ich eine ungeheure Schuld, die ich ihr gegenüber jetzt habe, doch ich bleibe vollkommen kalt, ich könnte sie nicht einmal anlächeln, sie ist mir fremd, als säße sie nicht hier leise weinend vor mir auf dem abgewetzten Sofa und wartete, daß ich mich zu ihr setze ... Sie ist ganz fern, uns trennt etwas. Warum? Alle beide haben wir gelitten.

Vielleicht trennt der Schmerz, verurteilt er zur Absonderung, zur Einsamkeit.

Aber wieder löst sich meine Erstarrung in dem holpernden Auto, ich bin zärtlicher zu meiner Frau, und sie erzählt mir, daß die Sigurantza zuerst beschlossen hatte, uns nach Kischinjow zu schicken, es aber dem Herrn, der nervös auf seiner an einer langen Kette hängenden Uhr herumreibt, im Lauf des Tages gelungen sei, diese Entscheidung abzuwandeln.

Wir halten auf einem häßlichen Platz ohne Licht, ein paar kahle Bäume ragen mit ihren dürren Ästen in den Himmel, Bänke, ein großes altes Gebäude, der schwere Torbogen einer Einfahrt: Das ist die Präfektur.

In dem Gebäude, das wie ausgestorben wirkt, finden wir eine Tür mit der Aufschrift »Sekretariat«. Wir klopfen. Die Tür geht einen Spaltbreit auf und läßt einen dicken runden Kopf mit langem schwarzem Schnurrbart heraus. Das ist der Sekretär persönlich. Er will uns nicht empfangen. Der Jude wird wieder dramatisch: »Das Gericht war zu langsam«, er setzt nach und hält die Tür halb offen. Da läßt der Sekretär die Klinke los und schiebt seinen Bauch voran an den des Juden, der zurückweicht. Der Sekretär sagt, daß ihm der Umschlag, den der junge Mann von der Sigurantza gebracht habe, nicht reiche und daß er ein ähnliches Papier direkt erhalten müsse. Wir wollen schon gehen, zurück zur Sigurantza, um den Versand des fraglichen Papiers zu beschleunigen, doch die Beamten in den dunklen Winkeln schicken uns mit einem Wachsoldaten ins Büro der Präfektur. Da können wir warten, ausgenommen meine Frau. Der Jude blickt auf seine Uhr, es tut ihm leid, er wird nicht bis zum Moment unserer Freilassung bleiben können, »die nicht lange auf sich warten lassen wird ...« Er geht mit meiner Frau hinaus, die am Haupteingang auf uns warten will.

»Bis später!«

Wir beide betreten das Büro, das ein weiter Saal ist mit einer sehr hohen, sich im Schwarzen verlierenden Decke. An der rauchvergilbten Mauer links und gegenüber lange Bänke, in der Wand über uns ein ganz schmales hohes Fenster, von dem man nur das Sims sieht. Hinten rechts ein hölzernes Gatter, das ein dunkles Karree abtrennt; in einem anderen Rechteck ohne Gatter ein lichter Fleck, der einzige im Saal. Es steht dort ein mit Zeitungspapier überdeckter Tisch, auf dem sich, winzig, der Telephonapparat, ein Tintenfaß, ein Federhalter, eine niedrige Lampe mit grünem Schirm abheben. Jemand – schlafend? wach? – man sieht ihn nicht sehr gut, er ist zu sehr im Licht. Beim Eintreten haben wir nur ihn bemerkt, aber jetzt, da wir in unserer schwarzen stillen Ecke sitzen, erkennen wir links am anderen Ende des Saals einen großen Burschen im Monteuranzug. Er hält seinen Kopf nach links gewendet. Wir folgen seinem Blick. Das Holzgatter überragt eine Trennwand. Der Länge der Trennwand nach sind ebenfalls Bänke aufgestellt. Dort sitzen zwei junge Frauen. In ihren hübschen Kleidern, mit ihrem ranken Wuchs, scheinen sie sehr schön zu sein. Die eine ist hellgelb gekleidet, die andere jadegrün. Sie reden leise miteinander, dann erheben sie sich und nähern sich in schwingendem Gang dem Tisch. Sie sind jung und schön. Die eine, in Gelb, ist sehr groß und schmal, ihr blondes Haar umgibt als durchsichtiger goldener Kreis ein feines Profil; die andere, kleiner, dicker, ist auch blond, das Licht strahlt sie voll an. Sie hat ein Gesicht von warmem, samtigem Ocker. Sie lächelt weich, ihr Lächeln ist ein wenig bitter. Sie sprechen mit dem Beamten. Wir hören nichts. Wir erkennen jetzt den Alten am Tisch, er ist ungepflegt: schlecht rasiert, seine Wangen sind übersät mit kleinen Pickeln, die sich bis zu einer höckrig weichen Glatze hinaufziehen. Sein flaches Gesicht wirkt durch das Licht wachsweich; man könnte meinen, er habe weder Mund noch Nase. Nur seine farblosen Augen lauern und zeigen Leben. Er ist sehr klein; wenn er den Frauen, die stehen, antwortet, hebt er den Kopf, und man sieht seinen mickrigen Hals. Sie sprechen lautlos miteinander. Wie lange noch werden wir in dieser Stille sein? Die Frauen nehmen vor dem Tisch Platz. Die in Gelb, die wir von hinten sehen, läßt ihre Hand am zerbrechlichen Körper herabhängen und hält einen Hut, die andere, im Profil, ist nach vorne gebeugt. Ein Gespräch entwickelt sich. Wir hören nur Stille, aber wir ahnen, worum es geht. Alles ist still und angespannt. Den Alten schütteln stumme Lachanfälle. Die Frau in Grün senkt ihre schmale Hand ins Dekolleté und holt langsam eine kleine runde Brust heraus. Sie ist zart und golden mit einem braunen Flecken und sehr rund, wie mit dem Zirkel gemacht. Sie hebt die Brust mit der Handfläche hoch und betrachtet sie mit einem verträumten Lächeln. Der Alte zappelt lautlos, von seiner Seite des Tisches aus streckt er seinen weißen Finger, an dem kein Nagel ist, vor, berührt die goldene Brust mit der Spitze und zuckt zusammen. Unvermittelt hören wir das Telephon klingeln. Die alte pergamentene Hand greift den schwarzen Hörer. Mein Bruder ist aufgestanden. Er ist sicher, daß der Anruf uns gilt. Wir werden hinausgehen! Er hat sogar unseren Namen sagen hören. So sind wir beide aufgestanden, wir knöpfen uns die Jacken zu, wir ziehen die Schöße unserer zerknitterten Mäntel stramm.

Aber nichts, man ruft nicht uns!

Mit einem Schlag reißt in der Schwärze hinter dem Tisch eine Tür auf und wirft einen fröhlichen dicken Soldaten mit vor Vergnügen strahlendem Gesicht herein. Mit einem spöttischen Lachen umkreist er den Tisch und schiebt seine Hand ins Oberteil der Frau in Gelb.

»Wir werden aufgerufen!«

Ja, dieses Mal gilt es uns, wir eilen zum Tisch, wir halten direkt davor wie auf Befehl. Unsere Herzen toben. Wir werden frei sein, wir werden auf den kleinen Platz hinausgehen, wir werden an den leeren Bänken vorbeigehen, wir werden eine nächtliche Straßenbahn beim Uhrturm nehmen. Wir stecken voller Kraft und Gesundheit, wir werden schreien vor Freude, die lähmende Stille durchbrechen, aus dem Dunkel treten, wir werden sie alle umarmen, wir nehmen die Frauen mit, wir laufen hinaus.

Die Frauen weichen seitlich aus. Ihre Köpfe sind uns zugewandt, um uns anzusehen. Der Alte ist über ein dickes Register gebeugt, der Federhalter schwebt in seiner runzligen Hand.

»Ihre Namen?«

Wir nennen sie schnell, mit erhobener Stimme, und brechen das Schweigen.

»Ihre Schlipse, Ihre Hosenträger ...«

»Ihre Schnürsenkel?«

»Durchsuchen!« befiehlt der Alte dem jungen Soldaten.

Dann folgen wir dem Soldaten hinter den Tisch, wir durchschreiten eine Tür, ein kleines Zimmer, das unter Bergen vergilbter Mappen liegt. Nach einer weiteren Tür sind wir wieder in dem Saal, aber schon auf der anderen Seite des Holzgatters. Links sehen wir den Alten vor dem erhellten Tisch und die Frauen, die sich darüber beugen. Dann steigen wir drei oder vier Stufen hinauf und sind auf einer Plattform, vor einer weiteren Tür, die auf einen niedrigen Gang führt, den Gang eines alten und dunklen Gefängnisses mit Mauern in demselben Gelb. Auf beiden Seiten Holztüren mit kleinen viereckigen Ausgabeschaltern. Links hören wir Stimmen von Frauen. Ein Stück weiter hält der Soldat vor einer der rechten Türen, öffnet sie und läßt uns in eine Zelle voll warmer Düfte treten, vier mal vier Meter, wo sich aber um die fünfzig Männer drängen.

Kapitel XIV
Die Nacht in der Präfektur

In der kleinen Zelle ist kein Platz auf den Pritschen, auch nicht auf dem Boden. An die Tür gedrückt, bleiben wir stehen. Wir betrachten das Gedränge und werden selbst betrachtet. Weil wir schon bald nicht mehr können, beugen wir vorsichtig die Knie und schaffen es, mit an die Brust gezogenen Beinen zu sitzen.

»Lehn dich an mich, da sitzen wir besser«, meint mein Bruder.

»Ihr seid Russen, Freunde?«

Diese Frage kommt aus der Höhe der Pritschen, gestellt von einem lächelnden jungen Mann. Das ist der Typ des flinken und gewandten Russen, mit kleinen listigen und zwinkernden Augen, der Russe, der einer Katze gleicht.

Es ist ihm gelungen, bis an den Rand der Pritsche zu rücken, ganz in unsere Nähe. Er bittet um Tabak. Er stellt keine weiteren Fragen mehr, als wüßte er alles über uns, er erzählt mit einer leisen, weichen Stimme.

»Ich habe gleich gesehen, daß ihr Juden seid. Ein Jude ist einer *von uns*. Ich mag die Juden sehr.«

Er erzählt schnell, als sage er etwas auf, das er auswendig weiß. Er ist aus der Ukraine. Aber er mag die Ukraine und ihre ganzen Probleme nicht: Krieg, Revolution, Gegenrevolution. Er ist aus dem Land geflüchtet. Er ist aufgebrochen, wie er war, ohne einen Heller. Beim jüdischen Hilfskomitee in Czernowitz hat man ihm fünfzig Lei gegeben, während vor der Tür noch viele notleidende Juden blieben. Aber die Juden mögen jeden. Und Christus und die Propheten waren Juden. Er, er mag die Juden sehr, er ist imstande, für einen Juden zu sterben. Auch wir sind ihm sympathisch. Und während er einen Teil meines Tabaks in seine Tasche leert, treibt er seine Liebenswürdigkeit so weit zu sagen:

»Du, Bruder, du siehst überhaupt nicht aus wie ein Jude, aber überhaupt nicht.«

Wir machen die Augen zu. Er erzählt weiter. Dann säuselt seine

Stimme woanders und weiter in Russisch. Das macht mich neugierig, ich höre hin. Auch dort stellt er keine Fragen, erwartet keine Antworten, er erzählt schnell und leicht. Er, ein junger russischer Bauer, ist mit der ersten Einheit mitmarschiert, die im Bürgerkrieg durch sein Dorf kam, danach war er in allen Armeen: »rote«, »weiße«, »grüne«. Die besten Erinnerungen hat er an die Zeit, die er mit einem Trupp »Grüner« verbracht hat. »Das waren echte Kameraden.«

»Was wir gesoffen haben! Wie viele Juden wir erledigt haben. Wir sind auf den Leichen gefahren wie auf einem Teppich. Ah, was für ein Leben! Ich hatte Lackstiefel, glatt und glänzend wie eine Flasche ...«

Eine tiefe Stimme unterbricht ihn.

»Und warum bist du nach Rumänien gekommen?«

»Nur so, um das Land kennenzulernen, mit den anderen, mit den Juden, die geflüchtet sind ... Ich wollte mich hier einer alliierten Armee anschließen, aber nicht ein verdammtes Stückchen Papier, verflucht. Also war Schluß. Stop. Basta. Hier haben sie mich hingesteckt.«

»Setz dich woanders hin, du ekelst mich an«, befiehlt mit Ruhe die tiefe Stimme.

Ich öffne die Augen. Mitten auf der Pritsche sitzt ein Koloß mit einem flachsblonden Bart. Es ist sehr heiß in der Zelle. Er aber behält seinen Schafspelz an, sein weißes besticktes Hemd hat er bis weit über die Brust geöffnet. Seine Augen sind so hell, durchsichtig und ruhig, daß ich bei ihrem Anblick dieselbe Ruhe finde wie früher bei den klaren Seen im Norden, die frisch und geheim inmitten stiller Wälder liegen. Das Erwachen der Erinnerung an diese Landschaft ist angenehm, und mein Lächeln spiegelt sich in den Augen des Kolosses, der mich seinerseits betrachtet.

»Wo kommst du her, Bruder?«

Ich finde einfache und klare Worte, um es ihm zu erzählen, Worte, die ich vorher nicht hätte finden können.

»Und ich, weißt du, stecke seit drei Jahren in diesem Land fest.«

Eine Pause.

»Ich bin kein Häftling«, und er sieht sich zu den anderen um, »ich bin frei.«

Er hält wieder inne und streicht sich den Bart.

»Ich war Rekrut im 143. Regiment Oboliensky unter dem Kommando von Oberst Pavel Ivanovitsch Schkourka. Ich bin aus der 2. Kompanie, Jahrgang 1904.«

Wieder eine Pause. Dann fließt der Singsang hell und gleichmäßig fort. Er hat an allen Fronten gekämpft. Zuletzt in der Nähe von Premslau. Dann wurde er nach Rumänien verlegt und dort, durch die Revolution von seinem Land getrennt, hat er abgewartet. »Das Land ist echtes Land hier.« Es war gut, er hat es gepflügt wie zu Hause im Gouvernement Samara. Ja. Es gab dort sogar eine Frau ... Nur, er wollte nicht mehr weg von zu Hause sein. Er ging zur Dorfgendarmerie und sagte: »Ich will wieder nach Hause, nach Rußland. – Aber dort sind die Bolschewiken. Bist du Bolschewik? – Ich antworte: Wenn alle Menschen meines Landes Bolschewiken sind, dann bin ich es auch, ich will nach Hause in mein Dorf.« Die Gendarmen haben ihn mit Eskorte in eine nahe Kleinstadt verbracht. Aber dort wieder dieselben Fragen und dieselben Antworten. Dann in weitere Städte und nach Bukarest.

Das geht seit drei Monaten. Er kommt von einem Gefängnis ins nächste. Er wird versorgt, man ist freundlich zu ihm, aber man gibt ihm nicht den Paß für Rußland.

»Man muß warten, ja«, schließt er.

Nach einem kurzen Schweigen wirft ihm ein Mann mit runden orientalischen Augen in schlechtem Russisch erregt hin:

»Aber du mußt doch nur sagen, daß du deine Meinung geändert hast, daß du in Rumänien bleiben willst.«

»Ich habe aber meine Meinung nicht geändert. Ich will in diesem Land nicht bleiben«, gibt der andere zurück, ohne sich umzudrehen. Der Schweiß steht ihm auf der Stirn, er wischt ihn mit dem weiten Ärmel seines Pelzes ab, dann findet er in seinem Hemd, aus dem seine Pelzmütze ragt, einen Tabaksbeutel, und während er sich gemächlich eine Zigarette dreht, wendet er sich an mich:

»Ich habe zehn Kilo Brot mitgenommen für den Weg. Ein bißchen habe ich noch. Wenn du was willst«, und er tippt auf sein Hemd, »da ist es drin. Wenn du Hunger hast ...«

Er ist ruhig, friedlich, sogar heiter. Er hat Geduld. Im Vergleich zu ihm sind wir alle armselige zappelige Liliputaner; ich sehe mir das Durcheinander von Leuten um mich herum an, die im Sitzen schlafen, die sich im Schlaf bewegen, die hochfahren und in ihre Alpträume sinken.

»Schauen Sie mal den langen, scharf geschnittenen Kopf von dem an, mit dem er vorhin gesprochen hat. Das ist ein Bulgare aus Dobrudja, der ist von allein Rumäne geworden, durch einen Beschluß, der irgendwo in Genf gefaßt worden ist; er hielt es nicht für erforderlich, seine Nationalität auf einem Papier festhalten zu lassen. Es war ein richtig dummes Abenteuer, in Bukarest, diesem Zentrum von Verdächtigungen, nach einer Arbeit zu suchen, ohne Paß und mit seinem leidenschaftlichen Gesichtsausdruck! Den haben sie noch am Bahnhof festgenommen. Jetzt wird von ihm erwartet, daß er die verbrecherische Absicht seiner Reise zugibt. Seine zu banalen Erklärungen: ›Bei uns finden wir keine Arbeit mehr, das Land ist arm, und so weiter ...‹ genügen nicht bei den Rumänen, die voller Phantasie sind. Das plumpe Mißtrauen der Polizei regt ihn auf, bringt ihn außer sich, er läßt sich hinreißen. Also wird er geschlagen. Danach kommt die Angst. Die ist ein weiterer Zeuge gegen ihn. Er wäre gern ruhig. Aber wie nicht ausrasten und wie nicht Angst haben bei dem Haß, den er überall spürt, wenn das Wort ›Bulgare‹ ausgesprochen wird?« Beim Erzählen seiner Geschichte drückt er die Fäuste, sein Kopf ist heiß. Dabei muß nur irgend jemand einen Witz machen, ein bißchen lachen, und schon ist er entwaffnet, er hat ein gutes Lächeln, ein Kinderlächeln. Nicht lang. Seine Unruhe kehrt wieder, er regt sich wieder auf, er legt Protest ein, äußert unverständliche Worte, redet mit sich selbst und wiederholt: »Nein, nein, das ist nicht gerecht« und richtet seinen glänzenden Blick in die Runde, aber vor diesen gleichgültigen oder ironisch lächelnden Leuten zögert er wieder, die Furcht erfaßt ihn wieder.

Da wendet er sich an seinen Nachbarn, einen ganz jungen Mann, blond und schüchtern, wie um zu sehen, ob der noch da ist, er faßt ihn an der Hand, tätschelt sie sanft und senkt den Kopf. Dieser Nachbar ist sein Freund, einer »aus dem Land«, den er ins Abenteuer mitgenommen hat.

Im Morgengrauen, das so wenig Licht bringt, erkenne ich die Männer, die ich in der Nacht gesehen habe, kaum wieder. Dieses blaue, schmierige Licht, das von den beiden kleinen vergitterten Fenstern herunterfällt, bildet Flecken, hebt ein Profil hervor, zeigt einen schmutzigen Hals, ein Knie in einer elegant karierten Hose, eine blasse Hand, die die andere kratzt.

Allen ist kalt, sie bewegen die Schultern, umfassen sich mit den Armen, die sie auf die Knie stützen, alle gähnen. Jeder hier muß den ekelhaften Geschmack der dunklen und morgendlich eiskalten Bahnhöfe im Mund haben, den Geschmack trostloser Zimmer nach einem großen Besäufnis. Wir sitzen in der grauen Kälte.

Schwere Schritte halten vor der Tür, das Schloß kreischt, ein Wachsoldat sucht jemanden in dieser verdrossenen Versammlung. Sein knotiger Finger beschreibt einen Kreis und hält vor der Brust meines Bruders, der sich wie von einer Feder getrieben erhebt und mich fragend anblickt. Ich stehe auch auf. Wir folgen dem Soldaten. Ein paar Schritte rechts in einen kleinen Gang: Eine dunkle gewundene Treppe, dann weiter rechts eine Tür, und wir sind in einem riesigen Untergeschoß mit niedriger Decke und ein paar langen hölzernen Tischen und Bänken. Der Boden ist gefliest; graue und schwarze Kacheln. Das muß eine Kaserne sein. Ohne ein Wort gibt uns der Soldat einen Eimer, einen Scheuerlappen und einen Besen. Ich habe verstanden: Wir sollen den Boden schrubben.

Mein Bruder aber, der ist sicher, daß unsere letzte Stunde gekommen ist, daß dies die bekannte Art ist, uns loszuwerden. Wir brauchen uns bloß zu bücken, auf daß der Wachsoldat, der so friedlich bei der Wand bleibt, uns sein Bajonett in den Rücken taucht. Während er so tut, als putze er den Boden, faßt er den Eimer, macht tausend vorsichtige Bewegungen, behält er den Soldaten ständig im Auge.

Ich dagegen bin beinahe froh, aus der Starre dieser Nacht herauszukommen, und die Bemerkungen, die mein Bruder mit zusammengebissenen Zähnen flüstert, lösen in mir keine Angst aus. »Wenn er so ruhig bleibt« – denkt mein Bruder wahrscheinlich – »dann, weil ihn nichts bedroht.« Vielleicht hat er recht. Mein Bruder murmelt:

»Die haben gegen mich was, mach du allein weiter!« Er drückt sich an die Wand.

Ich bin schon mitten in der Arbeit. Ich habe noch nie einen Boden geschrubbt. Aber gleich am Anfang habe ich ein System gefunden. Ich fange damit an, einen Abschnitt im Maß meiner Reichweite zu fegen, das macht genau zehn Fliesen, fünf graue und fünf schwarze; danach wische ich mit dem nassen Lappen horizontal über den Boden, dann wringe ich den Feudel über dem Eimer aus, damit das dreckige Wasser heraustritt, und ich wische noch einmal vertikal über den Abschnitt. Der Abschnitt ist fertig, ich rutsche rückwärts und fange einen anderen an. Wenn eine Reihe in der Länge des Saals gemacht ist, ist das andere Ende schon getrocknet, und ich kann mich leicht an die nächste Reihe machen. Während ich gründlich, sogar pedantisch arbeite, erinnere ich mich an meinen Schönschreiblehrer, rund und kahl, der uns lehrte: »Die Zeile ist die Bewegung, man darf sie nie unterbrechen oder verändern.« Aber es geht mir jetzt so gut von der Hand, daß ich mir nichts vorzuwerfen habe. Und wenn ich mich erhebe, betrachte ich zufrieden mein Werk, trotz des steifen Rückens, der mir weh tut. Der Boden erstreckt sich wie ein riesiges Wachstuch. Der Soldat lächelt. Wir steigen die Treppe als Freunde wieder hinauf, und ich freue mich schon auf die Möglichkeit, mich auf den Pritschen auszuruhen. Doch an der Tür wird uns der Besuch meiner Frau angekündigt, die im Büro auf uns wartet.

Meine Frau versichert uns, daß wir morgen frei sein werden. Auch wenn der Chef der bessarabischen Sigurantza eigens gekommen sei, unsere Auslieferung nach Kischinjow zu fordern, werden wir morgen doch nach Galatz aufbrechen. Der dramatische Herr ist gegangen, aber meine Frau hat andere einflußreiche Leute gefunden, sogar noch viel einflußreichere. Morgen wird sie uns abholen.

Sie hat uns viel zu essen mitgebracht: Chalva, Wurst, Brot, es ist viel zuviel für uns, wir bitten sie, einen Teil davon wieder mitzunehmen. Sie ist mager geworden, meine Frau.

Kaum sind wir zurück in der Zelle, kaum haben wir uns gesetzt, hören wir die Schritte eines ganzen Regiments im Gang. Die Gewehrkolben knallen auf den Beton, die Tür geht auf mit dem Schrei: »Alles raus!«. Um hinauszukommen, stoßen und schieben wir uns; der russische Koloß schließt sein Speisekammerhemd; der Bulgare hilft seinem Kameraden hochzukommen. Die Tür ist eng, der Gang genauso, dazu ist er verstellt von den Soldaten. Ganz unscheinbar folgen mein Bruder und ich den anderen. Unsere Köpfe stoßen an ihre Rücken. Selbst geschoben, schieben wir die anderen, wir stolpern im Dunkel, wir halten uns an den Kleidern der Häftlinge. Wir steigen die winkelige Treppe von heute morgen hinab. Hinter mir geht ein Soldat hinunter, der sein Gewehr auf jede Stufe vor sich stößt. Wahrscheinlich störe ich ihn, mit seinem Knie stößt er mich voran, doch ich werde gehalten von den weichen Rücken derer, die vor mir sind und langsam hinuntergehen, gehalten von den anderen. Da versetzt er mir ungeduldig einen starken Stoß mit dem Knie, dann einen Hieb mit dem Gewehrkolben. Ich drehe mich um, wahrscheinlich ist mein Gesichtsausdruck, der meinen Willen zu gehorchen und die Unmöglichkeit dazu erklären will, erbärmlich und lachhaft. Der Soldat ist rosig, dick und bieder, natürlich. Er grinst breit.

Endlich vorne ein Lichtfleck. Die letzte Stufe. Meine Füße berühren das Pflaster. Wir sind in einem kleinen, häßlichen Hof, eingeschlossen von hohen, zerfressenen Mauern.

Wir werden an der rechten Seite aufgestellt vor einer hohen Einfriedung, die schwarz ist vom faulen, dreckigen Holz, das in anderen Zeiten immer wieder einen Anstrich erhalten hat, der jetzt vollkommen abblättert. Gegenüber, auf der anderen Seite des Hofs, sind schon Menschen. Das sind die Frauen: Die grellen, traurigen Tupfer ihrer Röcke und Mäntel sagen mir das. Dann sehe ich nach den Gesichtern. Sie sind unterschiedlich trotz der Erschöpfung und des Schmutzes, die sie vereinen. Eine von ihnen sticht heraus, rothaarig, das Gesicht blaß. Ihre zerzausten Haare sind von einem sehr lebhaften Rot. Die Lider der grauen Augen sind gelb, die spitze Stupsnase ist mit einer dicken Puderschicht weiß gemalt. Alles an diesem Kopf ist in warmen Farben gehalten, zum Verzweifeln in dem niederträchtigen Grau des feinen unmerklichen Regens, der wie ein Schleier über uns fällt.

Die Frauen und wir dürfen nicht miteinander sprechen. Die Soldaten bekräftigen diesen Befehl mit Faustschlägen nach links und rechts. Zum Glück sind mein Bruder und ich hinter einem großen Burschen versteckt. Mein Bruder, umtriebig, nutzt die Gelegenheit, um mir Fluchtmöglichkeiten zuzuflüstern: Hinter uns ist eine Holzwand. Sein Nachbar rechts hat Gelegenheit gehabt, ihm zu sagen, daß wir bis zum Abend hier bleiben und daß nichts einfacher wäre, als geräuschlos ein faules Brett abzunehmen, und daß die Freiheit etwas »sehr, sehr Gutes« ist. Mein Bruder fügt an, daß sich sein Nachbar in Bukarest bestens auskennt, daß er in Ordnung ist, etc.

Dieser Plan begeistert mich nicht. Ich habe keine Lust zu flüchten. Ich möchte mich setzen, das allerdings gleich, hier im Regen, in den Dreck, aber ich habe keine Lust, was auch immer anzufangen. Ich antworte ihm:

»Dann glaubst du also nicht, daß wir morgen früh freigelassen werden?«

»Ja – doch … bestimmt … Ich glaube es.«

Und er sagt etwas zu seinem Nachbarn, der ihn verächtlich ansieht und nicht antwortet. Ich dagegen sehe zu den Frauen. Das ist sehr interessant. Die in der ersten Reihe stehen, sind bestimmt Diebinnen und Prostituierte. Sie sehen den Männern gelangweilt direkt in die Augen. Sie haben sich das angewöhnt. An ihnen sieht man mit Bedrückung, wie sich der Mensch im Leben aufreibt, wie sich sein Körper zerstört, wie wenig er der Brutalität standhält. Man sieht, wie sich die Lippen verhärten und der Blick sich leert. Diese Auflösung im Leben ist bei ihnen deutlicher sichtbar, weil sie da schneller geht: Ihnen gehört nichts als ihr Körper, und dieser Körper ist außerdem ihr Arbeitsgerät zum täglichen Brot. Ihre Hauptsorge ist, die Verwüstungen zu verbergen, zu täuschen, sich zu verschönern, eine Maske zu finden.

Diese eine Frau gegenüber mit dem so direkten Blick, mit der tiefen Falte zwischen den Brauen hat eine breite Narbe, die ihr durch die rechte Braue schneidet. Das läßt sie böse aussehen. Sie verbirgt diese Erinnerung an einen Streit oder eine Eifersuchtsszene unter einer Locke schwarzen Haars, das die Narbe erst recht betont.

Um sich besser auf den Beinen zu halten, schieben sie die Hüfte vor und stützen die Hände auf die Hüften. Um sich zu entlasten, wechseln sie nicht das Standbein, sondern bewegen ihre breiten, gelenkigen Hüften.

Mein Nachbar, ein großer magerer Kerl, stützt sich leicht auf meine Schulter. Ich möchte mich davon befreien. Ich deute wohl eine Bewegung an. Der Soldat brüllt. Also bleibe ich ein paar Momente gerade wie ein gespanntes Seil, dann wechsle ich vorsichtig das Standbein und spüre in diesem Augenblick, daß sich mein linker Schuh vom Fuß löst; meine Füße sind naß. Das Gefühl, daß sie naß sind, wird mir unerträglich. Ich will mich zwingen, an etwas anderes zu denken. Ich schaffe es nicht. Aber ein kleiner Zwischenfall kommt mir zu Hilfe.

Es muß jetzt schon eine ganze Zeit sein, daß wir so aufrecht und bewegungslos in diesem Hof stehen. Eine andere Kompanie Soldaten kommt, jene abzulösen, die auf uns aufpaßt.

Zugleich wird die Tagesration ausgegeben: schlecht gebackenes Roggenbrot, ein ganz kleines Stück, ein paar Gramm. Die Gefangenen reißen es gierig an sich. Wir, wir haben am Morgen gegessen. Aber dann tut es mir leid, es ausgeschlagen zu haben. Kauen, ist das nicht auch eine Betätigung?

»Denken wir nicht daran.«

Meine Beine tragen mich schlecht. Ich möchte gerne ein paar Schritte tun. Ich möchte sogar weit gehen, laufen, fliehen.

Und wie kann mein Bruder glauben, daß man so einfach flüchten kann? Jede unserer Bewegungen wird überwacht, wird auch von unseren Nachbarn überwacht. Und warum meint er, man müsse nur ein Brett abreißen, um rauszukommen. Warum denken so viele

Köpfe hier, entschlußfähige Köpfe von Berufsmördern, warum denken die nicht daran? Oder haben sie den Mut verloren? Tatsächlich verstehen die sich hier darauf, einem die Unternehmungslust abzutöten, den Wagemut, und zwar gründlich. Sie fangen an, indem sie uns müde machen. Für Stunden lassen sie uns im Dreck stehen, im Regen, der auf die Knochen dringt. Wir bekommen sehr wenig zu essen. Zur Aufsicht schicken sie uns ganz junge Soldaten, wohlgenährt und rosig, die uns allein durch ihren Anblick vernichten und erdrücken. Wir dürfen nichts als bewegungslos dastehen. Wir sind uneins, wir sind kraftlos vor einer organisierten Macht.

Als ich noch sehr jung war, bewunderte ich den Mut und die Entschlossenheit eines Freundes von mir, eines Anarchisten. Er war in der Gegend berühmt für die Verwegenheit seiner Aktionen. Gejagt von der Polizei, jagte er ihr Angst ein. Eines Tages, als er vom Bad kommt, hat man ihn eingekreist, ein paar Minuten lang schießt er, er tötet drei Polizisten, und bevor er entwaffnet wird, weil er keine Fluchtmöglichkeit mehr sieht, tötet er sich. Sein Freund, der bei ihm war, tut dasselbe. Überraschend gefaßt, verliert er nicht den Kopf, geht in Deckung, greift dann an, versucht zu flüchten und tötet sich ohne Zögern selbst, als er dem feindlichen Ring nicht entkommen kann. Er hat dreifach Mut. Aber hingen sein Mut und seine Kaltblütigkeit nicht auch ab von bestimmten Bedingungen?

Erstens war er nicht allein, er war mit einem Freund, der genauso mutig war wie er.

Zweitens wurde er bewundert, er spürte die Sympathie, die ihm von der Menge hinter den Polizisten zuströmte.

Drittens war er voll Kraft, er war nicht moralisch verstümmelt und physisch erdrückt wie wir hier alle.

Viertens, der wichtigste Punkt: Er schoß draußen, in einer kleinen Stadt voll frischem Grün und sprießenden Bäumen, in einem Städtchen, dessen kleine weißen Häuser auch zur Natur gehören; sie sprießen direkt aus dem Gras. Er schoß und attackierte unter einem offenen und ewigen Himmel. Die Gegenwart der Natur verneint den Tod.

Und fünftens hat der erste Schuß geholfen weiterzuschießen.

Und vor dem Schuß auf sich selbst hatte er keine Zeit, nachzudenken, Angst zu haben.

Dies hier ist etwas anderes. Die Gefolterten halten sich bis zur endgültigen Erschöpfung, sie bringen sich nur selten um, selbst wenn sie dazu eine Möglichkeit haben. Auch für den Selbstmord bedarf es einer Unabhängigkeit, einer gewissen Freiheit, man muß für sich allein sein und vor allem muß man sehr viel Selbstachtung haben. Ich glaube nicht, daß man sich aus Abneigung gegen sich selbst umbringt.

Wir hier, die kaputten Gefangenen der Präfektur, wir lassen diese Selbstachtung gleich am Tor, mit Kragen, Schlips und Schnürsenkeln, wir glauben nicht mehr an ihr Dasein. Wir sehen hier nur unsere Verhörer, die sind gemein, brutal, scheinheilig, unberechenbar. Das ist Aas, was uns überzieht und uns mit seiner Gemeinheit ansteckt.

Es ist schwer, einen ganzen Tag lang stehen zu bleiben, besonders mit meinem Mantel, der sich wie ein Schwamm mit Wasser vollgesogen hat und mich am Hals zieht und schwer auf meinen Schultern lastet. Um mich abzulenken, versuche ich mich mit meinem Bruder zu unterhalten. Er schweigt. Er hat einen grünen Fleck auf der Stirn, das ist sein Hut, der Farbe verliert. Jemand ächzt in der Menge, darauf bewegt sich unsere ganze Reihe ein wenig.

Die Frauen gegenüber reden mit den Soldaten, sagen ihnen Sauereien. Das ist eine List. Dadurch können sie Bewegungen machen und sogar ein paar Schritte tun. Hinten in der Gruppe raucht eine Frau mit leicht gebeugtem Rücken eine Zigarre, sie hält sie unter der Handfläche wie die Matrosen. Sie muß glücklich sein, ihre Augen mit den langen Wimpern sind halb geschlossen und die kleinen, aber vollen Lippen lächeln unmerklich.

Mit den Händen in den Taschen gelingt es mir, den Mantel etwas anzuheben, so daß er mich etwas weniger belastet. Aber dann fühle ich ein kaltes Rinnsal, das zwischen meinen Schulterblättern den ganzen Rücken herabläuft.

Kapitel XV
Die Untersuchung

Wir sind bis zum Abend in dem Hof geblieben. Ich werde diesen Aufenthalt nie vergessen. Auch heute noch wird mir kalt, wenn ich daran zurückdenke.

Beim Hineingehen werden wir angenehm umfaßt, benebelt von der warmen Luft der Zelle, von den Dünsten, die von unseren nassen Kleidern ausgehen. Wir sprechen nicht. Wir lassen uns wortlos nieder, irgendwo. Nach und nach fangen wir an, uns aneinander zu lehnen, voller Dank und sogar Zuneigung. Es gibt keine Gruppen mehr, keine Einzelgänger. Eine sanfte Brüderlichkeit entsteht; wir dösen, wir nicken ein. In der Nacht scheint es, als würden noch mehr Leute gebracht; wir schlafen weiter.

Wir haben bis zum frühen Morgen geschlafen, der weniger grau ist als gestern.

Die Bewegungen, die schweren Schritte, die Lasten, die getragen werden, das vorbereitende Hin und Her hinter unserer Tür. Und auf den fahlen Gesichtern in der Zelle, die erwacht, die Unruhe, die Besorgnis.

»Das ist der Tag der großen Untersuchung«, seufzt einer mit einem Lächeln.

Man läßt uns aus der Zelle treten. Wir werden in zwei Reihen auf dem Gang aufgestellt, wobei ein geräumiger Durchgang zur Tür des Büros links frei bleibt. Bei dieser Tür haben zwei kräftige Inspektoren schon Stellung bezogen. Ein paar Häftlinge treten aus der Reihe; sie reden leise mit den Inspektoren und gehen links durch den Flur. Wir verstehen: Das sind die Spitzel. Die Tür geht auf. Eine Bestie von solcher Größe und so breitschultrig, daß sie den Durchgang gänzlich ausfüllt, ruft einen Häftling mit Namen. Dieser tritt heran. An der Tür wird er an den Haaren gepackt, die beiden Inspektoren schieben ihn mit Gewalt, heben ihn an. Er fliegt, die Tür geht zu.

Die Männer, einander gegenüber aufgestellt, sind aschfahl. Sie reiben die Hände, wie um sie zu massieren. Sie zittern. Sie winden sich an ihrem Platz. Der dunkle Bulgare mir gegenüber ist jämmerlich. In seinem Gesicht steht die Angst. Seine Haut hat die Farbe von Sand.

Der erste, der aus den Reihen drankam, war ein massiger Mann mit einem erstaunt blickenden Kopf direkt auf den Schultern. Er spricht laut hinter der Tür. Dann ein Schrei. Dann hören wir ihn weinen.

Es wird ein anderer aufgerufen. Er geht mit ganz kleinen Schritten hin, wie jemand, der rückwärts geht. Kaum ist er aufgerufen, kaum ist die Tür zu, stößt er ein Geheul aus und kullert schon vor uns auf den Boden. Er kommt zu sich, er rollt und windet sich, daß man meint, sein Bauch sei aufgerissen. Er verbreitet Entsetzen. Die Reihen lösen sich auf. Einige zucken beim Gehen zusammen, andere drehen sich um sich selbst. Unter der Erregung bilden sich nervöse Ticks. Einer streicht seine Lippen; einer fährt sich mit schlanken Fingern hastig durch seine langen fettigen Haare; der Dritte reibt sein Kinn; ein kleiner dunkler Mann krümmt sich gähnend. Ein Mann mit einem eleganten graumelierten Kinnbart durchsucht die Taschen seines Mantels, es ist nichts darin; er betrachtet seine Finger, sie sind voll Tabakstaub, mit Eifer wischt er sie an seiner Jacke ab und durchsucht erneut seine Taschen.

Der Mann am Boden windet sich nicht mehr. Er weint. Seinem Bauch fehlt nichts. Es sind seine Hände, die schlimm zugerichtet sind. Ein blasser junger Soldat bringt in einem Krug frisches Wasser. Tatsächlich, kaltes Wasser ist in diesen Fällen das beste Heilmittel.

Wieder die Tür. Ein ganz junger Bursche wird uns vor die Füße geworfen. Er ist bewußtlos. Man beugt sich über ihn. Aber die Soldaten bringen uns wieder in die Reihe. Der Junge wird in die Zelle getragen. »Ah! Sauerei«, murmelt ein über und über mit schwarzem Haar bewachsener Rumäne: Haupt, Brauen, Schnurrbart. Er wird in eine Ecke gestoßen, reibt sich die Beine und stammelt:

»Ah! Sauerei.«

Ein sehr kräftiger Kerl mit eckigem Kopf und rotem Gesicht, mit vorspringenden Muskeln und einem Muster aus alten Narben bleibt einen Moment in der Mitte des Durchgangs. Er beißt die Zähne zusammen, und seine Kiefer arbeiten. In seinen kleinen Augen bewegt sich eine graue, unruhige Flüssigkeit. Er spuckt aus, und zwei Meter weiter breitet sich ein Blutfleck aus. Seine Fäuste, hart und schwer wie große Hämmer, verkrampfen sich. Er taumelt und bricht zusammen.

Man ruft den leidenschaftlichen Bulgaren. Er schreitet entschlossen voran.

Wir hören seine Stimme nicht, wir hören keine Schreie. Er bleibt lange. Fünf Minuten vielleicht. Er kommt mit unter den Achseln versteckten Händen wieder heraus, aber er hält sich aufrecht (das kostet ihn offenbar viel Kraft), die Augen feurig. Im Gehen stößt er in unterschiedlichen Sprachen unverständliche Sätze aus. Er sieht jeden an, er wendet sich an uns alle. Seine Stimme ist rauh. Er will nicht allein bleiben, er will sich nicht einschließen in seinen Schmerz. Er wendet sich an mich. In seinem unmöglichen Russisch schreit er mir zu:

»Die haben mich fertig gemacht. Ich werde mich rächen. Ich werde die Stärkung sein.« (Er meint die Stärke.)

Sein Haß ist machtvoll. Der Freischärler in ihm erwacht.

Zwei parallele Leben in mir. Ich sehe, ich merke mir alles, ich fühle nicht. Gewohnheit des Betrachters. Und dazu meine eigenen Gefühle. Ich sehe mich nicht, aber ich spüre mich. Ich spüre, daß meine Brust enger wird. Ich spüre einen Ekel, einen sehr ungeduldigen Widerwillen. Ich spüre, daß das Unglück zu langsam heranrückt. Das Unglück müßte einschlagen, sein Ausdruck müßte einsilbig sein. Sind endlich wir dran?

Nein, es ist der russische Koloß, der vorgeht. Er wird nicht hochgehoben. Er wird nicht geschubst. Ihm wird Platz gemacht. Die Rumänen haben Achtung vor der Körperkraft. Und nach wenigen Augenblicken kommt er lächelnd zurück:

»Sie schicken mich ins Gefängnis von Jassy.«

Mein Bruder wird als erster hineingezogen. Mit einem Schlag spüre ich, wie man mir den Schädel abreißt, und dann stehe ich links von meinem Bruder.

Wir sind auf einem offenen Podium. Unten im Parkett zwei im Winkel aufgestellte große Tische und davor Männer von mittlerem Alter in eleganter Haltung. Ungefähr zehn. Das Rechteck, das das Podium und die Tische unten bilden, ist in ein Holzgitter eingefaßt. Und dahinter, im Halbschatten, ein großes Auditorium voller Köpfe, voller Augen, aufmerksamer Blicke, die alle auf uns zusammentreffen. Und die uns auf der Stelle festhalten, die uns festnageln. Links von uns auf demselben Podium, ganz nah bei mir auf einem Stuhl, sitzt ein eleganter junger Mann, den winzigen Körper vorgebeugt, die Beine weit auseinander, die Schuhe gelackt. Seine Augen sind blutunterlaufen. Sein schöner Kopf ist ganz rot. Er ist sehr aufgeregt. Er schreit uns mit einer markerschütternden Stimme an:

»Bolschevitsché.«

Gleichzeitig hebt sich seine Hand, darin ein langes dickes Stück Gummi, sie schlägt zu. Ohne mich zu berühren, schlägt er meinen Bruder, der hinter mir steht. Mein Bruder zuckt zusammen. Darauf lösen sich von der Mauer hinter uns zwei Männer. Sie halten uns und verdrehen uns die Arme, und der andere schlägt uns.

»Bolschevitsché ?«

Ich antworte ganz leise: »Nein.« Und verneine mit einer Bewegung des Kopfes. Noch zwei Schläge, und die Arme der Männer in unserem Rücken lockern sich. Ich wanke, mir ist warm an den Beinen, aber mein Verstand ist klar. Eine Unterhaltung am Tisch gegenüber erregt meine Aufmerksamkeit. Links lachen zwei kleine, dickliche Männer mit gebogener Nase in weiten Mänteln, biegen sich schweigend vor Lachen, stoßen sich mit den Ellenbogen an und zeigen mit dem Finger auf uns; im selben Moment erkenne ich den Sekretär der Präfektur wieder, seinen dicken schwarzen Schnurrbart, seine Glatze, auf der sich eine magere Strähne langer Haare windet, er beugt sich über eine Akte, gleichzeitig sehe ich, wie er am unteren Rand des Dossiers etwas ausstreicht, ich höre klar, wie er das Wort: »Kischinjow« ausspricht, er spricht es aus wie ein Urteil, das ist unmöglich! Aber ich sehe, daß er dies Wort mit roter Tinte schreibt, in riesigen Lettern, ich sehe ihn es mit einer langen Schlußlinie unterstreichen. Und wir sind im Gang. Nichts weiter. Wir ersticken an unserer inneren Empörung. Ich sollte umdrehen und sie anschreien:

»Ich bin kein Bolschewik, aber es tut mir leid, daß ich keiner bin. Ich wäre gern einer, ich würde Schläge kriegen, die mir die Haut zerreißen, die mir die offenen Knochen brechen, ich möchte sie verdienen als euer Todfeind, ein Feind, der nicht vergißt und nicht vergibt.« All das war eigenartig, unwirklich. Das ähnelt keinem Alptraum. Dieser schöne elegante Kommissar mit seiner tranigen Stimme, mit seiner Stimme eines Kokainsüchtigen, dieser sadistische Henker. Dieser feine Kopf, die schönen langen Hände und dieser Gummiriemen, den er darin hielt. Und der Sekretär so vernünftig, so ruhig. Und diese Augen, tausend Augen, die uns abtasten, die uns durchbohren. Und nichts. Und wir sind nicht krepiert, wir sind nicht tot, wir sind in der Zelle, die Augen geschlossen. Wir wühlen in der Erinnerung, wir wollen diese Vision noch einmal in langsam haben; um die Einzelheiten zu sehen, damit aus diesen so bedeutsamen Einzelheiten etwas Klares hervorkomme, etwas Faßbares, ein Gedanke, der uns sagen könnte, woran wir sind nach diesem Fiasko.

Dann erinnere ich mich plötzlich, daß ich und mein Bruder nicht einer sind.

»Tut dir etwas weh?«

»Geht schon, geht schon ... Die schicken uns nach Kischinjow, hast du gehört?«

Die Zelle kommt zur Ruhe. In einer Ecke unter dem Fenster, mit dem Rücken an der Wand, sitzt der junge blonde Bulgare. Er streicht sich über seine roten Hände, er betrachtet sie liebevoll. Neben ihm kaut der russische Bauer ruhig den Rest seines Brots. Der dunkle Bulgare hat einen Freund gefunden, leidenschaftlich erklärt er ihm etwas. Ich höre: »Ich werde mich rächen, das werde ich nicht vergessen.«

Kennt ein Mensch seine Eltern? Kennt einer seinen Bruder? Außenstehende kennen meinen Bruder vielleicht besser als ich. Wir sind zusammen aufgewachsen, haben miteinander gelernt und gearbeitet, und ich kenne von ihm nicht mehr als bestimmte Einzelheiten seines Körpers und seiner Einstellung, die für immer in mein Gedächtnis gelangt sind; es reicht mir ein kleines bißchen, um ihn überall in der Menge wiederzuerkennen, an seiner Stimme, an einer Geste. Was seinen Charakter insgesamt angeht, weiß ich nicht viel. Ich hielt meinen Bruder für mißtrauisch und zurückhaltend, ich hatte den Eindruck, er wäge und bedenke jedes Wort so, wie er auf seine Stimme achtet. Und jetzt redet er viel, drängt sich danach, zu reden, alles zu erzählen, jede Einzelheit. Heute morgen, in den paar Augenblicken unseres so traurigen Treffens mit meiner Frau, hat er es geschafft, ihr zu erzählen, daß und auf welche Weise man uns geschlagen hat. Und er spricht jeden in der Stube an, um seine Geschichte zu erzählen und um Rat zu fragen. Jedem, der es hören will, erzählt er alles. Man hört ihm schlecht zu, das macht ihm nichts. Jetzt redet er gerade mit unserem Nachbarn auf der Pritsche, einem sehr mageren, kantigen jungen Mann mit einem Kopf, der nur ein Profil hat (das Gesicht fehlt!) wie ein Fisch. Der hört ihm zu mit dem Mitgefühl und der Herablassung eines, der solche Kleinigkeiten hinter sich hat. Ihr Gespräch wird lebhafter. Sie stehen bereits auf dem Boden, gehen herum wie Freunde, es spricht bereits der andere mit einer durchdringenden Stimme, ich bekomme mit, daß er meinem Bruder Ratschläge erteilt. Ich mache ihm Zeichen, dies Gespräch sein zu lassen, ich frage ihn, ob er nicht Lust habe, etwas zu essen, aber er hört er mich nicht, noch bemerkt er mich. Nichts zu machen. Aber dann sehe ich sie unvermittelt innehalten, sehe, wie sie sich gegeneinander aufrichten. Der Mann mit dem Fischkopf hat ein leichtes Lächeln, mein Bruder ist sehr angespannt. Ich sehe, daß er sich sehr ärgert. Dann kommt mein Bruder zu mir. Ihm stehen Sorgen im Gesicht, mit erstickter Stimme sagt er:

»Red bloß nicht mit dem Mann da. Das muß ein Provokateur sein. Er hat mir einfach so ins Gesicht gesagt, daß ich Bolschewik sei.«

Die Augen meines Bruders blitzen auf.

»Er hat mir das gesagt und mir dabei gerade in die Augen gesehen.«

»Und er hat nichts verlangt, sein Schweigen zu bezahlen?«

Mein Bruder antwortet nicht und streckt sich auf der Pritsche aus.

Die Nacht kommt, die einsame Nacht, die Nacht, die jeden mit seinem Leid allein läßt.

Die Nacht ist die trübe und schwarze Nacht der Ängstlichen, der Verurteilten, derer, die keine Hoffnung mehr haben, wie ich.

Wir werden nach Kischinjow geschickt. Jede Minute können wir abgeholt werden.

Werden sie uns unterwegs umbringen, indem sie uns an einem dunklen Bahnhof aussteigen lassen, indem sie uns zwischen taube Lagerhallen ins Dunkel rennen lassen; werden wir unversehrt nach Kischinjow gebracht, um dort den berühmten Foltern der Sigurantza unterzogen zu werden, bevor offiziell unser »Selbstmord« bekanntgegeben wird?

Da wird sich der junge Provokateur, der uns in Galatz festgenommen hat, als Opfer rächen. Vielleicht legt er seinen schönen taillierten Mantel ab, um seine sicher ungeschickte Hand an uns zu üben. Vielleicht werde ich in ein paar Stunden, in ein paar Tagen nicht mehr leben. Ich zahle, ich werde mit diesem Preis das Recht bezahlen, wie mein Vater zu sein.

Unsere Zelle ist halb leer. Viele von der letzten Nacht sind nach der Untersuchung mitgenommen worden. Die ganze Zeit werden welche abgeholt, um auf die Gefängnisse verteilt zu werden, andere, um freigelassen zu werden. Auf den Pritschen ist genug Platz, ich lege mich hin. Es wird schon dunkel, aber es wird uns noch kein Licht gemacht. Im Liegen höre ich von einer eng zusammengerückten Gruppe hinter uns eine gedämpfte Betriebsamkeit. Ohne mich umzudrehen, sehe ich sie. Es ist da ein junger Blonder mit weichen, langsamen Bewegungen, mit einer Stimme, die ernst sein will; in dieser Gruppe sitzt bestimmt dieser knochige Schläger, dessen Mund üppig und eklig geschwungen ist; ein Mann ohne Alter, ohne Stirn, mit flachem Gesicht und starkem Kiefer; bei ihnen zappelt auch der Jüngling mit der zarten Haut, der nach der Untersuchung am Morgen in Ohnmacht gefallen ist. Er ist sehr fröhlich. Seine Stimme bricht beim Übergang von den tieferen Lagen eines Mannes zu den spitzen Klängen eines Kindes; sie hört man am meisten. Es ist die einzige Gruppe der Zelle, die gerade munter ist. Die anderen dösen oder schweigen. Ihre Stimmen sind belegt. Sie lachen. Sie flüstern sich etwas zu. Ich höre das durchdringende »Hihihi« des jungen Mannes.

Ich spüre, ich weiß auch nicht, warum, daß ich der Gegenstand ihres Gesprächs bin, daß sie mich nicht mögen. Vielleicht hat ihnen meine krumme Nase gesagt, daß ich Jude bin. Vielleicht hat ihnen meine bedrückte Haltung gesagt, daß ich kein Stammgast dieses Ortes bin. Vielleicht bin ich zu nahe bei ihnen und hindere sie, sich auszustrecken. Vielleicht ist ein kleiner, schüchterner und blasser Mann lächerlich mit seiner Furcht, und vielleicht kann ihnen seine Antwort, wenig wahrscheinlich, zu einem neuen Spiel dienen. Ich spüre, wie ich geschubst werde. Indem ich mich kräftig auf die Handflächen und Ellbogen stütze, gelingt es mir, mich auf der schiefen, glatten Pritsche zu halten. Da legt sich der Junge auf meinen Rücken. Ich tauche nach vorn ab und werfe ihn über meinen Kopf zu Boden. Jetzt sind es die anderen gemeinsam, die mich schieben. Ich drehe mich plötzlich um und fange in der Dunkelheit und Stille an, mit ihnen zu kämpfen. Ich bekomme eine Nase in den Griff; schnell und kaltblütig reiße ich daran, ziehe ich, als wollte ich sie abreißen. Mit der anderen Hand verteile ich lautlose Schläge. Ich erhalte auch welche, aber die spüre ich nicht. Ich beiße, ich zwicke bis zum Anschlag, ich schlage die Fingernägel in eine Wange, ich arbeite mit Ellbogen und Füßen. Und ich bewahre vollkommene Ruhe. Ich empfinde sogar eine gewisse Befriedigung, eindeutig ein Vergnügen. Ich erkenne mich selbst nicht, und ich ekle mich, wie als ich mich zum ersten Mal mit einer Frau ganz als Mann gefühlt habe, wenn man sich nicht mehr für die Haare und auch nicht der intimsten Körperteile schämt, wenn man einen animalischen Stolz empfindet. Und während ich in ekliges Fleisch beiße, indem ich mein Knie in eine nachgebende Brust drücke, indem ich alles verdrehe und zerreiße, was meine Hand an Weichem und Empfindlichem finden kann, bin ich zufrieden, lebe ich auf, bin ich stolz auf meine Instinkthaftigkeit, auf meine schnelle und geschickte Grausamkeit. Aber auch ich fange an, die Schläge zu fühlen. Ein Schlag aufs Ohr, und ich bin schon am Rand der Pritsche. Da höre ich die ängstliche Stimme meines Bruders:

»Die gehen alle zusammen auf dich, komm runter! Die wollen dich umbringen.«

Und er zieht mich.

»Komm hier in die Ecke!«

Sogar auf diesem kurzen Weg bekomme ich Schläge von den reglos ausgestreckten Männern.

»Lehn dich an die Wand!« flüstert mein Bruder verzweifelt, und ich erhalte einen Schlag voll auf die Brust; es kommt mir vor, als sei er es, der ihn mir gibt.

Doch in diesem Moment öffnet sich die Tür, das Licht geht an. Man läßt drei kräftige Männer eintreten, die aussehen wie ordentliche und friedliche Bürger. Sie setzen ruhig eine Unterhaltung fort, die sie draußen begonnen haben. Die drei Männer sehen sich die Pritsche an und lassen sich zwischen uns und der feindlichen Gruppe nieder. Sie lassen sich nieder, wie man sich für eine lange Reise in ein Abteil dritter Klasse setzt: Sie ziehen die Mäntel aus, legen sie sorgfältig zusammen, dann die Schuhe, die sie unter die Mantelbündel stecken, dann stellt der eine Tabak und Zündhölzer in die Mitte und lädt die anderen mit einer ausholenden Geste ein, sich zu bedienen; ein anderer macht ein Päckchen auf, es ist Brot und Wurst, sie fangen an zu essen und plaudern dabei weiter. Als ich es ihnen nachmachen und essen und rauchen will wie sie, entdecke ich, daß mir in dem Kampf alles, was ich an Vorräten hatte, gestohlen worden ist, mein Tabak, mein Taschentuch auch. Ich empfinde das als Kränkung, die brennt, ich verstehe, daß die Rauferei bloß angezettelt wurde, um mich zu bestehlen, um besser in meine Taschen greifen zu können. So hatten also sie die Oberhand gehabt. Ganz empört will ich fordern, daß sie mir alles zurückgeben, aber mein Bruder hält mich zurück.

»Fang nicht wieder an, ich habe alles, was nötig ist. Hier ist Tabak und hier Brot ...«

Aber ich habe keine Lust mehr zu essen.

Es kommen weiter Leute herein, die Tür öffnet sich, um Lächelnde hereinzulassen, Fassungslose, andere, die, kaum drinnen, sich mit der unwillkürlichen Absicht zu gehen, wieder zur verschlossenen Tür umdrehen. Das nützt nichts. Man hört, wie es draußen gießt. Hier sind Ordnung und Wärme, die sanfte Brüderlichkeit von gestern abend entsteht von neuem. Mein Körper, der überall die Schläge spürt, erholt sich. Am Ende liebt man sein Gefängnis und sein Elend, Hauptsache, es bleibt dabei. Und es tut mir leid, mich ans unvermeidliche Kischinjow zu erinnern.

Dort werden uns die Polizisten zeigen, daß sie das Spektakel unserer Leiden entschädigt für die Beleidigung, die wir ihnen zugefügt haben, indem wir uns wehrten. Wenn man doch hier einfach sterben könnte! Nein! Ich darf nicht sterben, ich habe nicht das Recht zu sterben, und ich werde die Meinen in ihrem vergessenen Zimmer in Galatz wiedersehen.

Kann dies Wort Kischinjow traurig sein ... Wenn wirklich der Tod auf mich wartet, auf meine Hände, meine Brust, meine Füße, meinen Kopf, dann soll er mich gleich hier niederstrecken.

Aber die Leute, die man foltert, sterben langsam, der Durst setzt ihnen schrecklich zu, sie spucken Blut und bitten mit einem Blick, in dem alles enthalten ist, sogar Liebe, sogar Dank, sie bitten ihre Henker um etwas zu trinken.

Kapitel XVI
Das Warten im Büro

In der Nacht wachen wir immer wieder auf, sehen uns an und, wenn wir uns unserer jeweiligen Gegenwart versichert haben, schlafen wieder ein, auf der Pritsche sitzend, an die Wand gelehnt. Aber wir schlafen schlecht, wir spüren zu sehr unsere schmerzenden, steifen Körper, die ganze Zeit bewegen wir uns auf der Suche nach einer besseren Stellung. Wir wären schon zufrieden, daß es Tag wird. Aber als er sich mit einem warmen Fleck über der grünen Tür zeigt, sind wir nicht sehr erfreut, daß man uns weckt. Wozu?

In der großen Ermüdung, in der wir stecken, machen wir uns keine Hoffnung mehr auf eine Veränderung. Selbst wenn wir auf diesen Gedanken kämen, könnte er uns nicht erregen. Wir sehen uns als Objekt zur Verfügung anderer. Wir haben uns an unsere Situation gewöhnt, wir sind schweigend einverstanden, uns nicht für uns selbst zu interessieren. Ob man uns sagt, unsere Haare seien weiß geworden oder unsere Gesichter seien voll beunruhigender Flecken, wir werden an einem Spiegel vorbeigehen, ohne uns anzusehen. Wir haben jedes Interesse an uns selbst verloren.

Ein Stück Brot am Morgen, das wir langsam kauen und in den Magen gleiten fühlen. Dann kommt der Spaziergang in dem kleinen Hof. Das Wetter ist schön, aber diesmal bleiben wir kaum eine halbe Stunde lang draußen. Wir gehen zurück in die halbleere Zelle: Viele Häftlinge sind fort, vor Mittag werden wenig Leute gebracht. Mittags noch ein Stück schlecht gebackenes Brot, ein wenig größer als das vom Morgen. Wir kauen schneller.

Mit schleppendem Schritt und vollkommen ungerührt folgen wir dem Aufruf des Wachmanns. An der Tür treibt uns ein dicker, freundlich wirkender Kommissar an, die feisten Hände voller Akten:

»Nun kommen Sie schon!«

Er führt uns ins Büro. Meine Frau ist da, sie steht. Sie läuft auf uns zu:

»Jetzt ist es aber vorbei. Nicht wahr, Monsieur?« fragt sie den Kommissar.

»Ja, diesmal ist es tatsächlich vorbei, Sie müssen jetzt nur noch im Büro abwarten, daß Ihre Papiere in Ordnung gebracht werden.«

Meine Frau zieht uns zu den Bänken, packt die Lebensmittel aus, die sie mitgebracht hat, dann sieht sie uns an.

»Morgen früh reisen wir ab. Wie müde ihr seid!«

»Ja, das sind wir.«

»Ich auch ... ein bißchen ...«

»Das glaube ich.«

Sie sitzt zwischen meinem Bruder und mir und streicht mir über die Haare. Sie hätte gern, daß ich erzähle. Ich beantworte bloß ihre Fragen. Auch sie schweigt und blickt einen Moment lang vor sich hin, dann wird ihr gesagt, daß sie gehen soll. Sie umarmt uns hastig und eilt zum Ausgang.

Im Büro sind Leute, die kommen, die gebracht werden, die wieder gehen oder abgeführt werden, die reden und sich unterhalten. Aber nichts betrifft uns, die wir schier erdrückt sind von unsäglicher Öde und Gleichgültigkeit.

Kommt die Nacht. Von neuem der beleuchtete Tisch zwischen den beiden Türen, und wir, weit entfernt, in einer dunklen Ecke auf der Bank. Wir essen träge die Sachen, die wir in unseren Taschen finden. Wir haben keinen Hunger. Wir haben noch nicht zu Ende gekaut, als wir uns schon auf den schmalen Bänken ausstrecken. Wir drücken die Arme an die Seite und beginnen eine weite Reise.

Als wir erwachen, ist auf der linken Seite ein langer dreieckiger Sonnenbalken, der von dem kleinen Fenster über uns herabkommt, mit dem goldenen Staub, der darin schwebt. Er fällt auf einen Tisch, er erstreckt sich über ein großes aufgeschlagenes Register, er leuchtet es mit blendend weißem Feuer an. Vor dem Register sitzt unbeweglich ein dumpfer Bauer, eingezwängt in eine knappe Jacke. Dieser unförmige Mensch, noch gestern Landbewohner, hat eine ganz kleine tierhafte Stirn mit tiefen Falten, über seiner Stirn klebt eine glatte glänzende Strähne schwarzen Haars. Sein Mund schließt nicht und läßt lange, vergilbte Zähne sehen. Sein Blick ist gesenkt. Um den hellen Fleck in der vollkommenen Stille des weiten Büros brummt eine dicke Fliege; die kleinen Augen des Bauern weiten sich und folgen ihr konzentriert durch alle Kurven. Dann ist es die dicke Hand, die die Fliege geduldig überfliegt, deren Bewegungen sich beschleunigen. Unvermittelt ein trockener lauter Schlag auf das Register. Die vier Türen des Büros gehen abrupt auf, vier bleiche Gesichter zeigen sich, erschreckt, nervös, mustern den Mann an seinem Tisch. Mit den Spitzen seiner dicken Finger hebt der Bauer die Fliege am Flügel hoch. Mit erstaunter Stimme sagt er:

»Eine Fliege ...«

Die Türen gehen wieder zu, man hört fernes Gemurmel: »Eine Fliege, eine Fliege ...«

Wenn mein Bruder lächelt (er lächelt selten), überzieht sich sein ganzes Gesicht mit winzigen fröhlichen Falten.

»Das ist ein schöner Morgen!«

Meine Frau kommt. Sie ist frischer als an den letzten Tagen. Sie hat denselben Gang wie früher: ausgeglichen und ruhig. Ihre Erscheinung ist gepflegter. Sie bedauert uns nicht mehr. Wir sind Gegenstand ihrer geschäftigen Gesten. Sie geht hinaus, sie kommt zurück mit zwei Taschentüchern, die sie in unglaublich frisches Wasser getaucht hat. Sie ist ein bißchen zu nachdrücklich, als sie uns anweist:

»Wischt eure Gesichter ab! Ja, so, und jetzt die Ohren ... ordentlich reiben.«

Dann wischt sie uns mit dem schmutzig gewordenen Taschentuch die Schuhe ab, sie zieht einen Steckkamm aus ihren schwarzen glatten Haaren, sie kämmt uns. Als unsere Toilette beendet ist, breitet sie auf der Bank eine Zeitung aus und stellt Lebensmittel darauf.

»Laßt uns essen!«

Als wir wieder da sitzen, sind wir wie jeder andere, da ist nichts mehr an uns besonders. Meine Frau ist vollkommen unbefangen. Sie bereitet ein großes Butterbrot, trägt es zum Bauern, legt es neben das Register und kommt zu uns zurück. Sie geht hinaus und kommt zurück. Sie bittet in demselben Ton um Auskünfte, wie man das am Bahnhof tut. Eine halbe Stunde lang ist sie fort. Da kommt sie mit einem alten Mann wieder, der aussieht wie eine schwarze Spinne. Ein kleiner vollkommen runder Bauch über kurzen, winzigen, in Leder gesteckten Füßen, kurze krumme Arme, ein dicker kahler Kopf mit Schnurrbart und vorgewölbter Stirn. Das ist ein Zivilbeamter, der uns nach Galatz begleiten wird. Der Beschluß der Präfektur ist, daß wir des Landes verwiesen werden. Sogar dieser kleine abgehetzte Vertreter der Staatsmacht versteht, daß wir darüber kaum verärgert sind, und setzt sich ohne Umstände ganz dicht zu uns, um mit uns zu essen. Er schiebt das Essen in die Wangen seines zahnlosen Mundes und bezeugt spontan Sympathie für uns alle, die im Maß der Dinge, die er ißt, zunimmt. Beim Abwischen seines Schnurrbarts bedeutet er uns, näher zu rücken, und versichert uns mit gesenkter Stimme, daß er auf uns achtgeben wird, damit »euch nichts passiert unterwegs«! Meine Frau verspricht, ihn zu belohnen. Schließlich fängt er an, von sich selbst zu erzählen, über seine Familie, die riesig ist und aus nichts anderem besteht als kranken Alten und Kleinkindern. Eine Träne zeigt sich in seinem gerührten Auge. Nachdem er ergiebig geniest hat, fragt er uns, welche Summe wir ihm geben können. Wir zögern zwischen ein paar Zahlen, er unterbricht uns bescheiden:

»Oh! Es hat damit aber keine Eile.«

Wenn er bereit ist, mit uns aufzubrechen und sich allen Gefahren zu stellen, die ihn erwarten, dann, weil er in uns auf Anhieb Schicksalsgenossen gesehen hat, er wird uns nicht nur bis Galatz begleiten, er wird noch bleiben, um auf uns zu achten und uns bis zur Abfahrt des Schiffs zu beschützen. Er wird niemals zulassen …

»Aber welche Gefahr droht uns?«

Er antwortet lediglich mit einem Blick, in dem Mitleid und Zuneigung verschmelzen. Dann tönt er weiter. Er zerbricht sich den Kopf, um eine Kombination herauszufinden, die ihm erlauben würde, uns weiter zu folgen, mit uns für immer in einem anderen Land zu bleiben. Wer kann ihn von seinen Absichten abbringen, wenn er einmal Menschen gefunden hat, die er liebt? Wer? Er ist allein auf Erden, keine Familie, keine Eltern, allein wie ein Stein in der Wüste. Er zieht uns noch näher zu sich, er bittet meine Frau, sich weiter vor uns zu stellen und wird regelrecht vertraulich. In seinem stinkenden Atem schwebt sein Haß auf das undankbare und kleinliche Land, das seine pflichtbewußten Diener nicht erkennt. Ich versuche, diesen Schwall für uns gefährlicher Offenheit zu stoppen, es gelingt mir aber nicht: Mein Bruder stellt ihm Fragen, und meine Frau heizt diese Lava von Vertraulichkeiten noch unnütz mit ihrer Aufmerksamkeit an. Machtlos befreie ich mich von diesem in seiner Zärtlichkeit widerwärtigen Blick, ich hebe den Kopf, ich betrachte die Leute, die immer mehr und immer unruhiger werden. Aus einer Tür, ein paar Stufen erhöht, hinter dem Holzgatter, kommen in Begleitung von Soldaten die Häftlinge, die zum Verhör, ins Gefängnis, zur Sigurantza sollen. Zerzaust und mit gelber Haut gehen sie an dem niedrigen Tisch hinter dem Gatter vorbei. Dort trägt sie ein Tölpel mit Joppe ein, der aussieht wie der Bruder des Schreibers, der auf unserer Seite sitzt, und legt Handschellen an ihre gehorsam vorgestreckten Hände. Ich erkenne unter ihnen viele Bekannte. Der Jude, der so freundschaftlich mit meinem Bruder geplaudert hat, steht noch an der Tür, streckt die Hände lässig lächelnd hin; er wartet, daß sein Name in das vergilbte Register eingetragen wird; darauf folgt der weiche Blonde, mein Feind von neulich abend. Alle sind eklig und tragen die übelriechende Wärme der Zelle mit sich.

Aber die müßigen Liebhaber der Denunziation, die Schreiber, ein vorbeikommender Kommissar, umringen sie und befragen sie von neuem. Und diese Frauen und diese Männer, diese Jungen und diese Alten sehen sich in der Pflicht zu antworten, halten sich verfügbar wie Objekte, wagen nicht, anders als höflich zu antworten.

Sie befragen auch die, die von draußen kommen. Sie umkreisen sie, machen Späße, geben ihnen ironische Ratschläge. In einem bestimmten Moment interessieren sie sich alle lebhaft für ein unglückliches Paar, sie nehmen sich seiner Sache an; und alle, einschließlich des Schreibers, gehen zum Kommissar hinaus in einen anderen Raum. Der Saal ist leer.

Die hintere Tür geht langsam auf, ein langer magerer Mann betritt den leeren Saal, grüßt nach allen Seiten, dreht den langen Hals mit dem winzigen Lockenkopf und geht dienernd weiter. Schüchtern steuert er auf uns zu. In einer Hand hält er einen kleinen Hut und eine Visitenkarte.

»Gestatten ... Es ist wegen eines Betrugs bei Leibovici. Wegen Geldbetrugs, verhandelt und verurteilt in Abwesenheit ...«

Aber die Menge, die schon wieder zurückkommt, erschreckt ihn. Der Schreiber schubst ihn zum Tisch, nimmt seine Visitenkarte und wirft sie zu Boden. Der Mann ist so durcheinander, daß er schon mit Stottern auf die Frage nach seinem Beruf antwortet:

»Äh F-F-Friseur.«

Der Bauer findet beim Filzen des Betrügers nichts, der Friseur hat sich vorbereitet. Aber der Bauer ist unzufrieden, er ist es gewohnt, Sachen zu finden. Er stößt den Betrüger um, filzt ihn erneut, und in der merkwürdig geschnittenen kleinen Tasche seiner Weste findet er ein Präservativ. Er dreht und wendet es, erstaunt. Der Friseur findet wieder zu seiner höflichen, unbefangenen Haltung. Mit den Gesten eines Zauberers setzt er das Präservativ auf seinen Daumen, zieht es gekonnt herunter und erklärt es. Der andere hat verstanden. Der Betrüger macht ihm das Ding zum Geschenk und sagt, daß es noch verwendbar ist. Dem Bauern ist es peinlich, er grinst. Der Friseur strahlt. Seine Hose in der Hand haltend, weil sie nicht auf seinen mageren Hüften hält, tritt er hinter das Gatter und grüßt in die Runde. Er stolpert auf den Wachmann zu und entschuldigt sich mit seinem gesamten geschmeidigen Körper.

Und jetzt kommt einer, der in flagranti erwischt wurde: Er nahm einem Reisenden, der eingeschlafen war, die Uhr weg. Das ist ein Mann in gesetztem Alter. Sein Gang ist vornehm und lässig zugleich. Er diktiert seinen Namen, seinen Wohnsitz und so weiter; er leert seine Taschen selbst aus, bringt den Bauern zum Schweigen und geht ironisch lächelnd ab.

Mein Bruder, aufrecht vor dem Tisch, ist ganz Aufmerksamkeit. Er ist sehr lebhaft. Es stimmt, es regt an, diese ganzen Leute zu sehen. Aber es ermüdet auch. Müdigkeit und Nervosität spürt man überall. Die Stimmung wird schlechter. Es sitzen schon viele Leute brav auf den Bänken am Rand. Die Polizisten, die unbeschäftigt umhergehen, rempeln sie an und suchen Streit mit denen, die wegen einer Auskunft kommen; ein Kommissar geht oft vorbei, eilig, Papiere in der Hand. Er wird gegrüßt, er wird aufgehalten. Der Schreiber sitzt aufrechter. Die ganze Zeit wirft er eine Strähne nach hinten, die ihm in die Stirn fällt, und er ist ruppiger mit den Festgenommenen. Das Kommen und Gehen verstärkt sich. Es ist die Stunde nach dem Mittagessen, man sieht den Leuten an den glasigen Augen an, daß sie noch verdauen. Eine Ohrfeige schallt. Wir sehen uns um. Aber das kommt immer öfter vor. Ein junger kurzsichtiger Intellektueller, oder ein junger kurzsichtiger Mann, der aussieht wie ein Intellektueller, wird vorgeführt. Bevor ihm eine Frage gestellt wird, bekommt er einen Schlag mitten ins Gesicht. Sein Schrei gellt:

»Warum?«

Und er springt zur Seite. Er hat seine dicke Brille verloren, er bückt sich, und die Schläge prasseln heftig wie auf einen Amboß. Unser Spinnenmann schlägt auch.

Jetzt sind die jungen Leute dran. Hier noch einer. Rosig, blond gelockt, mit zarter Haut. Er hat offenbar die Sympathie des Gendarmen gewonnen, der ihn herbringt und der sich, dem Schreiber etwas zuflüsternd, über den Tisch beugt. In diesem Augenblick taucht der freundliche Kommissar auf. Das gefällt dem Schreiber nicht. Er erklärt dem Kommissar etwas. Der andere, nach einer Minute Zögern, entscheidet:

»Schicken Sie ihn in die Zelle.«

Der junge Mann hat sicherlich verstanden, aber er rollt die erstaunten, runden Augen.

»Ihr Name, Beruf ...«

Er antwortet, wie ein Schuljunge.

»Deine Krawatte!«

Er versteht nicht. Da fängt der Gendarm an, sie ihm abzunehmen. Der junge Mann hat begriffen, er schiebt die Hände des Gendarmen weg. Er schluchzt. Er wirft sich auf die Knie.

»Schicken Sie mich nicht ins Gefängnis!«

Darauf beginnt Kommissar, ihn zu ohrfeigen. Die Stimme des

verzweifelten jungen Mannes ist lauter als der Schall der Ohrfeigen. Wir hören seine Bitte:

»Schlagen Sie mich, Chef! Au! Au! Schlagen Sie stärker, aber schicken Sie mich nicht ins Gefängnis!«

Und als er ganz rot, gebeugt und zerzaust hinausgeführt wird, schluchzt er:

»Herr Kommissar, bitte! Dann erfahren alle Leute ...«

Ich kann nicht mehr sitzen. Aber ich werde nicht aufstehen. Meine Frau ist gegangen. Sie hat versprochen, um ein Uhr wiederzukommen. Es ist fast eins. Ich möchte, daß sie sich nicht verspätet. Die Stimmung ist zu gespannt. Wir werden angesehen, manche kommen heran, um uns anzusehen. Es werden uns in wenig freundlichem Ton Fragen gestellt. Unser Freund, die Spinne, der uns bis ans Ende der Welt folgen wollte, ist am anderen Ende des Raums und spricht bestimmt von uns. Seine Gesprächspartner schauen uns an. Schließlich kommt er zu uns zurück, er ist nicht mehr verbindlich, er kommt zu uns, um uns zu warnen, daß er einen Revolver bei sich tragen wird und daß er damit umgehen kann, und erzählt uns, daß die Bulgaren versucht haben zu fliehen: Auf die ist geschossen worden wie auf Hunde. Einer ist verreckt, der andere verreckt gerade im Krankenhaus. Und geht. Dann sind plötzlich weniger Leute da. Die paar, die geblieben sind, sind uns feindlich gesinnt. Ich spüre das. Der freundliche Kommissar geht ohne einen freundlichen Blick für uns vorbei. Hinter dem Holzgatter, hinter der Tür, die hinter dem Gatter ist, wird etwas geschrien, es wird jemand gerufen. Auf diese Rufe kommt der Folter-Kommissar, ein munterer Henker, nervös, er hat bestimmt da hinten gearbeitet, am Ende des Flurs. Wir hören Schreie, dann erstickte Schreie. Und meine Frau kommt nicht.

»Warum ist sie noch nicht da?« fragt mein Bruder beunruhigt.

Zwei Uhr. Meine Frau ist immer noch nicht da. Es ist fast niemand mehr im Saal.

»Warum kommt sie nicht? Sie kommt bestimmt gleich!« Ich fange an, in unserem Winkel zwischen Telephonzelle und Tisch hin- und herzugehen. Ich bewege mich in einer Hülle aus Halbschatten.

Ich sehe nichts. Ich würde gerne auch nicht denken. Die Sorgen wegdrücken, die unvermittelt gekommen sind. Ich muß mich mit irgendwas beschäftigen beim Warten ... Beim Warten worauf? Ich muß gemessen und langsam gehen. Ich will versuchen, geräuschlos über das knackende alte Parkett zu gehen. Ich zähle meine Schritte. »Eins, zwei, drei, vier ...« bis »hundert«. Und für den Rückweg dasselbe. »Sie kommt nicht!« Ich drehe um und setze mich wieder. So aber denke ich, erinnere ich mich. Ich stehe auf und fange wieder an, zu gehen und zu zählen. Ich ertappe mich, wie ich mich verzähle. Und fange wieder an. Ich bin schon bei fünfhundert. Bis hundertzehn geht das gut. Aber nach hundertzehn wird das Zählen schwieriger: »Hundertsiebzehn« zum Beispiel. Oder »zweihundertdreiundzwanzig«.

Also beschließe ich, bis hundert zu zählen und für jedes Hundert einen Finger anzulegen. Wenn die ganze Hand geschlossen ist, habe ich fünfhundert Schritte getan.

Mein Bruder, der immer munter ist, den ich immer wach antreffe, neugierig, mit leuchtenden Augen, mein Bruder schläft im Sitzen auf der Bank. Er hat die Hände in die Taschen gesteckt, den Kopf nach hinten geneigt, den Mund halb offen. Ab und an zuckt er, ich würde ihn gerne zudecken. Aber womit?

Der Himmel bezieht sich sicherlich. Die Strecke meiner Schritte war vorhin deutlich, jetzt ist sie nicht mehr zu sehen. Ich gehe nicht mehr, ich drücke mich in eine Ecke auf der Bank. Mit einem »ja«, das ich beinahe rufe, halte ich meine Gedanken an, die Zweifel sind, schreckliche Befürchtungen. Ich zerreiße meine Gedanken, ich zerpflücke sie. Um den Tisch kommt wieder Leben auf, stumm diesmal, aber ich sehe, wie sich die Schatten winden, ich sehe die Gesten, ganz fern.

Nein! Ich halte meine Unruhe nicht mehr aus! Ich drücke die Hände, daß es weh tut.

Was kann meiner Frau passiert sein? Ein Unfall? Oder ist es zu einem neuen Beschluß gekommen?

Mir ist schlecht. Ich gehe gleich hinaus. Ich werde wie ein Schlafwandler zur Tür gehen. Niemandem wird es einfallen, mich aufzuhalten, ich werde nach rechts den Flur durchschreiten. Ich werde vor der großen, im Bau befindlichen Tür sein, ich werde auf den Straßen unter anderen sein, zwischen den Autos, zwischen den Leuten, die so gehen wie ich …

Der freundliche Kommissar kommt angesaust.

»Kommen Sie mit!«

Ich wecke meinen Bruder. Der Kommissar geht vor und macht mit seinen dicken runden Beinen kleine muntere Schritte. Er geht über die hallenden Fliesen des Flurs wie über einen Teppich. Wir gehen eine breite teppichbelegte Treppe hinauf. Der Kommissar öffnet uns eine große Tür. Wir sind in einem teuer möblierten Zimmer: Samtvorhänge, ein großer Schreibtisch voller Nippes.

Kapitel XVII
Der Präfekt

Man läßt uns allein. Wir trauen uns nicht, uns zu setzen, aber wir sind vollkommen ruhig und wach, wie gegenüber einer Todesgefahr.

Der Folter-Kommissar tritt ein wie ein Windstoß. Was will er von uns? Was erwartet uns? Er ist ohne sein Werkzeug. Er sieht uns nicht an und geht in dem Raum auf und ab. Offenbar regt er sich mehr auf denn je, dennoch stürzt er sich nicht auf uns. Ich selbst bin vollkommen ruhig, vielleicht wegen der Polstermöbel, der Vorhänge, der Teppiche? Ich beobachte ihn. Als Kind wird er ein braver und sehr hübscher Junge gewesen sein, wenn auch sehr zart. Er war nicht schüchtern, aber er versteckte sich und mied die Blicke der anderen, sogar den seiner Mutter. Er hatte eine eigene Ecke, ein eigenes Leben, er hatte Angst vor Störenfrieden. Er zog Tiere den Kindern vor, weil die keine Stimme hatten, sich zu beschweren, wenn er sie quälte.

Auf einmal bleibt der so nervöse schöne und schlanke Kommissar vor uns stehen. Seine blutunterlaufenen Augen sind so weit aufgerissen, daß wir sicher sind, er sieht uns nicht, obwohl er uns anblickt.

»Habe ich Sie geschlagen?«

Wir sehen ihn an und schweigen. Jeder von uns hat dasselbe Gefühl, daß uns *hier* nichts bedroht und daß wir abwarten müssen.

»Habe ich Sie gefoltert?«

»Nein!«

»Ich habe Sie überhaupt nicht geschlagen« – und er geht wieder im Zimmer auf und ab. Eine Tür öffnet sich, und es wird uns bedeutet einzutreten. Das muß das Büro eines hohen Tiers sein, vielleicht des Präfekten selbst. Dieser große Mann, in Uniform, mit rundem knochigem Schädel und einem unförmigen, verbrauchten, von vielen Falten und Furchen durchzogenen Gesicht, das aber bestimmt massiert wird, das sorgfältig rasiert ist und jeden Morgen gepudert und versorgt wird, dieser Mann, der sich ganz gerade hält, mit seinen nachdrücklich aufgestellten Schnurrbartspitzen, muß einer sein, für den hier alle Untergebene sind. Zum Beispiel der Präfektur-Sekretär, der hinten in einer Ecke steht und abwartet, was geschehen wird. Neben dem Präfekt steht ein Mann um die Fünfzig. Er spricht offenbar alle Sprachen und müßte in allen Ländern, die er bereist hat, verdächtig sein. Er spricht uns jiddisch an. Wir antworten ihm in unserem schlechten Rumänisch.

»Die Kanaillen sollen ihre Hundesprache reden«, donnert der Präfekt, der sich vom Steinmonument zu einem Nervenbündel verwandelt, das aufhüpft.

Darauf wiederholt der scheinheilige Dolmetscher seine Frage in Jiddisch.

»Sind Sie geschlagen worden?«

Und die drei anderen, der Präfekt, der Folter-Kommissar und der Sekretär, der, ungeduldig, näher herangetreten ist, bilden eine Gruppe, die gespannt wartet, die mich anstarrt, die mich hypnotisieren will. Was mich bei meiner Antwort aufhält, ist genau dies, daß sie es eilig haben zu hören, daß sie warten, lächerlich. Der Präfekt vorgebeugt, die Brust gewölbt, die Hand offen und ausgestreckt, als wolle er einen Ball auffangen, den Kopf zur Seite geneigt, der Mund ohne Lippen, dies rosa Loch halb offen.

»Ja, wir sind geschlagen worden.«

Das lebende Bild, die Momentaufnahme von eben ändert sich in eine »bewegte Szene«. Der Präfekt und der Sekretär begegnen sich auf ihrem Weg im Hintergrund, der Kopf des Folter-Kommissars springt uns an, rot, verzerrt, die Haare fliegen.

»Ich habe Sie nicht geschlagen!«

Und noch eine Momentaufnahme der angespannten Gruppe: Die Hände und die einander zugewandten Köpfe, entrüstet, überrascht ... Warten.

In aller Ruhe sage ich langsam:

»Das stimmt, Sie haben uns nicht geschlagen. Die Häftlinge in der Zelle, die haben uns geschlagen.«

Bis meine zweite Antwort Wirkung zeigte, hatte ich die Situation nicht erkannt. Natürlich wußte ich, daß ich die vom Folter-Kommissar erhaltenen Schläge leugnen mußte. Als ich aber die dritte Momentaufnahme sah, den Sekretär, der uns haßt und grimmig ans Fenster tritt, den Präfekten, der vor Erleichterung aufstöhnt, den Folter-Kommissar, der unseren Blicken ausweicht und sich eilig davonmacht, als wäre seine Angelegenheit erledigt, da begriff ich, daß meine Frau einem unserer Fürsprecher erzählt haben mußte, daß wir vom Kommissar geschlagen worden sind. Ich verstand auch die Entrüstung des Kommissars: Die paar Schläge, die wir abgekriegt haben, nennt man das auf der Präfektur »geschlagen werden«? Der Präfekt schreit den eleganten Übersetzer an, der aussieht wie ein Jude.

»Holen Sie den Juden rein!«

Und schon tritt mit leichtem Schritt, als habe er hinter dem Vorhang das Zeichen abgewartet, ein mittelgroßer Jude mit glänzender Stirnglatze und leuchtenden, boshaften Augen ein. Mit offenen Armen tritt er zu dem Präfekten, der grollt, hebt sich auf die Zehenspitzen und umarmt ihn, wobei er ihn »mein Bruder« nennt. Das Gesicht des Präfekten verzieht sich noch mehr, er streckt seine schweren Hände in unsere Richtung.

»Fragen Sie sie selbst!«

Der andere wendet sich zu uns, mustert uns einen Moment lang von unten nach oben, dann begegnen wir seinen Augen, die traurig geworden sind, für einen kleinen Moment, aber sehr traurig.

»Sänger aus der Synagoge?«

»Volkssingers.«

Er betrachtet unsere Hände, dann umarmt er wieder den Präfekten, »seinen Bruder«, verabredet mit ihm ein gemeinsames Abendessen und geht, wie er gekommen ist, geschäftig lächelnd und ruhig.

Der Präfekt macht ein paar weitere Schritte und bleibt beim Sekretär, unserem Feind, stehen. Der Sekretär sagt schnell, mit gedämpfter Stimme, was wir aber trotzdem verstehen:

»Ich hatte gesagt, daß die nach Kischinjow geschickt werden müssen ...«

Der Präfekt macht einen Schritt, überlegt und verkündet seinen Beschluß:

»Handschellen anlegen, nach Galatz schicken, und da mit dem nächsten Boot ausschaffen!«

An der Tür ist schon ein Mann, der uns bedeutet, ihm zu folgen. Wir wissen nicht genau, was passiert ist, wir sehen uns unsicher um, wir sehen den Präfekten, der zerstreut an seinem Schreibtisch sitzt, und den Sekretär, der sich zu ihm beugt und ihm halblaut hastig viele Sachen sagt, bestimmt über uns.

Wird es ihm gelingen, wird es ihm gelingen, unser Schicksal erneut zu wenden, uns die Handschellen vorzuenthalten, uns die Ehre einer Ausweisung zu nehmen, die wir so herbeiwünschen?

Wir werden wieder ins Büro gebracht. Der Schreiber sagt, daß meine Frau nicht gekommen ist. Wo ist sie?

Ich fange wieder an, auf- und abzugehen, ich zähle wieder. Manchmal halte ich an, ich bin überzeugt, daß da etwas sofort entschieden werden muß, und diese Sache ist ungreifbar. Ich suche und komme nicht darauf. Ich gehe wieder. Ich bin schon bei sechshundert angekommen, weil das eine weniger kleinliche Zahl ist als fünfhundert, die genau die Hälfte von tausend ist.

Aber die sechshundert kleinen und langsamen Schritte liegen nicht auf meiner alten Linie, auf der Diagonalen, also mache ich sie im rechten Winkel. Sie enden beim Fenster. Der Tag ist grau, das Fenster ist grau, schleppende Stimmen im Büro. »Wo ist meine Frau bei diesem Wetter?« An grauen Tagen ohne Regen kommt man in den Straßen langsam voran. Das Tageslicht ist grau, es kämpft beim Fenster mit dem elektrischen Licht vom Schreibtisch.

Mein Bruder fängt an, neben mir herzugehen. Er weiß nichts von meinem »System«. Er bringt mich aus dem Zählen, und ich halte an, um ihm zuzuhören. Er ist sicher, daß wir wieder in die Zelle geschickt werden. Ich fange im Gehen wieder mit dem Zählen an: siebzehn, achtzehn. Ich bin mir bei gar nichts sicher.

»Das sind Leute, die langsam töten.«

Zweihundert, zweihunderteins, zwei, drei, vier …

Dreihundert. Halt. Dreihunderteins, dreihundertzwei. Ich setze Schritt vor Schritt. Ich habe keine Kraft mehr …

Ich mache es mir in dem Spalt zwischen Wand und Telephonzelle bequem. Ich brabbele mit voller Stimme vor mich hin. Mein Bruder kommt wieder an und sagt mir: »Die wollen uns umbringen, du hast seine Augen gesehen.« Er redet, mein Bruder, aber ich höre nichts mehr. Ich bleibe reglos, um meine Nerven anzuhalten, die mir durchgehen.

Ich werde von meinem Bruder herausgerissen, er steht da mit dem jovialen Kommissar, der mich besorgt fragt:

»Wo ist Ihre Frau?«

Als wüßte ich das. Und wozu sucht er sie? Er betritt die Telephonzelle und fragt irgendwo, ob jemand meine Frau gesehen hat.

»Es ist alles im Eimer! Sie soll auch festgenommen werden, wenn's nicht schon passiert ist!«

Die Augen meines Bruders blitzen auf. Mir dagegen ist kalt, ich zittere. Die ganze Zeit gehen wir vor der Tür auf und ab. Wenn auch nicht zu nah.

Und ich möchte mich beruhigen und male mir das Schlimmste aus. Ich sage mir:

»Das ist jetzt der Augenblick … Da muß man auf alles gefaßt sein. Auf Leiden, die unendlich ausgedehnt werden. Auf das *äußerste* Grauen. Und bei diesen Inquisitoren werden wir nie wissen, ob es wirklich das äußerste ist, ob das dann die Erlösung ist. Da muß man bereit sein.«

Aber da bewegt sich die Tür wieder und geht auf. Die Tür, die wir die ganze Zeit, seit Stunden schon, im Auge haben, läßt meine Frau ein, und ich erkenne sie an einem Zipfel ihres Rocks, an der Stiefelspitze, ja, sie ist es, sie, meine Frau, tritt ein. Es ist meine Frau, sie geht geradewegs auf die Gefahr zu, die sie nicht ahnt. Ich flüstere aus der Entfernung, ich hauche ihr von fern zu: »Lauf weg!« Ich zerreiße meine Jacke, ich bewege die Lippen, als ob sie sie aus dieser Entfernung sehen und in dem Lärm des Büros mein Geflüster hören könnte, meinen stummen Schrei: »Bring dich in Sicherheit. Lauf, lauf!«

Sie kommt näher, blaß und lächelnd. Sie hat uns gesehen, sie hat uns gehört, und sie macht uns Mut.

Der Bankier hat sie kommen lassen, um ihr von seinem Besuch beim Präfekten zu erzählen. Der Pförtner hat ihr schon gesagt, daß der Kommissar sie sucht, sie hat dem Kommissar ein Geschenk versprochen.

»Wir fahren heute mit dem 9-Uhr-Zug ab. Das ist schon bald, es ist zehn nach sechs.«

Sie setzt sich zu uns, sie erzählt uns von den Leuten, die sie gesehen hat, vom Wetter draußen, den Lebensmitteln, die sie für die Fahrt gekauft hat. Mit der Aufzählung des Proviants finden wir wieder ins Leben, zum Vertrauen zurück. Unsere Überzeugung, daß der Tod naht, wird ersetzt von einem Gefühl der Nähe und Ermattung. Bald gesellen sich die ehrenamtlichen Verräter zu uns, die Polizisten, die Pause machen, alle haben sie im Grunde Mitgefühl, ich erzähle unsere Geschichte, sie empören sich über die gemeinen Verräter und freuen sich mit uns, daß dies schreckliche Mißverständnis ein Ende gefunden hat. Ohne sich zu uns zu trauen, nimmt eine verhaftete Prostituierte, die am anderen Ende sitzt, an unserem Familienfest teil, wie sie uns ab und an durch ein offenes Lächeln zu verstehen gibt. Die Freude in mir ist groß, sehr groß, aber ich verberge sie, ich zwänge sie ein, ich bin noch nicht vollkommen sicher. Ich möchte mich ablenken, ich würde gerne auf die Straße gehen, herumlaufen, in die Schaufenster sehen. So würde ich vielleicht vergessen.

Wir werden gerufen. Es ist der gute, freundliche Kommissar mit einem komplizenhaften Lächeln: Ihr werdet jetzt ein großes Geschenk erhalten, euer Leben. Er bringt uns in einen kleinen Raum, wo die Wände Regale voll vergilbter Akten sind, er läßt uns in den Händen eines gebeugten jungen Mannes mit speckiger Haut und sehr langen Haaren. Er verliert Haare, die überall sind: auf seinem Rücken, auf seinen Ärmeln, auf seiner langen roten Nase, auf den Papieren vor ihm. Der junge Mann trägt uns ein, gibt uns unsere Hosenträger wieder, unsere Schnürsenkel und Krawatten, die uns nutzlos vorkommen, und übergibt uns einem Offizier der »eleganten« Sorte. Er will uns Handschellen anlegen. Aber meine Frau, die viel gelernt hat, kauft bei ihm für 20 Lei die Freiheit unserer Hände. Er ruft einen friedlichen, schüchternen Soldaten, reicht ihm einen Umschlag und gibt ihm Anweisungen. Der Soldat bewaffnet sich mit einem Gewehr und hundert Patronen, und wir gehen hinaus. Flure, eine schwere Tortür öffnet sich vor uns, ein Gitter und ein kleiner, überfüllter Platz.

Es wird schon dunkel. Wir sind nachts gekommen, wir reisen nachts ab. Um diese Zeit gehen alle nach Hause. Viele eilige Passanten. Wir lassen uns gerne von ihnen anrempeln. Der Soldat aber ist ganz Furcht, er hat Angst, die Menge könnte uns von ihm trennen. Wir wollen ein Auto nehmen, aber der Soldat befürchtet, der Chauffeur könnte unser Komplize sein. Und je weiter wir vorankommen, desto dichter und rücksichtsloser ist die Menge auf der Straße; jemand hält uns an und will eine Auskunft. Derart zur Verzweiflung getrieben, ringt sich der Soldat doch durch zu fahren, aber er will das Auto selbst aussuchen, wir bleiben, an ihn gedrängt, am Straßenrand und bedauern bereits, daß man uns nicht in Eisen geschlossen hat, da hätten wir mehr Ruhe. Schließlich sitzen wir in einem Auto, zwischen uns der Soldat, der nach Schweißfüßen und Schwarzbrot riecht.

Kapitel XVIII
Der Bahnhof und der Zug

Der Bahnhof. Wir steigen aus dem Auto, gefolgt von diesem nach wie vor unruhigen Bauer-Soldaten. Er möchte nicht zu nah bei uns sein aus Angst, wir könnten ihm das Gewehr entreißen, genauso befürchtet er, der Abstand könnte zu groß werden. Und wir müssen warten: Der Zug fährt erst in einer Stunde ab.

Schließlich bleiben wir im Bahnhof gegenüber dem Haupteingang stehen; der Soldat hält weiter einen gewissen Abstand. In unserer Nähe ist eine Bank voller Koffer. Vor der Bank steht eine vielköpfige jüdische Familie: Alte, Junge, Kinder. Ein Gespräch beginnt:

»Es ist gut, unter Juden zu sein«, sagt der älteste, dessen weißer Bart an den vorspringenden Wangenknochen anfängt. »Nächstes Jahr in Jerusalem! Eher noch früher!« Er lacht schallend, und die ganze Familie lacht zufrieden mit. »Wir fahren nach Galatz und nehmen das Schiff nach Jaffa.«

»Wir auch«, antwortet mein Bruder.

Da kennt ihr Glück keine Schranken mehr: Wir werden gemeinsam reisen, wir werden in demselben Ort leben, wir werden in der Synagoge nebeneinander sitzen, unsere Kinder werden heiraten ... Sie klopfen uns auf die Schultern, schütteln uns die Hände, geben jedem von uns einen dicken Apfel, bitten uns, gut auf ihre Koffer aufzupassen, und gehen eilig zum Dritter-Klasse-Buffet, um Tee zu trinken: die Alten vorweg und dahinter die Jungen und die Frauen, die Kinder an ihre Röcke geklammert.

Wir stapeln ihre Koffer ein bißchen auf der Bank, setzen uns und fordern den Soldaten auf, es uns gleichzutun. Er lehnt kategorisch ab und bleibt als Schildwache vor uns stehen.

Ein paar Minuten vergehen, da kommt die Familie in einer Wolke von Radau zurück: die Alten, die Jungen und die Frauen dahinter, die Kinder springen voran. Wir erheben uns, um ihnen ihre Bank zu überlassen. Durch unsere plötzliche Bewegung bekommt der Soldat einen Schreck und packt mich am Ärmel. Da hält die Familie, die schon nah herangekommen war, erschrocken inne, dann, wie auf Kommando, stürzen sich die Alten, die Jungen, die Kleinen auf die Koffer und Pakete und bringen sie im Laufschritt weg. In ihrer Überstürzung vergessen sie ein Paket bei uns. Ein paar Momente später nähert sich der Mutigste auf Zehenspitzen, nimmt das Paket und flüchtet damit, als hätte er es gestohlen.

Wir wollen uns wieder setzen, aber der Soldat erlaubt es nicht. Er will, daß wir neben ihm stehen bleiben. Außerdem ist der Platz bereits von zwei dicken Rumänen besetzt, die uns, schrecklich mit den Augen rollend, beobachten. Meine Frau findet trotzdem ein Plätzchen.

Wir bleiben neben dem zitternden Soldaten gut sichtbar stehen, in einer Menge von Menschen, die kommen und gehen, Plätze suchen und nicht finden, ihre Koffer abstellen, sich darauf setzen, einschlafen, ihre Kinder verlieren, andere Leute treffen, sich stoßen, schreien, reden, husten und auf die Uhr schauen.

Wer ist dieser junge Jude? Ein schwachsinniger Aufschneider, ein beleidigter Idiot oder bloß ein unbeschäftigter Provokateur, der in Ganovenpose, Hände in die Taschen versenkt, unsicher auf seinen winzigen Füßen, hohl der Bauch und die Kippe an der Lippe, mit einem bißchen Abstand zu unserer Gruppe stehenbleibt und mit blitzenden Augen unter seiner bis zu den Brauen heruntergezogenen Kappe unseren Bewacher fixiert, dem vor Angst und Unruhe wieder der Schweiß ausbricht. Der Soldat senkt den Blick, schaut nach uns, ob wir da sind, daß wir nichts unternehmen, dann suchen seine Augen Halt in der eiligen Menge und kehren immer wieder zurück zu denen des jungen Juden, die ihn weiter fixieren. Diese Spannung wird noch verstärkt durch seine Stimme, die auf jiddisch knurrt:

»Bewacht der euch, dieser Esel da? Haut ab, laßt ihn stehen, keine Angst, ich helfe euch abzuhauen!«

Wir antworten nicht, aber auch wir sind unruhig. Meine Frau, blaß geworden, ist schon wieder auf den Beinen. Ein eleganter junger Mann gesellt sich zu dem jungen Juden. Jetzt fixieren sie den

Soldaten zu zweit mit ihren drohenden Blicken. Und wieder diese knurrende Stimme:

»Laßt ihn stehen! ... Wir reißen ihm den Arsch auf ...«

Plötzlich ruft, rührt, erregt den Bahnhof die Glocke. Schultern, Arme, Beine, Koffer trennen uns von dem jungen Juden. Wir drükken uns an den Soldaten, er packt sein Gewehr, er geht zwischen uns, wir umgeben ihn, wir verteidigen unseren Aufpasser gegen die Masse, und wir reden zugleich, wir sagen alles mögliche, damit er unsere Stimmen hört, damit er uns bei sich spürt, damit er weiß, daß wir von ihm nicht zu trennen sind und daß er nichts zu befürchten hat.

In dem Abteil, in das wir steigen, sind neben der Tür zwei Plätze frei, meine Frau und mein Bruder nehmen sie. Aber die Bank leert sich ganz schnell, die Bank gegenüber auch. Die Rumänen, die uns als Häftlinge erkennen, suchen das Weite. Für die sind wir pestkrank.

Als ich neben meinem Bruder sitze, höre ich dasselbe monotone Lied. Er sagt, wenn die Leute von der bessarabischen Sigurantza uns unterwegs aussteigen lassen, um uns umzubringen oder um uns nach Kischinjow umzudirigieren, daß sie das mit Sicherheit an einem bestimmten Bahnhof machen, der eine Verbindung nach Kischinjow hat. Daß wir da aufpassen müssen. Ich antworte nicht. Selbst wenn Gefahr besteht, daß das passiert, habe ich keine Lust mehr, mich zu wehren. Ich will gar nicht daran denken. Für jetzt habe ich Frieden, Wärme, ich will sonst nichts. Zu solchen Augenblicken der Tatenlosigkeit kann es sogar im Moment der tödlichen Bedrohung kommen. Ich sehe, ich stelle mir vor, den Kopf eines schuldlos Angeklagten, den der Tod bedroht, den alle Umstände erdrücken und der sich trotzdem nicht empört, nicht kämpft, nicht widerspricht. Und vor dem verächtlichen Ankläger, der den »Beweis« des Verbrechens geführt hat, kann ich mir vorstellen, daß der Angeklagte Ruhe bewahrt, beinahe mit Zustimmung. »Das ist es doch gar nicht wert«, sagt er sich angesichts der Heftigkeit all derer, die ihn vernichten wollen. Es kann ihm sogar so vorkommen, daß es nur eines geringen Aufwands bedürfte, um das ganze Lügengebilde zusammenfallen zu lassen. Doch genau diesen kleinen Aufwand wird er *niemals* leisten, weil er in eben dieser Minute lieber das Glück der Untätigkeit genießt.

Ich sage meinem Bruder:

»Aber was können wir denn mit deinem ›Aufpassen‹ ändern? Wie können wir uns wehren? Rechnest du mit dem Mitgefühl der anderen Reisenden, mit einem Aufruhr unseretwegen? Und warum glaubst du, daß unser Elend noch immer nicht zu Ende ist?«

»Ah! Mein Bruder, du vergißt, in welchem Land wir sind ...«

Ja, ich weiß, jede Mauer, jeder Pflasterstein ist eine Falle, jeder Mensch ein Verräter, jedes Wort ein Hinterhalt. Aber was tun? Ist es nicht besser, von Minute zu Minute, von Minutenteil zu Minutenteil zu leben. Ich habe die Füße ausgestreckt, sie erholen sich, ich bin froh. Ich erinnere mich an nichts. Wir fahren, wir fahren. Hinter den staubbedeckten Fenstern gleiten dunkle Bilder vorüber, niedrige Häuser; sie bauen sich auf, fliehen wieder ins Dunkel und verschließen sich, ihre Fenster leuchten; dann Brachen, traurige überflutete Felder; dunkle Dörfer schlummern tief in Löchern, und die ganze Landschaft verschwindet zur Seite und verläuft am schwarzen Horizont. Kalte, von Rauhreif überzogene Felder laufen, schlafende und feuchte Wälder tanzen im Kreis, umgeben die Hügel und werfen sie uns, abgelöst vom Grund ihrer nächtlichen Kälte, zu. Doch diese ganze eisige Einsamkeit ist draußen, wir, wir fahren bloß vorbei, eingeschlossen in unsere Wärme. Welche Macht, welche Siguranţa kann uns unserem fliegenden Käfig entreißen? Wir sind eingeschlossen in eine Friedensfestung, die so sanft schwimmt, als lebten wir nicht mehr, als wäre das Leben unvermittelt stehengeblieben.

Wir gleiten, als wäre nichts hinter uns und als erwarte uns nichts. Wir tun nichts als gleiten, nichts als fahren, ohne Gewicht, reibungslos.

Ich werde niemals mehr etwas tun, ich werde nie mehr arbeiten können. Alles ist sinnlos außer der Reglosigkeit.

Ich hülle mich in meinen Mantel, ich ziehe den Kragen noch höher, ich ziehe den Kopf noch tiefer zwischen die Schultern, die Hände im Ärmel, schließe die Augen, und die Wärme kehrt wieder und mit ihr die Gleichgültigkeit der Erschöpfung. Ich fühle mich, als wäre ich ergiebig zur Ader gelassen worden. Aber das ist schön. Die Bewegungslosigkeit ist schön im Gerüttel des Zuges, der rumpelnd über die Brücken fährt, der sich den einsamen Bahnhöfen pfeifend ankündigt, der wie aus Angst seinen Atem zurücknimmt, um in der Verlassenheit dieser Herbstnacht still durch die Wälder und die geheimnisvollen Felder zu gelangen.

Wieder ein Halt. Es ist schon Morgengrauen, die ungastliche Morgendämmerung, die uns vor Kälte schaudern läßt. Es sind schon einige wenige Reisende da. Nur ein sehr großer, breitschultriger Mann tritt schwankend in der schwarzen Kleidung der Nacht ein. Sein schwerer Pelzmantel, der bis zu den Füßen fällt, ist offen, seine Jacke genauso, seine Hose auch. Seine Hände sind beladen mit Paketen, der dicke Kragen seines Mantels überragt seine Pelzmütze. Eine platte breite Nase in seinem eckigen Gesicht, Wangenknochen wie zwei reife Pfirsiche schließen kleine Rattenaugen ein. Er ist bestimmt betrunken. Er steht schwerfällig da, schwankt ein bißchen, er sucht einen Platz im fast leeren Waggon. Bei unserem Anblick hält er inne und reißt seine kleinen Augen schwarz glänzend auf. Die erstaunten Augen eines Fischs. Dann werden sie wieder klein und eng, seine Nase wird noch platter, sein breiter Schnurrbart hebt sich an den Enden, und er stößt ein lärmendes Lachen aus. Er hebt seinen langen Ärmel, aus dem eine Fingerspitze ragt, die auf uns zeigt.

Sich schüttelnd vor Lachen, schreit er:

»Schau dir das an! Diese zwei Wracks! Dies Pack! Und ein tapferer Soldat, der die bewacht! Ha, ha, ha! Ein Soldat mit einem Gewehr! Aber worauf wartest du, um denen dein Bajonett in ihren dreckigen Bauch zu stoßen. Bring die doch um, die Schufte. Töte sie, sag ich dir! Ha, ha, ha!«

Er bemerkt meine Frau, die sich in eine Ecke drückt. Er zieht einen sanften Schmollmund. Er macht eine Bewegung in ihre Richtung. Uns stockt der Atem. In diesem Augenblick läßt ihn ein Ruck des fahrenden Zugs auf seinen besoffenen Füßen stolpern. Ein Schluckauf. Er verharrt einen Moment nachdenklich, macht einen Schritt, beugt sich ein wenig vor und erbricht ausgiebig. Dann läßt er sich auf eine Bank uns gegenüber fallen, seufzt, deutet ein Kreuzzeichen an, nuschelt »Heilige Maria« und schläft ein. Das ist die große Gesundheit, reich und taktlos, die schläft. Das sind der Sieg und die Kraft, die schlafen. Und mit dem widerlichen See am Boden, bei dem Wasser, das von außen die Fenster naß macht, in der Feuchtigkeit, die sich im Wagen ausbreitet, in der Erschöpfung, die mit der Kälte wiederkommt, sind wir froh, dieses triumphale, allmächtige, wie eine Naturgewalt selbstsichere Schnarchen des Rumänen zu hören.

Galatz! Die morgendlichen Kais kommen langsam näher. Ein zerlumpter Mann, aufrecht mit Uniformmütze, ein auf eine grüne Bank gedrückter Mann in blauer Jacke und, am Eingangstor des kleinen farblosen Bahnhofs, eine alte Frau. Das ist meine Mutter. Ihre Augen suchen besorgt den haltenden Zug ab. Ihr Gesicht ist verkrampft. Eine ganze Ewigkeit ist sie schon da. Sie hat ihre mageren Hände über einem Wolltuch zusammengelegt, mehr trägt sie nicht über ihrem dünnen schwarzen Kleid an diesem kalten Morgen. Sie bewegt sich nicht von dem Tor weg. Es gilt jetzt zu schauen, wachsam zu sein.

Wie alt sie geworden ist! Sie sieht uns noch nicht. Wie klein und mager sie ist; auf ihrem angespannten Hals dicke Venen wie blaue Schnüre. Hinter ihr sehe ich Pascha, den Mantel nachlässig offen, den Kopf gesenkt, eine kurze Kippe an den Fingerspitzen. Er sieht uns als erster, als wir aussteigen. Er sagt es meiner Mutter. Was für ein Schrei! Nicht oft im Leben kann man einen solchen Schrei ausstoßen.

Seit fünf Tagen und fünf Nächten, seit sie das Telegramm meiner Frau erhalten hat, kommt sie zu jedem Zug an den Bahnhof, bleibt Stunden hier und geht nur fort, um den anderen Essen zu machen. Seit vier Nächten geht sie allein über eine verlassene, mit Dreck und Kohle bedeckte Straße vom Bahnhof zurück. Beim Heimkommen wischt sie eine einzelne Träne weg und tröstet meine Schwägerin, die das Bett hüten muß.

Jetzt drückt sie uns an ihre ausgetrocknete knochige Brust, sie drückt uns und zieht uns am Ärmel.

»Los! Los!«

Wir gehen ein paar Schritte mit ihr.

»Aber da ist ja ein Soldat bei euch«, entdeckt sie plötzlich, »da seid ihr ja gar nicht frei ...«

Im Gehen nehmen mein Bruder, der Soldat und ich den ganzen Gehweg ein, der aus gestampftem Lehm ist, uneben, mal höher als die Straße, mal niedriger. Sie tritt darauf, sie läuft daneben her, hält ihren Schal über der Brust und erzählt und stellt Fragen. Meine Frau, die mit Pascha hinter uns geht, möchte sie zurückhalten, um ihr alles zu erklären. Aber sie will nicht von uns getrennt werden, sie will ganz nah sein bei ihren Söhnen, die Stimmen ihrer Söhne hören, die immer noch Häftlinge sind. Sie denkt, wir enthalten ihr die Wahrheit vor. Und sie eilt, stolpert, fällt auf ein Knie, steht wieder auf und wirft mir vor:

»Warum sagst du nichts, was bist du so traurig?«

Aber ich kann nicht sprechen, ich bin zu ruhig, zu kalt, ruhig wie ein Weiher im Dämmer, wie der Schnee in einem tiefen Tal, ruhig wie ein Leichnam.

Kapitel XIX
Noch einmal der Keller der Sigurantza

Wieder einmal stehen wir vor dem Bau der Sigurantza. In einem jungen Land, wo man sich noch nicht allzusehr um die Fassaden kümmert, wo man sie platt, ohne das geringste Dekor läßt, kann dies auch für ein Haus des habgierigen Bürgertums gehalten werden. Nur eine Eingangstür, und auch die sehr eng: Die vergitterten Fenster im Erdgeschoß sind groß, aber es sind nur wenige. Überall Wirtschaftlichkeit und Haltbarkeit. Das Haus ist gedrungen, mißtrauisch angesichts der zu offenen Landstraße, des Meers, das nicht weit ist, des Hafengesindels, das vorbeiläuft. An der Tür träumt auf einem Hocker ein Soldat, der genauso schlicht ist wie das Haus;

dann steigen wir bereits die enge steile Treppe hinauf, als kämen wir heim. Die Büros sind voll der Spuren des Kommens und Gehens vom Vortag; die weiten Tische sind kahl, die Löschpapierblätter befleckt von Langeweile, Ziffern und Tinte; die Reste der Butterbrote, die hier gegessen wurden, erregen Ekel wie die von unberechenbar unruhigen Hinterteilen polierten Stühle. Die Decke, der Boden treten kaum aus dem Halbdunkel hervor. Es ist noch sehr früh. Niemand da. Alle Türen stehen weit offen. In einem Raum, dem dritten oder vierten, die träge Silhouette eines Mannes, der putzt.

Pascha redet ihn an, fragt ihn nach dem diensthabenden Inspektor.

Dieser abgeklärte Pascha, alter Revolutionär, dann Deserteur und Provokateur, jetzt Agent der Sigurantza, vertritt unsere Interessen. Er ist vom Haus, aber er mag es nicht: Dieser Bau, seine Arbeit, der Soldat unten mit seinem dummen Gesicht, alles bringt ihn auf. Er verzieht vor Abscheu den Mund. Wir dagegen, wir sind ihm sympathisch, wir sind ihm nah. Sind wir nicht immer noch Russen, aus demselben Land? Dieser Mann, der sich niemals die Haare kämmt, sein Gesicht voller Mitesser, sein ungewaschener Hals, dieser Pascha, der immer nach Schweiß und Schnaps stinkt, verzieht vor Ekel das Gesicht.

»Ihre Hände sind immer dreckig, ihre Häuser immer voll Müll ...«

Der Mann, der kehrt, kommt mit jemandem zurück: Das ist der Inspektor, der uns nach Bukarest begleitet hat. Einen Augenblick lang kommt es mir vor, als hätten wir uns gar nicht getrennt. Trotz der Uhrzeit ist der Inspektor ganz geschäftig, als käme er gerade von der Arbeit. Bei unserem Anblick macht er eine ungeduldige Bewegung. Er schickt den Soldaten weg und will schon selbst weggehen.

Aber Pascha hält ihn zurück mit der Frage, ob wir abreisen dürfen.

»Nein!«

»Haben Sie denn nicht als diensthabender Inspektor das Recht, sie gehen zu lassen?« fragt Pascha nach, und seine Kiefer fangen an zu mahlen.

»Nein!«

»Aber«, fängt Pascha unhörbar an.

»Nein!«

Es liegt Spannung in der Luft. Aus Erfahrung weiß ich, daß wir zu leiden haben werden, wenn die beiden Polizisten streiten. Also wende ich mich an den Inspektor. Ich frage ihn, wer den Befehl zu unserer Entlassung unterschreiben kann.

»Der Chef.«

»Darf ich für eine halbe Stunde weggehen und wiederkommen?«

»Nein!«

Er blickt mir fest in die Augen. Zum ersten Mal lese ich in seinem Blick Haß und Widerwillen. Er haßt uns, weil wir uns wehren. Die Juden wollen nicht sterben. Wir klammern uns an das Leben, das widerspricht allen Regeln. Unseretwegen ist die Sigurantza im Zwist. Als wahrer Diener achtet dieser Inspektor auf das Ansehen seiner Herren, auch wenn er sie nicht mag. Als kleine mickrige Ausländer haben wir uns zu bescheiden. Und wider alle Logik der Domestiken, der Patrioten, der Nationalisten und der Grundbesitzer widersprechen wir. Auf der Fahrt nach Bukarest taten wir ihm bestimmt leid, wenn auch ohne erkennbares Mitgefühl, das habe ich seinen wortkargen Gesprächen mit den anderen Reisenden entnommen. Wir taten ihm leid, solange er sicher war, daß »Gerechtigkeit« walten und wir nicht wiederkommen würden. Unsere Rückkehr nach Galatz ist ein Affront, eine Niederlage für die Grundlagen der Autorität selbst. Er weiß außerdem: Wenn wir uns aus der Affäre gezogen haben, dann weil wir Juden sind. Er haßt uns auch, weil viele Christen, deren Unschuld er kannte wie die unsere, ohne Widerstand gestorben sind. Er ist in diesem Moment offen und ehrlich, vielleicht ist er das immer, und er bekundet mir seinen Haß mit seinen Augen, die so klein sind wie zwei Punkte.

Aber auch ich hasse ihn, und mein Blick antwortet ihm:

»Wenn du könntest, würdest du uns erdrücken. Aber du wirst nichts tun, auch wenn du weniger gemein bist als die anderen. Du wirst nichts gegen die Anordnungen deiner Vorgesetzten tun, die dir heilig sind, du bist ein Diener; du wirst nicht wagen, nicht zu gehorchen.«

Unser stummer Dialog wird von einem unerklärlichen Schrei unterbrochen. Er kommt von hinter der Tür im Hintergrund. Der Inspektor zuckt kurz. Er wirft jemand Unsichtbarem im zweiten Raum den Befehl hin:

»Schickt sie runter in den Keller.« Er geht eilig davon.

»Was für eine Sauerei, sogar am frühen Morgen foltern die noch«, seufzt Pascha. »Geht runter in den Keller, diesmal wird es nicht lange dauern.«

Es gibt etwas Neues im Keller. Die Tür ist abgenutzt und wacklig und hält sich kaum in den Scharnieren. Aber innen, was für eine Veränderung! Keine rostigen Schatten mehr in den Ecken, keine Kritzeleien mehr und keine großen Initialen an den Mauern, das Geheimnis dieses Schachts, des riesigen Lochs, das diese mittelalterliche Zelle mit dem Fenster auf Gehsteighöhe verband, ist fort: Ein neuer Zwischenboden aus hellem Holz führt direkt ans Fenster, bis an die neuen, gut verankerten Gitter. Vom rechteckigen Träger in der Mitte bis zur weißen Rückwand stehen Pritschen zum Schlafen.

Aber der Keller hat jetzt eine niedrigere Decke, und links und rechts von den Pritschen wirken die Durchgänge breit: regelrechte Straßen. In diesen Durchgängen gehen zwei Männer wie zwei Raubtiere im Zickzack hin und her. Die Hände auf dem Rücken, halten sie bei unserem Eintreten an.

Ich erkenne einen von ihnen, es gibt mir einen Ruck, als ich ihn sehe. Er hat keinen Draht mehr, mit dem er an den anderen gebunden ist. Er trägt denselben schwarzen Pelz, der bis an seine Füße reicht, er hat seine hohe spitze Pelzmütze noch auf, die ihn noch größer macht, und beim Umhergehen beugt er sich vor jedem Deckenbalken.

Er ist im Gang auf der anderen Seite der Pritschen stehengeblieben. Er betrachtet uns mit seinen kleinen wachen Augen, er studiert uns, mißtrauisch. Ich aber eile auf ihn zu und rufe ihm in Erinnerung, unter welchen Umständen ich ihn gesehen habe. Darauf entspannt sich sein Gesicht, er lächelt über diese gute Erinnerung, und als ich ihn nach seinem Begleit-Feind frage, schüttelt er schamhaft den Kopf und sagt leise:

»Erledigt ...«

Und der andere ist da schon bei uns, klopft uns kameradschaftlich auf die Schultern. Er ist ein magerer Jude, ganz Muskeln und Knochen, braungebrannt. Seinen freien, ausdrucksvollen Gesten sieht man an, daß ihn nichts irgendwie beeinträchtigt, er sucht nicht nach Worten; er spricht zudem mit einer natürlichen Heiterkeit, die weder Mut noch Angst kennt. Er stellt uns lauter Fragen. Er schnappt unsere Antworten begierig auf.

Unvermittelt beugt er seinen Kopf zu meinem; seine warmen Lippen glühen an meinem Ohr.

»Juden?«

»Ja.«

Er ist glücklich, er umarmt uns.

In diesem Augenblick höre ich die Stimme meiner Mutter. Da bückt sie sich schon, hinter dem Gitter. Sie hat uns zu essen gebracht; sie leert einen wundervollen Korb. Es ist genug für eine Woche: ein Hühnchen, Kartoffeln, zarte karamellisierte Bohnen, ein schweres rundes Schwarzbrot, Kekse und Pfirsiche, Tee in einer Kanne. Sie leert ihren Korb, und gebeugt hinter dem vergitterten Fenster, schiebt sie ihre von der Arbeit gezeichnete Hand durch, die überzogen ist von Adern und tausend winzigen Falten, und streicht uns über die Haare, die wir am Fenster stehen, die wir uns nicht zu rühren wagen, obwohl unsere Hände voller Lebensmittel sind.

Dann befiehlt sie uns mit einer heiteren Stimme, wie früher, wie in einem sehr fernen Früher, dessen Gedenken uns glücklich und traurig macht: »Eßt!« und lädt die beiden andern Häftlinge mit einer ausholenden Geste dazu ein, während sie sich auf den Gehweg setzt, die Hände am Gitter. Sie will uns beim Essen zusehen. Aber riesige Stiefel stoßen und vertreiben sie. Immerhin gelingt es ihr beim Aufstehen noch einmal, sich herabzubeugen und uns zuzulächeln.

Der Jude hat bereits die Lebensmittel auf den Pritschen ausgebreitet. Wir setzen uns und essen. Wir essen tüchtig und reden. Wir hören mit dem Essen auf, um uns schwerwiegende Dinge anzuvertrauen. Der Jude hat das Wort. Er ist zu zehn Jahren Gefängnis verurteilt »wegen einer Lappalie«: »Ein paar Messerstiche in den Hintern einer Vogelscheuche von Frau.« Er ist dreimal geflohen, und jedes Mal hat man ihn in Galatz an demselben Platz wieder verhaftet. »Aber das ist nicht wichtig.« Man muß fliehen. Man wird ihn nach Bukarest schicken. Man wird ihn auf der Präfektur schlagen; dort werden die Häftlinge immer geschlagen, das ist die Sitte des Hauses.

»Aber das ist nicht wichtig. Ich muß türmen und er auch.« Er weist mit dem Löffel auf den schwarzen Koloß. »Und das ist einfach ... Ihr kennt die Tür? In der Nacht, der Soldat allein auf seinem Schemel. Ihn ablenken ...«

»Ihn abmurksen«, der schwarze Koloß lächelt mild.

»Ihr müßt mit uns fliehen. Die Rumänen lassen ihre Beute nie los. Sie lassen euch laufen, wie eine Katze die Maus laufen läßt. Um jemanden umzubringen, verständigen sich alle Sigurantzas von Rumänien. Deren Gestreite ist bloß Spiel. Laßt mich machen.« Dabei sieht er uns fest an. Nach diesem Blick gibt es für uns keinen Zweifel: Wir müssen fliehen.

»Nur«, fährt der Jude fort, »ist da noch eine Sache. Das ist *er,* der uns angst macht.«

Aber der Große grinst:

»Da kümmere ich mich drum. Ich geh als letzter raus.«

»Aber wer ist denn *er*?«

»Da.«

Und der Jude zeigt auf einen Haufen Stoffe auf der Pritsche. In der Verlängerung seines ausgestreckten Fingers sehen wir Augen, die uns ansehen. Grau und gleichgültig. Jetzt sehen wir, daß die Stoffe die Form eines unbewegten menschlichen Körpers haben, als gehörten diese Augen zu einem Körper ohne Leben, einem Leichnam.

»Komm her!« befiehlt der Jude.

»Du weißt doch genau, daß ich nicht kann.«

Die Stimme ist genauso gleichgültig und farblos wie die Augen, die uns ansehen, Augen ohne Wünsche, ohne Hoffnung, Augen, die fern sind.

»Sie haben ihm übel mitgespielt«, sagt der Schwarze leise und senkt den Blick.

Der Jude nimmt ein Glas, füllt es mit Bohnen und bringt es dem anderen.

»Ein Feigling, ein Verräter«, lächelt der Schwarze, »er will nicht fliehen.«

Man wird leicht abgehärtet, aber als der andere an der Mauer sich ein wenig umdreht, als er eine durchscheinende Hand sehen läßt und die Muskeln seines Kopfes, der die Farbe der Wand hat, anfangen, sich beim Kauen zusammenzuziehen, atmen wir erleichtert auf. Und wir möchten unseren Frieden haben, unsere Ruhe. Wir strecken uns auf den Pritschen aus, und der Jude setzt sich daneben:

»Ich muß abhauen.«

Es gibt bei allem doch gute Momente im Gefängnis, wie zum Beispiel jetzt: Nachdem wir gut gegessen haben, strecken wir uns ruhig auf den großen glatten Pritschen aus und folgen dem Bericht dieses Diebs, seines bewegten Lebens, das voller echter, wirklicher Überraschungen gewesen ist. Wir wissen, daß wir die Härte dieses Lebens selbst gespürt haben, wir kennen die Präfektur in Bukarest auch.

Der Jude wiederholt, den Kopf in den Händen:

»Ich muß heute fliehen. Ich habe eine Freundin, sie einen Ehemann. Er ist Postbeamter oder so was, ist egal, er trägt eine Mütze mit Tressen. Ich bin ihr völlig verfallen. Was für eine Frau, groß, schwer, voll, rotblond ... Wenn du die sehen könntest! Du bist mein Freund, das spüre ich. Was für eine Frau! Wenn sie mich zwischen die Beine nimmt, saugt sie mir in einem Zug mein ganzes Blut aus. Und sie liebt mich. Und wenn ich dabei draufgehe, ich kann sie nicht allein lassen. Vor allem, wo doch ihr Mann nicht möchte, daß sie alleine wartet ... Er war es, der mich *geliefert* hat. Aber ich nehme es ihm nicht übel. Egal ... Weißt du, da ist noch einer, der um sie herumschleicht, so ein Drecksack! Diesem *anderen,* mit dem will ich abrechnen. Er ist schuld, daß mich der Ehemann *geliefert* hat. Die Sau!

Aber von dem Gatten will ich gar nichts, er war ja im Recht. Wir haben uns gut verstanden. Manchmal hatte er einen Verdacht, auch Eifersucht. Weil er Angst hatte, daß ich ihm einen Tripper verschaffe, wenn ich mit anderen Frauen schlafe, hat er meine Taschen durchsucht, nach Briefen oder ich weiß nicht was, während ich noch mit seiner Frau im Bett war. Dafür ist er nachts aufgestanden. Aber das ist ohne Bedeutung. Uns geht es gut mit ihm, was das angeht, ja, uns geht es gut. Morgens, wenn ich aufgewacht bin, bleibe ich im Bett, greife mir die Gitarre, die an der Wand hängt, ich spiele, und sie schmiegt sich an mich und singt vor sich hin. Der Gatte ist schon längst weg zu seiner Arbeit. Ich habe mich gut mit ihm verstanden, ganz sicher. Wie zwei Brüder. Er mag Geschenke. Ich habe ihm welche gebracht, verstehst du. Einen Photoapparat, ein Fernglas ... Und wie glücklich er da war, der Bruder! Und abends ... Noch beim Abendessen berührt sie mich, wenn sie einen Teller aufträgt, wir streichen aneinander, wir haben Lust. Die Abende sind lang im Winter. Wir sehen den Gatten an. Er, er hat verstanden: ›Nu geht schon!‹ Wie ein Bruder. Nur erlaubt er nicht, das Licht auszumachen, weil er am Tisch bleibt. Er liest. Er liebt das Lesen, das ist einer. Aber seine Frau, die liebt es, das ganze Bett für sich zu haben, das ganze Zimmer, das ganze Haus ... Sie sagt ihm sanft:

›Geh in die Küche.‹

›Ich sitze hier gut. Laß mich halt lesen.‹ Er ging nicht. Er hatte Charakter. Und ich, ach, ich war glücklich, ich hatte ein Zuhause.

Aber dann *der andere,* der sich an mich klebt. Wir hatten eine Sache zusammen gemacht. Da kommt er. Er sieht die Frau an. Er bringt dem Gatten Geschenke mit. Unmöglich, ihn loszuwerden: Der Gatte ist zufrieden, daß er noch mehr Geschenke erhält: Ein Fahrrad, einen Engländer. Manchmal kann man seinen eigenen Bruder hassen; was den Gatten angeht, war ich verschnupft. Er ging mir auf die Nerven. Nichts zu machen. Dann macht eines Tages der andere, gerissen wie ein Grieche, den Vorschlag: ›Spielen wir 66?‹, ich antworte ›Ja‹ und denke: Jetzt wird dieser Knicker von Gatte bestraft. Das war mies von mir. Und im selben Moment tut es mir leid. Ich flüstere dem anderen zu: ›Ohne Schmu, ja?‹. Der Gatte gewinnt

100 Lei, 200 Lei, er zieht die Jacke aus, er gewinnt weiter. Da begreife ich, daß er übers Ohr gehauen wird. Ich steige aus. Ich will, daß nicht mehr gespielt wird. Aber der Gatte, der gewinnt, geht mit dem anderen in die Küche. So kommt's. Ich bleibe bei der Frau und vergesse alles.

Also kurz, ich lasse den Gatten, meinen Bruder, viel verlieren. Sie sind nachts hinausgegangen, ohne daß ich es bemerkt habe. Am Morgen ist er wiedergekommen, ohne Jacke, ohne Mantel, ohne die Uhr, die er von mir hatte, ohne Geld. Dazu muß man sagen, daß er den Banken nicht getraut hat. Er hatte immer seine ganzen Moneten bei sich. So ging's.

Ich frage mich, wie ein Freund, man kann schon beinah sagen: Familienmitglied, auf einen Schlag zum Ungeheuer, zum Unmenschen, zum Minotaurus werden kann. Aber das ist schon egal. Dem anderen bin ich böse. Es ist die Frau, die ich brauche. Sie sehen, wie sie sich auszieht, sie ganz nah spüren. Und ich werde sie wiederhaben, die Frau. Ich haue ab, ich gehe zurück, und die sollen doch mal kommen!«

Er sieht mich an. Seine Augen sind dunkel und sanft. Er ist mir sympathisch. Er liebt.

»Aber warum entführst du die Frau nicht?«

»Aber es geht uns doch gut zusammen. Wozu dem Gatten weh tun?«

Er senkt den Kopf.

»Wenn wir es heute nacht schaffen ... Hauptsache, es wird niemand mehr reingebracht.«

In genau diesem Moment öffnet sich die Tür, ein weiches Paket, ein Mann, in sich gekehrt wie eine Kugel, fällt lautlos, bleibt liegen, rührt sich nicht. Die Tür geht zu.

Ist er betrunken oder tot?

Aber die Kugel faltet sich langsam auf. Ein kleiner runder Mann, dicker kahler Kopf, eine Hornbrille mit nur einem Glas auf der flachen Sattelnase, lächelt breit, freundlich. Er steht auf. Wir lächeln ebenfalls und sehen auf seine stämmigen Füße zu einer wallenden Hose; die Ärmel seiner weiten Jacke lassen nur große Fingerspitzen erkennen, die einen kleinen Schlapphut halten. Die Verwandlung ist nicht zu Ende. Er entfaltet sich immer weiter, seine Arme werden länger. Er ist mittelgroß. Er ist breit und weich wie ein Kissen. Er bleibt stehen und lächelt.

»Warum haben sie dich eingelocht? Sag nur.«

Er macht zwei Schritte:

»Majestätsbeleidigung. Ich hatte das Bild der schönen Königin Marie bei mir.«

»Das Bild der Hure?«

Er zieht ein wildes Gesicht:

»Ich bin ihr Liebhaber!«

Und prustet vor Lachen. Wir lachen ausgiebig mit ihm. Wir können gar nicht mehr aufhören.

»Da hat sie sich einen schönen Liebhaber ausgesucht!«

»Sie hat mich ausgesucht, weil ich der Mann mit den zwei Ruten bin.«

»Was tut denn der hier? Der spinnt doch!«

Aber der andere lacht. Wir lachen mit ihm. Er lacht mit uns, lauter als wir, immer lauter, aber geräuschlos. Wir können nicht mehr vor Lachen, aber wir lachen weiter, er kommt immer näher und lacht mit uns. Wir lachen weiter.

Kapitel XX
Wir sind frei

Wir müssen nur den Blick von dem hochroten Gesicht des Narren abwenden, um mit dem Lachen aufzuhören. Wir sehen den Rahmen des Fensters, wo zwischen den Gitterstangen in regelmäßigem Abstand, langsamer werdend, die Füße meiner Frau vorbeigehen. Für ein paar lange Minuten kommen sie nicht wieder. Dann senkt sich ein Schatten auf das Fenster. Die ganze Zelle springt vor und hängt sich ans Gitter. Meine Frau flüstert:

»Der Chef, der gerade vorbeigekommen ist, hat mir gesagt, daß ihr gleich frei seid ...«

Die Zellenbesatzung löst sich von uns und streckt sich auf die Pritschen. Mein Bruder und ich nähern uns unwillkürlich der Tür. Sie wird geöffnet. Wir gehen hinauf. Der Chef steht in der Mitte seines Büros und lächelt uns an. Schade, daß wir das Lächeln verlernt haben.

»Gehen Sie nach Hause, kommen Sie morgen wieder, und holen Sie Ihre Papiere ab.«

Wir zögern einen ganz kurzen Augenblick, als der Chef uns betrachtet – zum ersten Mal aufmerksam.

Doch einmal durch die Tür gelangt, toben wir die Treppe hinunter, biegen plötzlich rechts ab, wir laufen zwischen den heiteren Häusern, die dicht an dicht an unserem Wege stehen und dann vor dem Hof unseres Hauses sprunghaft Platz machen. Dort umarmen wir die Mutter und den Kleinen, die uns erwarten, in einem Schwung sind wir über den Hof und öffnen die Tür: Mit einem Gesicht so weiß wie ihr Hemd richtet sich meine Schwägerin im Bett auf. Mein Herz zieht sich mit einem Schlag zusammen, ich versuche zu scherzen:

»Das Schiff wartet schon an der Tür ...«

Meine Schwägerin lächelt schwach.

»Aber warum lachst du nicht, Schwesterchen? Bist du denn nicht froh?«

»Oh ja, doch, doch, mein Herz platzt vor Freude. Aber lachen, weißt du, das schaffe ich nicht ... Ich habe Angst zu lachen, weil ich bemerkt habe, daß ich danach immer weine ...«

In unserem Zimmer steht schon ein kleiner Tisch mit weißer Decke bereit, gedeckt für vier. Das Strahlen dieses Tischs erzählt uns von fernen Zeiten, von Vorabenden großer Feste, so erwartungsreich und so feierlich in unserem ärmlichen Städtchen.

Ich bemerke, daß dieser Tisch, dieses Tischtuch, diese Teller seit ein paar Tagen auf uns warten, seit meine zu gutgläubige Frau ein Telegramm geschickt hat, in dem sie unsere Freilassung ankündigt. Alles hier war bereits tot, und alles lebt wieder auf.

»Sieh mich an, Schwester, du kannst lachen, du wirst wieder gesund! Du ißt viel Fett, du bleibst immer an der frischen Luft, und wir Männer arbeiten mit frohem Mut. Alles wird anders! Wir werden stark, und wir teilen unsere Gesundheit mit dir … Und wie kann man krank sein, wenn die Sonne scheint!«

Wir essen. Ich finde alles gut, alles hervorragend. Ich erfahre, daß das Fleisch in Rumänien gut, daß der Käse mild ist, daß die Karpfen riesig sind, das Obst köstlich, daß alles erschwinglich ist und daß es sehr nette Rumänen gibt.

Dann ziehen sich die Frauen an, richten ihre Röcke, der Kleine hat eine neue Schürze, und alle brechen auf, Besuche zu machen.

Berg hält uns lange auf, er entkleidet die Männer und bügelt unsere verknitterten Anzüge ausgiebig. Bevor wir aufbrechen, macht er ein besorgtes Gesicht und zeigt uns eine jüdische Zeitschrift aus Amerika. Dort spricht ein Jude, der soeben aus Rumänien angekommen ist, von Berg als einem Wohltäter unglücklicher Juden. Wir haben verstanden. Wir versprechen ihm, in der ganzen Welt von ihm zu reden. Der bewundernswürdige Berg wechselt die Miene von Gram zu kindlicher Freude.

Im Komitee ruft Rewutsky, verjüngt vor Freude, der Menge der Flüchtlinge, die uns wie Kameraden umringen, zu:

»Ich hab's ihnen doch gesagt: ›Laßt mich machen …‹«

Wir lächeln ihm anerkennend zu, anerkennend, damit es nicht peinlich wird für ihn, damit er uns nicht zu der Peinlichkeit drängt, ihm zu danken.

Wir gehen langsam. Die Sonne ist da, sie steht vor uns am Rand einer lila Wolke, riesig, geschmolzen – als sollte sie für immer dort bleiben.

Ich wache als erster auf und frage mich: Ist es noch Nacht, ist es schon richtig Morgen? Ein kalter Luftzug zieht von der Tür zu mir, der Himmel ist von einem undurchdringlichen Grün. Mein Bruder, noch im Bett, versucht seine Stimme:

»Es geht!«

Er weckt alle Leute auf, die, einmal wach, sehr rege werden. Mein Bruder geht hinaus und kommt mit einem großen Hering wieder. Wir machen Tee, alle haben es eilig, jeder hat das Gefühl, viel zu tun zu haben. Außer mir. Meine Schwägerin erhebt sich, blaß, aber genauso energisch wie die anderen. Sie geht mit ihnen zum Einkaufen, obwohl es draußen nieselt. Ich selbst bleibe bei dem Kind, das unbewegt im Bett sitzt, einen alten eingerissenen Kalender zu seinen gelben Füßen.

Vor mir ein grauer Himmel, leicht und endlos, in dem ein paar Bretter des vergammelten Zauns kümmerlich schwimmen, dazu eine Schnur mit Wäsche daran und der Winkel eines nassen Ziegeldachs.

Ich möchte mir die letzten vergangenen Tage noch mal vergegenwärtigen und sehe nichts als Langeweile, graue langweilige Roheit ... Außerdem habe ich überhaupt keine Lust, daran zu denken: So gut sitze ich auf dem Bett.

Doch es klopft an der Tür. Eine große Pelzmütze, eine sehr gerade und lange, an der Spitze runde Nase, ein breiter schwarzer Vollbart kommen nacheinander durch die halboffene Tür.

»Das sind doch Juden hier?« fragt eine melancholische, aber deutliche Stimme. Ein großer Jude, breit in seinen übereinander gezogenen Mänteln, steht vor der Tür.

Ich rühre mich nicht.

»Schalom!«

»Schalom!«

Er setzt sich schwer auf das Bett gegenüber. Aus seinem Ärmel zieht er ein fettiges Heft und zeigt es mir aus der Entfernung.

»Sehen Sie das, Jude? Das sind die letzten Lose der Ziehung in einem Monat, hier in Galatz, im Beisein des Oberrabbiners und der angesehensten Persönlichkeiten ... Da können Sie ein Vermögen gewinnen, für Ihre Familie, für Ihr Kind ...«

Er hat dichte, lange, sehr bewegliche Brauen.

»Das ist der Weg zum Glück, den ich Ihnen bringe ...«

»Aber wir reisen hier ab, und zwar ganz weit. Wir kommen nie wieder nach Galatz, und auch nicht nach Rumänien ...«

Der Jude senkt die Lider.

»Sie reisen ab! Warum abreisen? Es ist überall gleich ...«

Seine Brauen heben sich und formen seine Stirn zu vier dicken runden Falten. Mit derselben Stimme und wie von fern spricht er weiter:

»In ein anderes Land ziehen. Warum? Nichts verändert sich, nichts verändert sich im Leben. Nichts!«

Er steckt sein Heft in den Ärmel zurück und sucht mit der anderen Hand ausführlich in der Tasche.

»Nichts geschieht im Leben ...«

Er richtet seine Augen auf mich. Sie sind braun, alt, wie mit Lack vergoldet.

»Ich habe sechzig Jahre gelebt, ich bin durch alle Länder und alle großen Städte gekommen: Berditschew, Proskurow, Warschau, Wien, Lemberg, Czernowitz, Kronstadt ... Ich weiß, daß es überall gleich ist.«

Er beugt sich hinab, und ich sehe, wie er langsam die Schuhe auszieht.

»Alle fahren weg! Dabei haben Sie doch ein Zimmer, ein Bett. Ich dagegen schlafe in der Synagoge ...«

Aus der Tasche zieht er Socken aus grober Wolle, zieht die gebrauchten, die schmutzig und feucht sind, aus und zieht die sauberen an, zieht die Schuhe an, seufzt beim Aufstehen. Mit seinen langen Fingern berührt er die Mesusa, den Bibeltext, der an die Türen genagelt wird und den ich bisher hier nicht bemerkt hatte, dann führt er, ein Gebet murmelnd, seine Finger an den Mund.

»Schalom!«

Von meinem Platz aus sehe ich die alten Socken auf dem Boden, die er vergessen hat. Ich öffne die Tür. Seine große blaue, im Dunst unscharfe Silhouette klopft schon an eine Tür am Ende des Hofs. Ich rufe ihm zu, daß er seine Socken vergessen hat. Er dreht sich langsam um und macht eine erhabene Geste, die besagt: »Egal, wirf sie weg.«

Kapitel XXI
Das Bad

Ich schließe die Tür. Ich setze mich wieder aufs Bett. Der Kleine bleibt weiter reglos. Er ist derartig still, daß ich ihn vergessen habe. Nein! Ich habe ihn vergessen, weil ich ihn noch nicht liebhabe, ich bin nicht an ihn gewöhnt. Zum ersten Mal sehe ich ihn aufmerksam an. Sein blasses Gesicht läuft in einem spitzen Kinn aus, die Spitze seiner kleinen Nase ist ganz weiß, seine durchsichtigen Hände sind kalt. Ich ziehe den Mantel aus, den ich immer anhabe, und decke den Kleinen zu. Das Zimmer ist schmal, es erstreckt sich am Fenster entlang. Wir sind fast im Freien. Und wenn der Regen mit seinen dicken Tropfen anfängt, die ans Fenster schlagen und abplatzen, dann ist er hier, im Zimmer. Dann spüre ich die Kälte, ich fühle, wie mir Nadeln durch die Brust dringen, und kann mit geschlossenen Augen in meinen Körper sehen, genau die Stelle ansehen, wo es mir weh tut. Ich finde alte Kleidungsstücke, um den Kleinen einzuhüllen, und nehme wieder den Mantel. Der Kleine folgt mir mit seinen großen offenen Augen; ich sage ihm:

»Wenn du größer bist und wir weit weg von hier sind und Ruhe haben, dann will ich viel mit dir zusammensein, ich werde meine ganze freie Zeit mit dir verbringen. Ich werde mir Märchen für dich ausdenken; und das werde ich können, weil ich noch träumen kann. Ich kann dir sogar jetzt gleich eins erzählen:

›In einem Land, wo es immerzu regnet und wo die Nächte immer kalt sind, schleppen sich mühsam drei müde Bettler auf einem verlassenen Weg dahin. Da, in dieser grimmigen Finsternis, stoßen sie auf das Fenster eines abseits gelegenen Hauses und sehen durch ein Loch im Fensterladen ein sauberes Zimmer, warm und mild erleuchtet. Gerade gegenüber ein gemütliches Sofa aus rotem Samt. Über dem Sofa hängt an der Wand ein kleines Mahagoniregal. In einer Schatulle aus altem Leder auf dem Regal ist eine alte Pendeluhr verschlossen, die leise *tik-tak, tik-tak, tik-tak* macht. Und jeder der drei Bettler denkt: *Wie gern wär ich die Uhr!*‹«

Meine Familie ist mit den Einkäufen zurück. Mit ihnen ist die Wirklichkeit wiedergekommen, die ich über dem Träumen vergessen hatte.

»Oh, wir haben vergessen, dir Tabak zu kaufen«, sagt meine Schwägerin, es ist ihr sehr unangenehm.

Ich lächle:

»Macht nichts, ich gehe selbst.« Ich gehe gerne hinaus; mir ist nicht nach dem Bericht meiner Frau vom Einkauf, ich möchte noch etwas für mich sein. Auf der Straße bin ich das.

Als ich aus dem Hof trete, bemerke ich den runden nachdenklichen Rücken des Juden von vorhin. Er geht um die Ecke des Hofes. Ich denke an seinen Satz:

»Warum weggehen?«

Auf den Straßen, die das schlechte Wetter niederdrückt, verstummen läßt und demütigt, erinnere ich mich an einen anderen traurigen Satz, den er gesagt hat:

»Das ist überall gleich!«

Und tatsächlich ist diese Stadt wie jede andere. Sie können in allen kleinen Städten diesen Mann treffen, der auch im Nieselregen mitten auf dem Gehweg steht und in seiner hohlen Hand ein paar Münzen wieder und wieder zählt. Er ist still beschäftigt: Ihm fehlt etwas Geld, aber das fehlt ihm immer, und er ist an seine Armut gewöhnt. Bei so einem Wetter überrascht es Sie in jeder Stadt, diesen ausgetrockneten Alten zu sehen, mit schwarzem Regenschirm, ganz gepflegt, der mühsam und langsam geht, der schaut, ohne zu sehen, mit seinen farblosen Augen, die mit einem roten Rand in pergamentene Haut gefaßt sind. Sie sind überrascht, und Sie fragen sich: »Der lebt noch?« In jeder Stadt treffen Sie zerlumpte Kinder, die fröhlich herumlaufen. Die Kinder mögen manchmal das schlechte Wetter und die üblen Gerüche. In jedem Ort werden Sie, eingerahmt in düstere Einfahrten, junge Frauen sehen, die mit erstaunten Augen, ein wenig vorgebeugt, sich nicht entschließen können hinauszutreten, die stehen bleiben und den erbarmungslosen Himmel ansehen, der sie festhält. Bei solchem Wetter zieht es Ihnen in jeder kleinen Stadt das Herz zusammen, wenn Sie auf die mißtrauischen und boshaften Blicke aus den runden, fetten Köpfen der ewigen Metzger und Krämer treffen, die sich an die Fenster ihrer leeren Läden drükken. Sie schauen uns boshaft an. Ein schlecht gekleideter Mann ist ihnen immer verdächtig. Und ihr Blick ist erst recht boshaft, wenn einer vorbeikommt, der aussieht wie ich. Er ist ein paar Schritte vor mir. Ein großer struppiger Kerl ohne Mantel; er geht langsam, obwohl das Nieseln zu Regen geworden ist. Als einziges Zugeständnis an das Wetter hat er die Hände in die Taschen seiner geflickten Hose gesteckt. Er geht langsam, ohne sich zu beeilen, und er blickt in die Läden. Jetzt bleibt er vor einem Schaufenster stehen. Nicht direkt davor, sondern schräg von der Seite. Der Blick, den er in den Laden wirft, ist begeistert. Das Tageslicht ist wie an einem dunklen Abend, und der kleine Schuhladen ist erleuchtet von einer Lampe. Eine große in Pelz gehüllte Frau hat ihren Rock bis ans Knie gelüftet und betrachtet eine glänzende Stiefelette. Es ist warm, ein schönes volles Bein in einem durchsichtigen Strumpf! Der struppige Mann verharrt im feuchten Grau. Seine Hände rucken in den Taschen hin und her. Er besitzt die Frau.

Ich gehe noch lange durch die Straßen, mir fällt mein Tabak ein. Es raucht sich gut bei solchem Wetter. Ich drehe eine dicke Zigarette und gehe nach Hause.

Unser ganzer Hof geht ins Bad. Überall höre ich: »Ich gehe ins Badehaus«, »Gehen Sie auch ins Badehaus?«

Ich gehe auch.

Und mit den anderen Gespenstern, mein Kleiderbündel unterm Arm, dringe ich in das kalte Halbdunkel vor, das Halbdunkel von bleiernem Grau, das seit dem Morgen herrscht.

Vom Hoftor aus sehe ich schon das niedrige Gebäude aus schwarz gewordenen roten Ziegelsteinen. Vorne eine dunkle Menge, die zur Hälfte im vom Regen aufgeweichten Boden steht. Diese gebeugten menschlichen Wesen haben ihre Hüte und Kappen tief über die Brauen und die schwarzen Augen gezogen und verbergen so ihre fahlen Gesichter. Jeder von ihnen ist ein mit Gurten verschnürtes Bündel Lumpen; Schals umgeben ihre Hälse. Von diesen Leidensfiguren, die sich vertrauensvoll aneinander drücken, stehen lange dünne Nasen ab, zu weiße und zu lange Hände, Bärte aller Farben, in Taschentücher gefaßte Wangen. Diese Leute sind vom Hunger geschwächt, in Angst versetzt von Unglücken, die wie Blitze über sie kamen und ohne Ende dauern. Ihre dünnen Beine beugen sich unter ihrem Gewicht. Sie alle müßten ohne Ausnahme Trauer tragen, Trauer um ihr Volk, um die Nächsten und Verwandten, die dort drüben gestorben sind oder unterwegs oder die jetzt gerade sterben. Aber sind ihre abgewetzten Kleider, deren Schwarz grün und deren Braun rostfarben geworden ist, die alle Schattierungen von Grau aufweisen und die der Dreck zum Glänzen bringt, sind die nicht schon die schwärzesten aller Trauerkleider?

Die Menge dieser so leidenschaftlich traurigen Bettler wird immerhin eingelassen. Der erhabene Moment kommt näher. Nachher, in ein paar Minuten, in der flüssigen Hitze, die in ihre Leiber dringen wird, werden sie ihre klammen Glieder strecken. »Versteck dich, lauf, füge dich, verschwinde«. Die Falten ihrer ausgetrockneten Haut werden weich.

Die Zeit, die ewige Zeit, die so schwer zu überstehen ist, geht in der Trunkenheit dieser körperlichen Hingabe verloren. Im feuchten Dampf werden die schweren, immer durchnäßten Fetzen abgelegt, die Gürtel gelöst und ihre weißen Spuren auf der Haut massiert, die Wäsche, die an der Haut geklebt hat, wird abgenommen; diese Wäsche wird in heißes Wasser getaucht und gleich hier aufgehängt. Hier baden wir, drücken wir die gelben Geschwüre aus, warten wir lange, bis die Wäsche trocken ist, daß die Läuse raus sind, und dieses Warten ist ein Vergessen in vollkommener Sicherheit.

Eine von Schweißperlen übersäte Hand reicht uns die feuchten Eintrittskarten. Wir treten ein, wir setzen uns auf die hölzernen Bänke, wir ziehen langsam die Schuhe aus, und die Füße berühren das Stroh am Boden. Die Kleider bleiben als Bündel auf der Bank. Wir gelangen in einen riesigen Saal, dessen Decke Dampf und Rauch sind. Gegenüber Kabinen, die die Zinkbadewannen abschirmen, man erkennt da die zarten Flecken der Körper; links ist es das Geräusch der vermengten Körper im Gemeinschaftsbad. Es besteht kein Unterschied und kein Abstand zwischen den nackten Leibern.

Unsere Körper sind allen dargeboten. Man streift sie, man berührt sie wie den eigenen Körper. Und alles hier – die Bänke, die Wände, die Wäsche und die Kübel – ist weich und mild wie die Haut.

Hier ist man frei, nicht schön, nicht häßlich, man ist ein Bestandteil, man kann nichts unterscheiden, nichts abmessen, man ist frei, sich zu bewegen, frei zu begehren, man schlafwandelt, man wandelt durch das Fleisch, durch das Wasser, das uns von den Körpern rinnt, das fällt und wieder aufsteigt, das so ist wie das allgegenwärtige Leben, mit allem vermischt, mit warmem Wasser, zu unseren Füßen mit Schmutz, mit Urin, mit den Schuppen unseres Körpers und unserem Schweiß, der auch warmes Wasser ist, der wir sind und der sich so leicht ins Wasser mischt. Auch die Stimmen lösen sich im Wasser auf. Die Stimmen der Männer, die draußen so verschieden sind, sind hier alle gleich. Man hört seine eigene Stimme nicht mehr, man weiß nicht, ob man schon hinüber ist. Wenn jemand sein Blut verliert, wenn er vor Ekstase, vor süßem und endlosem Schmerz schreit, wenn er langsam stirbt, wird man nicht wissen, wer dieser »er« ist, ich oder ein anderer.

Ein Alter ist am Boden fast eingeschlafen. Sein Bart und seine Haare bilden einen goldenen Kreis um seinen Mund, der rot ist wie eine Schnittwunde. Seine offenen Beine sind auf den Boden gestreckt, ein blondes Büschel krönt eine riesige violette Hernie. Seine mageren Arme hängen wie vergessen herab, seine faltigen Finger bewegen sich langsam im schlammigen Wasser. Er lächelt mich mit seinem bloßen roten Zahnfleisch an, er lächelt mich glücklich an, er lächelt uns alle an.

Und nach und nach gehen wir in den anderen auf. Wir sind ein Fluß aus heißen Ländern, ein Fluß voll fruchtbaren Schlamms. Die Lider werden uns schwer, und unser Blut fließt summend dahin, es hat die Farbe des Wassers, es ist gelb, es ist von einem alten Gelb wie alles hier: die Luft, das Wasser, der gelbe umschmeichelnde Dampf, der uns Unerkannte umfaßt; das Gelb der Wärme, der Wärme, die uns einlullt, die uns vergibt, die uns zur Begierde ruft wie eine riesige Frau, groß und mit langsamem Lächeln, eine riesige Frau, die uns alle aufnimmt in ihren Schoß.

Eine fette, große und liebe Frau schlüpft zwischen uns durch, sie kommt und geht, sie trägt heißes Wasser in Holzzubern. Sie ist fast nackt, und ihr Fleisch verteilt sich zwischen uns wie die Keime des Begehrens; das Fleisch dieser üppigen Frau ist in allen Falten, allen Winkeln unseres Körpers, in unseren halbgeschlossenen Lidern. Sie ist in allen Höhlen unseres Körpers, in unserem Schweiß und in unseren Gliedern, die sich strecken. Sie vervielfacht sich. Sie wird von uns zurückgehalten, jeder Teil wird gierig zurückgehalten von einer flüchtigen Schulter, von einem dicken weichen Oberschenkel, von einem ganz runden, glatten, festen Knie, von einem sich ausstreckenden Arm. Einem streichelnden Arm.

In den warmen Begierden geöffneter Lippen, in den erhabenen und schwelgenden Begierden behaupten wir uns beherzt, mühen wir uns bis ans Ende, bis zum Tod, wir atmen mit einer mächtigen Brust, beim Sterben ringen wir im warmen Schlamm mit mächtigen großen, weichen Tieren, wir kämpfen mutig, während wir voll Freude das Blut aus ungezählten Wunden verlieren.

Und in dieser tödlichen Erschlaffung, gebadet in Modder und stinkender Wärme, möchte ich mich an etwas erinnern, das mich ständig so bedrückte, und ich sehe keine Feinde mehr, ich hasse die nicht mehr, die meinen Tod gewollt haben, ich verachte sie nicht einmal mehr. Es hat sie niemals gegeben, oder es gibt sie nicht mehr. Ich bin schwer, bewegungslos und frei.

Kapitel XXII
Die Abreise

Am Morgen unserer Abreise stehen wir sehr früh auf, um unsere Sachen zu packen. Es ist schlechtes Wetter: Die Feuchtigkeit ist im Zimmer. Meine Schwägerin erhebt sich, hustet schmerzhaft und setzt sich müde aufs Bett. Bedrückt davon, arbeiten wir langsamer. Dann wäscht sie sich. Aber der Husten fängt wieder an. Wir bemerken, wie aufmerksam sie ihr weißes Handtuch beim Abtrocknen betrachtet. Es sind darin ein paar Blutflecken.

Wir rufen einen Arzt. Er ist jung und unsicher. Er geht mit mir auf den Flur und sagt mir, daß meine Schwägerin absolute Ruhe braucht, daß er aber bei unserer Lage nichts raten könne. Vielleicht ist es besser, trotzdem zu fahren, es sind nur vier bis fünf Reisetage bis Jaffa. Er fügt hinzu:

»Die Zuversicht, das ist für solche Kranke alles.«

Wir haben es eilig, abzureisen, dies Land zu verlassen, das den Horror atmet, den Dreck, die Nässe. Meine Schwägerin liegt auf unseren Mänteln, während wir ans Werk gehen. Als unsere Gepäckstücke verschnürt sind, setzen wir uns für einen Moment darauf. Meine Schwägerin richtet sich auf und lächelt:

»In ein paar Tagen sehen wir Orangenbäume!«

Jeder von uns hat mehrere Päckchen bis zum Schiff zu tragen. Der Tag ist von einem ekelhaften Grün. Über die Kais sehen wir schon unser hohes weißes Schiff, das auf uns wartet. Schwer beladene Wagen bespritzen uns. Das Dunkel der Dämmerung senkt sich herab. Wir steigen aufs Deck. Vorsichtig verharren wir dort ein bißchen: Womöglich läßt man uns noch einmal von Bord gehen. In der Nacht löst sich das Schiff von den Kais von Galatz, im Dunkel gleitet es zwischen den weichen sumpfigen Ufern dahin.

Wir entscheiden uns schließlich, in ein von Hitze, Schweiß und Dampf stinkendes Loch hinunterzusteigen: Dritte Klasse. Die Männer sitzen mit fiebrigen Augen und hängenden Lippen unter dunklen Kappen in Hemdsärmeln da, die magere behaarte Brust entblößt. Frauen machen sich an Kindern zu schaffen, die auf alten Kleidungsstücken liegen.

Mein Bruder ist nervös. Er geht an Deck. Nach ein paar Minuten kommt er wieder herunter in Begleitung einer Bekanntschaft, die er da oben gemacht hat: ein fülliger Mann mit den roten Wangen eines wohlgenährten Kindes, jemand sehr Kultiviertes, der alle Sprachen spricht, nur nicht unsere, ein sehr höflicher und liebenswerter Mensch. Er reist zweiter Klasse, aber er möchte gern das Leben sehen. Er findet dies Gedränge sehr interessant. Wenn es uns nichts ausmacht und wir noch nicht müde sind, wäre er glücklich, mit uns ein wenig zu plaudern. Wenig später wird seine Stirn so rot wie seine Kinderwangen, er schnappt nach Luft und geht hastig hinaus. Doch er kommt zurück und spricht mit uns. Ich achte kaum auf ihn, weil ich benebelt bin von der Hitze und weil ich über meine Schwägerin wache, die stark hustet. Sie ist eingeschlafen. Sie hält ein Stück Zucker in der Hand, die fast so weiß ist wie der Zucker. Ihr Atem geht schwer. Der liebenswerte Mann fragt uns, ob wir keinen Bedarf an Milch haben für den Kleinen. Meine Schwägerin antwortet, ohne die Augen aufzumachen:

»Wir brauchen nichts!«

Sie will, daß der hilfsbereite Mann geht. Sie ist unruhig: Wir nähern uns Constanza. Die Unruhe, die diesmal von ihr ausgeht, erfaßt uns alle. Wir gehen an Deck. Die Maschinen stoppen, und das Schiff schneidet eine sanfte Kurve ins Wasser. Wir sind im Hafen von Constanza.

Hier kann man uns aussteigen lassen. Ein Telegramm aus Kischinjow kann hier bewirken, was es weder in Bukarest noch in Galatz bewirken konnte. Klar, daß sie das noch versuchen müssen.

Der liebenswerte Mann, der uns folgt und der die ganze Zeit auf uns einredet, findet die Landschaft – den dunklen Schein einer weißen Mauer in der Nähe, die Schatten der Kräne, die gigantischen Eisenarme, deren geschlossene Fäuste in den Himmel ragen, die unordentlich aufgestapelten Kisten, die Leute, die darauf schlafen – »anziehend«. Ich dagegen sehe sie als schauriges Rätsel. Inzwischen verschwindet mein Bruder mit seiner Frau und dem Kind, sie verstecken sich irgendwo. Meine Frau, die nervös auf und ab geht, stellt sich zwischen mich und den liebenswerten Mann und haucht mir zu:

»Sieh mal den da mit der Mütze, der guckt so komisch zu uns.«

Die zwanzig Minuten, die das Schiff in Constanza halt machen sollte, sind um; das Fallreep soll eingezogen werden. Aber das Manöver wird gestoppt. Für fünf, zehn, fünfzehn Minuten lassen sie das Fallreep liegen. Der liebenswerte Mann, der sich vor einem Moment entfernt hat, kommt zurück, seine Uhr auf der Handfläche.

»Das ist merkwürdig! Das Schiff müßte schon abgelegt haben!«

Ein betreßter Mann, der Kapitän, steigt das Fallreep hinunter.

Dort, auf dem Kai, spricht er mit zwei Männern, deren Ruhe uns verdächtig ist. Sie haben die Arme auf den Rücken gelegt. Während des ganzen Gesprächs mit dem Kapitän schauen sie nach oben, wo wir sind. Es gelingt mir nicht, ihre Blicke zu erfassen. Der liebenswerte Mann, der zur Information gegangen ist, kommt zurück. Er will mir etwas sagen, aber meine Mutter drängt den Störenfried beiseite. Sie stellt sich feierlich vor mich; ihr Gesicht ist verzogen, sie rührt sich nicht. Dieses Mal wird sie nicht zulassen, daß man mich ergreift, sie wird mich verteidigen!

Der Kapitän steigt das Fallreep wieder herauf, die beiden Männer folgen ihm. Wir ziehen uns an die Reling zurück. Aber das Fallreep wird eingezogen, und wir legen ab. Mein Bruder taucht mit seiner Familie wieder auf: Sie hatten sich in einem Rettungsboot versteckt. Erschöpft und schwankend steigen wir in den stinkenden Brutkasten hinab. Auf der Treppe erscheint der liebenswerte Mann, er sieht uns liegen und zieht sich zurück. Eine Weile schlafen wir und werden dann geweckt von Seufzern, die an ein Todesröcheln denken lassen. Eine Frau mit dem Kopf einer Menschenfresserin erbricht sich unter entsetzlichen Verrenkungen und schreit. Wir sind ins herbstliche Schwarze Meer gelangt. Ich sehe nach meiner Schwägerin:

»Vorausgesetzt, sie muß sich nicht übergeben, kann es ihrem Blut guttun.«

Aber sie ist ausgestreckt, reglos; ihre Brust hebt sich langsam. Das Schiff wird furchtbar geschüttelt. Ich schlafe ein. Ich wache auf mitten in der Unbewegtheit selbst, in der Mitte des menschenleeren Raums. Sie sind alle auf Deck und betrachten den Bosporus im gleißenden Sonnenlicht. Das Schiff bleibt fest in der Bucht, so unbewegt wie die Felsen, die sie einschließen.

Alle unsere Flüchtlinge sind da. Sie scherzen und lachen.

In diesem Moment kommt der liebenswerte Mann an. Er trägt einen beigen Anzug und hat eine Kodak in der Hand. Er will uns photographieren.

Wir aber laufen vor ihm davon und steigen wieder hinunter in das Loch unserer »Dritten«.

Dort beschließen wir im Familienrat, nach Konstantinopel nicht auf diesem Schiff, *rumänischem Territorium,* zu bleiben. Und kaum sind wir im Hafen, gehen wir, trotz unserer bezahlten Überfahrt nach Jaffa, hastig von Bord und verlassen das rumänische Schiff und den liebenswerten Mann.

Drei Stunden später erreichen wir in einem Boot ein kleines griechisches Schiff, das auf Rechnung des zionistischen Komitees Einwanderer nach Palästina bringt. Es ist ein kleines Handelsschiff mit einer ersten Klasse nahe der Brücke des Kapitäns und der zweiten unten im Schiff, bei den Maschinen. Uns heißt man über eine rostige Eisentreppe in die Laderäume hinabsteigen, deren Eisenwände grob vernietet sind. Wir sind hier in einem ehemaligen Kohlenbunker, wo die Juden mit langen weißen und schwarzen Schals ihr Abendgebet sprechen. Wir lassen uns still in einer freien Ecke nieder.

Kaum ist das Schiff auf offenem Meer, rücken die Juden, die eh schon eng sitzen, noch näher zusammen. Sie erkennen sich an der noch scheuen Freude auf der letzten Etappe in Richtung Palästina. Freude läßt sich nicht lange verbergen. In den Gesprächen werden folgende Zauberworte ausgesprochen: Tel Aviv, Jerusalem, Carmel, jeder empfindet ungeduldige Freude. Jeder verspürt das Bedürfnis, etwas zu tun, es auszudrücken. In der Mitte, wo die Alten, die vorhin so nüchtern gebetet hatten, ihre Gebetsstolen zusammenlegen, macht ein Jude eine Flasche »Carmel« auf. Alle machen dasselbe. Es wird getrunken und geredet. Dann wird schnell geredet und gelacht. Dann wird gesungen. Und alle sind glücklich, weil jeder singen möchte, da man seine Gefühle in Worten nicht ganz vollständig ausdrücken kann, und zugleich weil es eine Last war, die Freude in der Brust festzuklemmen. Und in den Liedern geht es immer wieder um den Schmerz der Geburt, den Schmerz der wachsenden Freude, der vergeht und wiederkehrt.

Jedes jüdische Lied enthält die Spur einer Klage. Man singt anfangs langsam, man befreit sich vom Schmerz, dann wird der Rhythmus schneller und ruckartiger. Das Lied allein genügt nicht, man stützt es, es wird mit Händeklatschen untermalt. In einer Ecke erhebt sich jemand, öffnet seine Arme wie Flügel, schnalzt mit den Fingern, ergreift eine andere Hand, die genauso lebensgierig ist, die genauso vibriert. Wir stehen. Die Sänger in der Mitte stehen auf, ihre Arme stützen sich auf Schultern, sie werfen den Kopf zurück. Ein Band von Männern und Frauen durchläuft den Kohlenbunker, erhellt ihn mit seiner Ekstase, schlängelt sich, erhebt und lockt die Unentschiedenen; die Tänzer in der Mitte bilden einen strahlenden Kreis, die Beine in den schweren Stiefeln schweben leicht, die Augen sind geschlossen, die Füße tanzen.

Die alten Männer und Frauen, die jungen Mädchen, die Versehrten und die Kranken, die Starken und die Kinder singen und tanzen alle. Und ihre Blicke sind gesenkt, ihre Augen sind geschlossen. Niemand von ihnen sieht, keiner von ihnen bemerkt eine Gruppe am oberen Ende der Treppe: die Matrosen und die Passagiere. Sie bemerken nicht die Gruppe, die lacht und die ihnen boshaft zuschaut, die spottet und beneidet, vielleicht, weil es unmöglich ist, nicht auf die Kraft dieser Freude neidisch zu sein, diese ungetrübte Freude der Elenden ganz unten, der Mädchen und der Kranken, der Starken und der alten Frauen, diese reine Freude, die sie unten alle zu einem Körper eint, der in den Bewegungen und Klängen aufblüht.

Der Boden und die Wände dieser alten, schlecht geputzten Kohlenschütte sind überzogen von einem schwarzen Staub, den der stürmische Tanz aufwirbelt. Dieser Staub ist unsichtbar, aber er gibt der Luft etwas Tristes unter dem trüben Licht der vier vergitterten Lampen in den Ecken dieses metallenen Verlieses. Er fällt auf die weißen Tücher, die rasch ausgebreitet wurden, er bedeckt mit seiner tragischen Patina die Kleider, die Kinder, die Hände und die Hemden. Aber die wild Tanzenden, die Tänzer, die trunken sind von ihrem Tanz, haben die Augen geschlossen, der Rhythmus ihres Tanzes wird immer schneller, ihr Atem immer kürzer, ihr Lied, das nicht mehr Freude und auch nicht mehr Leid ist, wird immer schriller; ihre Gesten werden immer freier: Die Hände springen vor, verdrehen sich, falten sich, pressen sich an hohle Wangen. Der feine Regen von Ruß und Kohlenstaub hält an und bildet furchterregende

Flecken auf den ekstatischen, schweißgebadeten Gesichtern. Und die tanzende Menge, die Menge der Beine, der langen Hände, der ausgezehrten und knochigen Gesichter wird immer weiter in ihre Ekstase getrieben. Sie ähnelt jetzt einer unvorstellbaren Versammlung tragischer Clowns, Clowns im Dunkel.

Auch oben herrscht eine nervöse Lustigkeit. Man lacht wie irre. Ausrufe: »Ich halte es nicht aus!« Auch oben ist ein Höhepunkt erreicht. Aber während sich die Elenden unten immer weiter hinreißen lassen, erfaßt die soliden Passagiere der zweiten Klasse, die Matrosen und den feisten Koch unvermittelt ein Schrecken. Nach dem gellenden Aufschrei einer Frau: »Ich halte es nicht mehr aus!« geht ein Schaudern durch die Menge, die sich beim Hinabstieren ins Loch fast selbst erdrückte und die sich nun hastig zerstreut.

Oh! dieser rechteckige Boden, der gepflastert ist mit erschöpften und so vertrauensvollen Körpern, diese langen unordentlich hingestreckten Arme, diese mageren Füße mit schwerem Schuhwerk, diese verkrümmten Füße, diese scharfen Nasen zwischen spitzen Wangenknochen, diese verdrehten langen Hälse, diese Augen, dunkle Höhlen unter langen schwarzen Wimpern, diese Köpfe, die im Schlaf traurig sind, diese Köpfe, die niemals Frieden haben!

Doch einmal aufgestanden, kommen alle diese Menschen zu sich, beten, essen, erzählen, erinnern sich und hoffen. Und im Hoffen rühren sie sich, gehen sie, steigen sie die Eisentreppe hinauf, kehren zurück, rufen die anderen, steigen als Gruppe hoch, besetzen die Reling in ganzer Länge mit ihren gebeugten Rücken.

Am Vorabend der Ankunft in Jaffa schlafe ich auf einem Haufen Lumpen. Schreie wecken mich. Die Kinder weinen. Jemand sagt mir, er habe vom Kapitän den Befehl, die Juden nicht an Deck zu lassen. Die einhundertsiebzig Juden (wir sind einhundertsiebzig in diesem Kohlenloch) sind gedrängt, aufgeregt, am Ausgang, am Fuß der Treppe und auf der Treppe. Ich bahne mir einen Weg. Die Juden steigen hoch und fallen herunter, gestoßen von den Matrosen oben, die den Weg versperren. Mein Bruder, der sich ans Geländer klammert, erklärt den Matrosen etwas, ich höre die Worte: »Komitee, zionistisches Komitee!« Im Moment, als ich schon zu meiner Frau gelange, stößt sie der Maat, der die Matrosen anführt, brutal hinunter. Ich fasse den Maat, ich ziehe ihn zu mir, er fällt und rollt in die Menge nach unten. Mein Bruder folgt ihm: Er hat einen Schlag mit einem Hammer auf den Kopf bekommen. Unten kreischt eine Frau, jemand hat seine Wärmflasche über sie geschüttet. Die Juden steigen herunter. Die Matrosen bleiben oben und bewachen den Ausgang.

Die Ungewißheit quält von neuem meine Familie. Die Matrosen drohen mir, mich wegen meines Angriffs auf den Maat zur Rechenschaft zu ziehen. Der Maat hat erklärt, daß er mich nicht in Jaffa von Bord lassen wird. Ich werde mit dem Schiff in den Heimathafen fahren, nach Piräus, wo ich vor Gericht komme. Ich befinde mich auf griechischem Territorium.

Kapitel XXIII
Die Fahrt

Am Morgen sehen wir am Horizont eine weiche rosa Silhouette, die sich rechts erhebt wie das Bühnenbild einer Festung. Das ist Jaffa. Die Felsvorsprünge scheinen zu tanzen über der schweren und unruhigen See wie diese Bötchen mit kleinen Affenmenschen, die unter ihnen herfahren. Eins dieser Boote wird größer und legt am Schiff an. Drei englische Uniformen und ein Zivilist. Die Juden halten ihre Packen und Koffer zwischen den Füßen. Sie sind blaß vor Freude, die Meinen sind es vor Unruhe: Wird man mich von Bord lassen, auch mich?

Einer der Engländer sieht jüdisch aus. Er trägt einen breiten Trauerflor am Ärmel. Sein Blick ist traurig. Die Ankömmlinge gehen mit dem Kapitän in seine Kabine. Dort bleiben sie eine Zeit. Die Araber auf den Bötchen jonglieren mit den Kisten beim Löschen der Ladung.

Die drei Engländer und der Zivilist kommen aus der Kabine des Kapitäns. Der Zivilist tritt zu den Auswanderern.

»Niemand geht von Bord«, sagt er auf jiddisch, »zur Zeit herrschen Unruhen in Jaffa, ein Pogrom. Es sind schon Dutzende Leute ums Leben gekommen. Wer Verwandte in Palästina hat, kann in Caïffa aussteigen. Das ist telegraphisch bereits angemeldet.«

Eine Stunde später lichtet unser Schiff den Anker.

Wir haben eine Hoffnung: Das Schiff wird Caïffa erst auf dem Rückweg anlaufen. Wir gehen nach Alexandria.

Im Hafen von Alexandria entfalten wir eine fieberhafte Energie. Wir schreiben, wir schicken Telegramme an vage Freunde. Zwischendurch werden ein paar Familien von Bord gelassen, die hier niemanden kennen. Die Vertreter des zionistischen Komitees, die an Bord gekommen sind, reden uns gut zu. Wir haben sehr gute Aussichten, hier von Bord zu kommen, auch wenn nach den Unruhen des vergangenen Jahres in Alexandria Emigranten nicht mehr hereingelassen werden.

Am nächsten Morgen, zwei Stunden bevor unser Schiff ablegt, betrachtet ein dicker Engländer unsere Pässe mit den roten Durchstreichungen, die annullierten und erneuerten Visa. Er gibt sie uns zurück und geht, ohne ein weiteres Wort, zum Kapitän; wir haben alle unsere Sachen in den Händen. Kurz darauf geht der Engländer, ohne anzuhalten, an uns vorbei und das Fallreep hinab. Wir steigen mit den anderen wieder in das Loch.

In Port Said kommen wir wieder nach oben, niemand darf von Bord. Jaffa ist auf der Vorbeifahrt ebenfalls geschlossen für uns. Wir sind vor Caïffa. Hier steigen 62 aus. Das Schiff wird aufgehalten durch die Verhandlungen mit der Hafenverwaltung. Es dürfen weitere 18 von Bord. In Beirut kommt ein Boot mit aufgeregten jungen Leuten, um ein greises Paar abzuholen.

Dann laufen wir unzählige Häfen an. Das Schiff wird beladen und entladen. In jedem Hafen steigen die Vertreter der jüdischen Gemeinde an Bord, entreißen manche diesem Verlies und lassen den anderen Lebensmittel zurück. Viel zuviel. Unsere Hände sind voller Brot, Süßigkeiten, Feigen in bunten Dosen.

Wir erreichen Piräus. Unser Schiff, bevor es ins Dock geht, lädt uns ab, wobei es uns auf zwei Boote desselben Typs aufteilt. Wir sind auf unserem nur fünfzehn Personen. Unser Schiff setzt alle Juden, außer uns, in Konstantinopel ab, und bei der Rückkehr in die Ägäis sind wir allein an Deck. Hier fängt ein unwirkliches Leben für uns an, ein Leben wie ein unendlicher Traum. Wir haben keinen Kohlenbunker mehr, es gibt für uns keinen Aufenthaltsort mehr. Wir sind geduldete Fremdkörper, das ist alles. Wir sind ständig auf dem offenen Deck, zwischen den Pollern und den schweren aufgerollten Tauen. Vor jedem Hafen werden uns die Papiere abgenommen, und wir werden eingesperrt mit dem in Zeichensprache gegebenen Versprechen, daß etwas für uns getan wird. Nach Beirut bekommen wir die Pässe nicht mehr zurück, und es wird uns nichts mehr versprochen. Wir können nichts mehr machen, wir erfahren nichts mehr über unseren Verbleib, wir haben keine Aussichten mehr. Immer haben wir das Meer vor uns, fast immer dasselbe warme und gleichgültige Meer. Wir kennen jeden Nagel auf dem hölzernen Deck.

Wir sind nicht mehr unruhig, wir reden nicht mehr miteinander. Wir nehmen einander nicht mehr wahr, aber wir wissen genau, wo jeder von uns in diesem Moment ist. Wir kümmern uns umeinander. Meine Frau sieht nach mir, achtet darauf, daß ich esse, daß ich die Wäsche wechsle; meine Mutter kümmert sich um die anderen. Mein Bruder und ich stellen die Koffer um und kümmern uns um die Schlafplätze.

Anfangs haben wir uns alle in einer Ecke des Decks zum Essen versammelt. Jetzt ißt jeder für sich, oder besser, es sind zwei Gruppen. Vielleicht zwei gegnerische Gruppen. Meine Frau und ich und die anderen, die bestimmt etwas gegen uns haben. Als mich eines Tages mein Gewissen überkam, wollte ich mich mit meiner Mutter aussprechen. Ich fing damit an, daß ich sie etwas wegen meines Bruders fragte, sie antwortete nur mit einer Kopfbewegung. Da fragte ich sie, ob sie sich über mich geärgert habe. Sie sagte: »Nein!« und hob den Kopf zu mir: »Warum hast Du uns hierher gebracht? Es wäre besser gewesen, uns dort vor Hunger verrecken zu lassen. Ich hatte da mein Auskommen ...«

Das einzige Wesen, das uns noch verbindet, ist mein kleiner

Neffe, der sich ganz verändert hat: Er hat schwarze Augen, groß und lebhaft wie lächelnde Dreiecke, seine Wangen sind voll und rosig. Er schafft auch die Verbindung zu der stummen Besatzung. Er ist immer auf dem Arm eines Matrosen, der gerade Pause macht.

Ich weiß nicht, wer den Einkauf der Lebensmittel erledigt. Aber ich bemerke, daß kaum noch welche gekauft werden. Der Vorratskorb ist oft leer. Die Matrosen, mit denen wir manchmal abends singen, bringen uns wohl etwas zu essen; ich erkenne ihr Blechgeschirr. Ich finde dieses Essen immer in einem anderen Winkel. Wir haben das Gefühl für Eigentum und eigenen Raum völlig verloren, wir sind nicht einmal mehr Nomaden. Tags bringen wir unsere Pakken irgendwo, im Hohlraum eines Krans, unter, abends machen wir sie auf, um darauf zu schlafen. Im Morgengrauen, wenn das Deck gereinigt wird, stehen wir schnell auf und raffen sie hastig zusammen. Wir haben bereits ein System, um alles schnell zusammenzulegen. Übrigens verlieren die Pakete mit unseren Sachen jeden Tag an Umfang! Eines Tages sehe ich, wie sich mein Bruder an unseren geöffneten Koffern zu schaffen macht. Er sucht Sachen aus, die darin sind. Dann macht er die Koffer zu und nähert sich mit dem größten Gepäckstück der Reling. Er wirft es über Bord ins Meer.

Vor dem Einlaufen in einen Hafen werden wir in einen Laderaum gesperrt; manchmal haben sie auch Vertrauen zu uns und schließen uns in eine Kajüte. Wir erkennen die Häfen wieder, die wir bereits gesehen haben, obwohl wir meistens nichts sehen als die gewölbte stählerne Bordwand eines anderen Schiffs, selten ein bißchen Landschaft, manchmal ein Dach, einen Hain, ein Boot, das zwischen zwei Schiffen hindurchfährt. Wir erkennen das Land, an dem wir bereits vorbeigereist sind, an den Gerüchen oder an den schrillen Schreien der Schauerleute, an den Rufen der Händler, die uns umkreisen, unsichtbar in ihren Booten. Das Schiff bleibt ein oder zwei lange Tage im höllischen Lärm zweier Kräne, die es erschüttern. Wenn uns etwas zu essen gebracht wird, geben wir jedes Mal einen Brief an den Kapitän mit: Wir fordern ihn auf, etwas für uns zu unternehmen.

Dieses Mal wird einer von uns abgeholt. Wir sind in Jaffa, und es besteht eine Hoffnung. Der Kapitän strahlt. Wir können wie Touristen von Bord, aber ein jeder von uns muß den Besitz einer bestimmten Summe vorweisen. Die haben wir nicht. Ich komme trotzdem zurück und frage meinen Bruder und meine Frau, die unser Geld bei sich haben. Wir zählen. Nicht mal für eine Person haben wir genug.

Vielleicht hätten wir am Anfang der Reise hinreichend gehabt, um sogar zweien von uns den Gang von Bord zu ermöglichen, aber obwohl wir für unsere Ernährung fast nichts ausgeben und die Reise nicht bezahlen, ist unser Geld dahingeschmolzen. Mein Bruder wechselt sein Geld in jedem Hafen, in dem eine vage Aussicht besteht herauszukommen, in die Landeswährung. Er hat schon eine ganze Sammlung. Ein dickes Bündel bunter Scheine. Er zählt das Geld oft, ordnet es in Bündel und legt sorgfältig die Ecken der Pfund, der Drachmen, der zerschlissenen Lira übereinander.

Eines Tages sehe ich ihn auf den Tauen in einer einsamen Ecke sitzen, sein Bündel öffnen, zählen. Dann verharrt er einen langen Moment und blickt vor sich hin. Er bewahrt weiter seine Energie, wie meine Frau, die ständig Strümpfe stopft, Wäsche ausbessert, irgend etwas reinigt. Die Energie meines Bruders arbeitet jetzt in seinem Inneren. Sicherlich denkt er sich etwas aus. Manchmal versucht er, mir davon zu erzählen, aber schnell wird ihm klar, daß ich ihn schlecht verstehe, und seine Stimme versiegt langsam. Jetzt sitzt er da, starrt vor sich hin, steht dann plötzlich auf und geht weg, wobei er das Bündel auf den Tauen liegen läßt. Ich nehme es auf und trage es zwei Tage mit mir herum. Am Abend, als wir alle zusammen sind, stößt mein Bruder einen kleinen Schrei aus und faßt sich an die Brust. Alle erbleichen:

»Was hast du?«

Ich gebe ihm das Geld zurück.

Als wir mal wieder in Piräus ankommen, werden wir geholt, wir sollen unsere Sachen einsammeln, ein Boot erwartet uns. Wo werden wir hingebracht?

Mit Hilfe ich weiß nicht welcher Kombination ist es den Griechen gelungen, uns loszuwerden, indem sie uns auf ein kleines französisches Schiff desselben Typs schaffen. Und wir legen ab.

Hier wird unser Leben etwas anders: Wir können mit den Matrosen sprechen, vielleicht kommen sie uns aus diesem Grund interessanter vor, individueller: Die griechischen Seeleute waren für uns alle gleich. Es sind junge dabei, die gern mit uns reden, es ist da eine junge Frau, die so schön »Si, Monsieur!« sagt, ein italienischer Matrose, der uns neapolitanische Lieder beibringt. Wir leben ein paar Tage lang auf. Aber das monotone Leben erfaßt uns wieder. Wir sinken bald in dieselbe Apathie zurück.

Das Wetter verändert sich fast nicht. Ich habe genug vom schönen Wetter. Ich mag Unwetter. Die Leute verkriechen sich. Dann lebe ich auf. Ich fühle mich ganz bei mir, wenn die Dünung an Deck schlägt. An die Reling geklammert, erwarte und empfange ich das fliegende Wasser im Gesicht und lache zufrieden. Mit der Möglichkeit, daß hinter mir kein Mensch mehr ist. Weggefegt, verschlungen von den Wellen. Vielleicht ist da gar kein Schiff mehr, nichts mehr, kein Leben mehr.

Auf dem Schiff sind ein paar Reisende. Aber wir sind getrennt von ihnen durch ein Gitter, an dem mein Bruder ungeduldig auf- und abgeht. Andere Passagiere an Deck gibt es nicht, weil das Deck, bis auf den Durchgang, mit Fässern und Kisten beladen ist.

Der französische Kapitän mit fröhlichen blauen Augen versucht an allen Häfen der Ägäis erfolglos, uns von Bord gehen zu lassen. Die Unterredungen zu diesem Ansinnen sind kurz. Es wird abgelehnt. Wir fahren in unserem kleinen Leben fort, wir suchen schon kein anderes mehr. Wenn wir derart allein sind, dann ist es diesmal unsere Schuld. Die französischen Seeleute zeigen sich herzlich. Sie kommen und berichten von den uns betreffenden Unterredungen des Kapitäns und geben uns ungewöhnliche Ratschläge. Einer, der zu schnell redet, was meinen Bruder wütend macht, weil er in diesem Tempo nichts versteht, sagt mir, daß wir in Marseille auf ein anderes Schiff gesetzt werden, das versuchen wird, uns in Danzig als Polen abzusetzen; sind wir denn nicht »Polen«? (Die Juden sind hier für alle Leute Polen.)

Wir laufen Brindisi an, wir laufen die nordafrikanischen Häfen an. Wir sind immer dieselben. Alles ist gleich um uns herum, als uns bei Korsika ein Unwetter erfaßt. Alle sind seekrank. Sogar den Matrosen geht es schlecht, und am Morgen, beim Einlaufen in Marseille, sind alle geschwächt, alle Passagiere sind an Deck. Ich betrachte sie durch das Gitter. Mit einemmal erkenne ich einen Mann, der am Gitter steht: der liebenswerte Mann! Ich stoße einen Freudenschrei aus. Auch er freut sich. Und er ist sehr ernst. Er sagt, daß er »oft an uns gedacht« hat.

»Und wohin reisen Sie?« fährt er fort.

»Nirgendwohin.«

Ich erzähle ihm unsere Reise. Er ist sehr betroffen. Er sagt, daß er mit dem Kapitän sprechen wird, den er kennt, daß er einen Versuch beim Hafenkommissar unternehmen wird. Die Matrosen auf beiden Seiten des Gitters hören auf zu arbeiten und umringen uns. Sie reden dem liebenswerten Mann gut zu. Man hört: »Wie!« »Was!« Diese Leute, die unsere Lage so wenig zu rühren schien, haben viel gesehen, sie erzählen es dem liebenswürdigen Mann, sie sagen:

»Die werden getrieben wie Tiere bei der Jagd!«

Wirklich, sie haben viel Mitgefühl, und das haben sie gut verborgen hinter ihrer achtlosen Art, hinter ihrem »ist doch mir egal«.

Ich sage meinen Leuten nichts, als wir in die Kajüte geschlossen werden, um ihnen eine weitere Enttäuschung zu ersparen. Sie erhoffen sich nichts von diesem Hafen, mein Bruder hat kein Geld gewechselt, meiner Mutter wäre es am liebsten, wenn das Schiff schnellstens wieder in See stäche: Sie hat einen Schal an Deck gelassen, er könnte gestohlen werden.

Wir gehen in Marseille von Bord. Der liebenswerte Mann geht voran. Er weist den Zöllner darauf hin, daß in unserer Familie eine Frau krank ist. Wir werden vor den Passagieren der ersten Klasse durchgelassen.

Ich habe große Lust, den liebenswerten Mann zu umarmen, und traue mich nicht.

Kapitel XXIV
Die Arbeit

Wir stürzen uns von neuem in wilde Aktivitäten: Wir packen unsere Sachen ein und wieder aus, wir laufen, um den Zug zu erreichen, wir warten in den Bahnhöfen, wir nehmen muffige Hotelzimmer, wir wechseln in noch schlechtere. Wir haben es eilig, getrieben von der Hoffnung, und trotz allem bin ich ängstlich. Ich fürchte nicht mehr den Tod wie früher, ich habe Angst vor diesem unruhigen Leben, der Enge in einem Waggon voller heimwehkranker Araber, die rauchen und ausspucken, vor der unerträglichen Luft, die meine Schwägerin husten läßt, vor dem nächtlichen Umsteigen in Lyon bei heftigen Windböen, vor dem Bahnhof in Paris mit seinen Gongs, seinen Ansagen, seinem betäubenden Lärm, vor dem Bahnhof, wo alles mit sicherem Schritt irgendwohin geht und uns dabei anrempelt, uns, die wir in der Mitte unentschlossen stehengeblieben sind wie eine Gruppe armseliger Schiffbrüchiger. Wohin gehen? In welches Hotel? Haben wir genug Geld?

Aber die Fahrt im roten Taxi durch die Straßen von Paris verschafft uns Ruhe. Sie sind so vertraut, auch die großen Avenuen, auch die großen Durchblicke, die sich uns im Vorbeifahren öffnen! Wie Genesende brauchen wir das, diese Atmosphäre von Hell und Dunkel, von Dämmerstimmung trotz der milden Sonne; diese Stimmung eines alten Stichs, dessen Weiß vergilbt und dessen Schwarz verblaßt ist. Die grauen Steinhäuser, die schmalen Bäumchen, die dunkle Kleidung der Jungen und der Alten. Wir verspüren keine Überraschung: Irgendwo haben wir das alles in der Vergangenheit schon einmal gesehen, diese so einfache und so menschliche Stadt.

Während wir unser Gepäck in einem großen Zimmer eines ganz kleinen Hotels abstellen, strahlt mein Bruder:

»Das ist ein Land, wo es sich leben läßt! Hier fängt das Leben an ... Du wirst sehen ...«

In dem Zimmer ist alles alt, aber sauber. Ein starker Geruch, wie von Pfeffer. Meine Schwägerin hustet. Mein Bruder geht zwischen den beiden großen Betten auf und ab, die Hände tief in den Taschen:

»Heute ruhen wir uns aus, aber morgen ...«

Am nächsten Morgen hat meine Schwägerin hohes Fieber, sie beruhigt uns: Das ist nur die Anstrengung der Reise. Mein Bruder und ich brechen auf, um Arbeit zu suchen. Wir sind mehrere Tage unterwegs und kommen jedes Mal bedrückter nach Hause. Wir treffen Impresarios, dicke Kaufleute oder junge elegante Menschen, die schwer sitzen oder betont lässig durch ihre Büros schlendern, alle sehr beschäftigt. Sie sind liebenswürdig, alle finden unsere »Art zu singen äußerst interessant«, sie sagen uns, wir sollen am nächsten Tag wieder ins Büro kommen. Jedes Mal überreicht uns eine elegante Sekretärin als Antwort eine Mitteilung. Wir werden den Saal, das Licht, das Klavier, die Begleitung und deren Probenarbeit, die Plakate, die Fotos, die Verteilung der Freikarten (der Saal muß beim ersten Mal voll sein) zu bezahlen haben.

Wir haben kein Geld, und selbst wenn wir welches hätten, wäre uns eine solche Organisationsarbeit zuwider, auch wenn uns die Agenten versichern, daß »alle in Paris so anfangen«.

Wir suchen Kollegen, jüdische Schauspieler. Wir finden welche, die uns ein Konzert in einem kleinen jüdischen Theater organisieren. Auf dem Heimweg in der Nacht wird mir klar, daß uns mit einem rappelvollen Saal und bei der großen Mühe, die wir uns gegeben haben, und trotz der Anstrengungen der jüdischen Künstler nicht mehr bleibt als eine ganz geringe Summe. Ich sage davon meinem Bruder nichts, der selber nur den Erfolg gesehen hat – er war großartig – und nun laut träumt: die großen Tourneen »Berlin – London – New York«. Beim Zuhören denke ich an meine Schwägerin, die heute 39° Fieber hatte, an das Zimmer, das übermorgen bezahlt werden muß. Ich erinnere mich mit Zufriedenheit der Bekanntschaften, die ich im Konzert gemacht habe, eines dicken Pelzhändlers, der mir, während er lange meine Hand in seiner dicken feuchten Hand hielt, mit mitleidigem Blick sagte:

»Wenn Sie irgend etwas brauchen ... also, hier meine Adresse.«

Weiter denke ich an den jungen Arzt, der mir vorgestellt wurde als der »großartige Erfinder eines Serums gegen die Tuberkulose«.

Diese Erinnerungen vertreiben meine schlechte Laune, ich höre meinem Bruder, der weiter frohlockt, besser zu. Ich sage meiner Mutter, die uns begleitet:

»Es wird schon gehen!«

Auf der Treppe zu unserem Zimmer sind wir fröhlich. Wir hoffen, daß es meiner Schwägerin besser geht. Es geht ihr sehr schlecht. Eine Nachbarin, ein armes schüchternes Mädchen, leistet ihr Gesellschaft.

Am Morgen gehe ich zu dem Arzt, der mir gestern Abend vorgestellt wurde. Er gibt mir eine Einweisung ins Hôpital Saint-Louis, wo er tätig ist. Mein Bruder hat ein wichtiges Gespräch für den kommenden Tag, und ich bin es, der meine Schwägerin zum Arzt begleitet.

Sie ist blaß, aber sehr schön. Es ist heiß draußen, und sie hat ein leichtes weißes Kleid angezogen, ihr bestes Kleid. Es tut mir im Herzen weh, als ich ihr in die Straßenbahn helfe: Sie ist so leicht, sie wiegt fast nichts. Es ist mir unangenehm, sie zu begleiten, das Gefühl ihrer Zerbrechlichkeit zu spüren, zu wissen, daß alles sie verletzt und alles ihr schadet: üble Gerüche, Staub, Hitze, Erschöpfung. Die ganze Zeit wache ich über ihre Miene, weil alles an ihrem Gesicht abzulesen ist. Ich wache über sie, und ich überwache alles um sie. Ich möchte den Leuten auf der Plattform sagen: »Rauchen Sie nicht!«, »Stoßen Sie sie nicht an!«; zu den Leuten, die sitzen: »Lassen Sie ihr den Platz, sehen Sie denn nicht, wie erschöpft sie ist, glauben Sie nicht, daß sie sterben wird, daß ein Windstoß sie fortreißen kann!«

Bevor wir durch das Portal von Saint-Louis eintreten, weicht meine Schwägerin zurück. Wir gehen durch unzählige Innenhöfe. Schließlich sind wir da, diese Abteilung, diese Tür.

Es ist im Erdgeschoß, gleich beim Eingang. Ein großes, staubiges Zimmer mit Fliesenboden. Es ist leer. In einer Ecke eine Tragbahre mit breiten Riemen, noch ein paar Gegenstände dahinter, die aussehen wie Folterinstrumente. Kein Stuhl, keine Bank. Und der

Raum ist leer; dabei ist es doch genau der, den uns der Doktor genannt hat. Ab und an gehen elegante junge Schwestern vorbei; in weiße Kittel gekleidete Männer begleiten sie. Manche von ihnen haben keine Nase oder tragen einen Verband im Gesicht. Sie unterhalten sich, sie lachen. Sie sagen uns, wir sollen warten: *Er* wird bestimmt kommen. Derweil treffen die anderen Kranken in dem leeren Zimmer ein. Sie erklären mir, daß der Impfstoff des Doktors alle Krankheiten bekämpft, auch die Syphilis. Wir sind bei den Syphilitikern. Meine Schwägerin hat Angst vor Kontakt, vor Berührungen. Wir gehen hinaus und setzen uns auf einen Stein im grünen Hof. Ich traue mich nicht, meine Schwägerin anzusehen. Sie hat Angst bekommen. Warum bin ich nicht stark und reich genug, um ihr den Anblick dieser Versehrten zu ersparen, dieser stehend Sterbenden, die in dem Hof herumgehen und ohne Lächeln scherzen!

Einer von ihnen sagt säuerlich:

»Da ist er ja, der Spritzenhändler ...«

Es ist der Doktor, den wir kennen. Er kommt gleich auf uns zu und gibt uns die Adresse einer Apotheke, wo wir das Serum für die Spritzen bekommen können, die er meiner Schwägerin geben wird.

Wir gehen los. Wir kaufen das Serum nicht. Ich muß das Geld auftreiben. Sie muß gesund werden!

Meine Frau geht gerne mit mir mit zu dem dicken Pelzhändler. Sie will arbeiten, sie wird jede Art Arbeit annehmen. War sie nicht Köchin?

Die Frau des Pelzhändlers, so dick wie ihr Mann, zeigt meiner Frau ihre dreißig Kleider. Währenddessen läßt mich ihr Mann die Wohnung besichtigen. Dann zieht er mich zu einem breiten Sessel, läßt mich Platz nehmen, bietet mir eine Zigarette an und sagt mir, daß meine Frau bei ihm Arbeit haben wird: Er kennt sich aus mit Menschen, sie wird gut verdienen. Dann, nach einem kurzen Zögern, wendet er sich an mich:

»Warum denken Sie selber denn nicht daran? Künstler zu sein ist sehr schön, aber ...«

Ich unterdrücke den Impuls aufzubegehren, aber ich wage nicht mehr, ihn um das bißchen Geld zu bitten, das ich von ihm hatte leihen wollen.

Nach zwei Tagen hat meine Frau ihre ersten zwanzig Francs beim Pelzhändler verdient. Am nächsten Tag gehe ich mit. Ich werde es auch mal versuchen. Nur vormittags, bis Mittag. Die Arbeit, die sehr einfach ist, nimmt mich in Anspruch. Mein unruhiger Geist ist froh, daß er ruhen kann, meine Hände tun ihren Dienst gut, sie erweisen sich als geschickt. Nach zwei Monaten kenne ich den Schnitt und die heikle Arbeit des Abziehens. Meine Frau handhabt die Nähmaschine wie eine gelernte Schneiderin. Der Pelzhändler ist zufrieden. Er sagt mir:

»Lassen Sie sich nieder! Ich gebe Ihnen so viel Arbeit, wie Sie brauchen. Ich suche Ihnen eine Werkstatt.«

Wir wohnen und wir arbeiten in einer eigenen Werkstatt. In einer kleinen Straße voller Schlaglöcher ein großes altes Haus mit mehreren Etagen. Auf den dunklen Bogen des Eingangsportals folgt ein lichter Hof, der eher eine Gasse zwischen zwei Reihen gleichartiger Werkstätten ist.

Zweiundzwanzig Ateliers à vier mal sieben Meter, mit Wasser, Gas, Strom und Starkstrom. Die Wände, die Decke, der Boden, alles ist aus Beton. Alle Ateliers haben die gleiche graue Tür, das gleiche Fenster mit der matten Scheibe, ein Schild mit einer Nummer. Alles ist grau und neu, alles ist wie der betonierte Hof, alles in kargem Zement. Wenn man von dem heruntergekommenen Haus absieht, hat der Hof die Gleichförmigkeit eines Gefängnisses. Man lebt hier wie im Gefängnis. Zweiundzwanzig Handwerker mit ihren Frauen, und oft mit ihren Familien, arbeiten hier Tag und Nacht, mühen sich ab, ohne eine Minute zu verlieren, im Bann des unglaublichen Anstiegs der Aufträge, die alle eilig sind. Über den beiden Reihen mit Werkstätten gibt es schon zwei weitere in der ersten Etage, große, beinahe fertig. In unserem Hof haben wir einen Luxusschuster, ein sehr dunkler alleinstehender Grieche; einen Schuster für geflochtene Schuhe, ein zum Skelett abgemagerter Armenier mit seiner Frau, einer kugelrunden Französin, ihrer

Schwester und ihrer alten Mutter; einen Kunsthorndrechsler, ein junger Franzose mit goldenen Zähnen, der niemals schläft und der die ganze Nacht mit seinen Arbeitern Soldatenlieder singt; einen Stoff-Dekorateur, Pole mit spitzer roter Nase; einen spanischen Sticker mit seiner Schwester, einem alten Mädchen, das lächelt und rote Haare hat; einen Postkartendrucker, alter, in sich gekehrter Franzose, der sich niemals von seinem Regenschirm noch von seinem runden Hut trennt, auch wenn er sperrige Pakete zu tragen hat; eine Handtaschenwerkstatt, ihr Eigentümer ist ein polnischer Jude, der mit einer ganzen Familie von Rotschöpfen arbeitet; einen beinahe schwarzen Italiener, der Fest-Artikel aus Buntpapier herstellt, und noch andere mehr.

Wir arbeiten viel. Am Tag zu arbeiten ist normal. Aber wenn man Geld braucht und soviel Arbeit hat, wie man nur will, dann macht man in der Nacht weiter …

Wie alle, die um uns herum in dem Hof sind, hat uns dasselbe Räderwerk erfaßt. Nach dem Abendessen, das schnell erledigt ist, hat man wieder Kraft. Und diesmal zählt nicht mehr das Geld, sondern die Arbeit selbst macht einen trunken. Gegen zehn Uhr hält man sich kaum noch aufrecht, aber wenn man an diesem für die Kräfte wichtigen Punkt nicht aufgibt, macht man weiter. Vielleicht ist es genau diese Müdigkeitstrunkenheit, die es zuläßt, bis Mitternacht weiterzumachen. Dann sagt man sich: »Das mache ich noch fertig, noch eine Viertelstunde.« Dann vergißt man es. Es wird ein Uhr, es wird zwei Uhr, man liebt die Arbeit, die von allein weitergeht in der Ruhe der unendlichen Nacht, in einer Illusion von Freiheit, man hat sogar den Einruck einer besonderen Klarsicht, man glaubt, tief zu denken, während die Arbeit vorankommt. Aber es bleibt ein Gedanke im Sinn hängen, ohne weiterzuführen, und man denkt nicht mehr, man sucht nicht mehr, man wird zur Maschine, die ständig schneller macht, und man bedauert, daß die bläulichrote Morgendämmerung gekommen ist. Man legt sich für zwei Stunden hin, aber man kann nicht mehr schlafen; im Liegen schaut man gern die Sonnenflecken auf den ungeputzten Fenstern an, man mag diesen Erschöpfungszustand, man denkt dann an zehn Dinge auf einmal und interessiert sich für keines mehr wirklich. Man fühlt sich frei: »Niemand kann mir einen Vorwurf machen, ich habe mich bis zum Letzten abgerackert: Kann man einem Mann, der sich umbringt, einen Vorwurf machen?« Ich lächle, weil dieser Gedanke mit seinem weinerlichen Beigeschmack falsch ist. Ich bin zufrieden. Ich habe gute Nachrichten von meiner Schwägerin erhalten, die in ein Sanatorium gefahren ist: Die Thoraxdrainage, der man sie da unterzogen hat, hat Erfolg gehabt. Der Kleine wächst, er ist fröhlich, seine Stimme erklingt überall, alle mögen ihn. Mein Bruder ist auf Tournee. Recht hat er. Hier hat er sich mit allen Leuten herumgezankt. Mich läßt er übrigens auch links liegen. Er schickt weder Briefe noch Geld. Bloß Fotos von sich, die Plakate, die Zeitungsausschnitte, wo von ihm die Rede ist. Er »kommt groß raus«! Schade, daß er mit jedem Tag nervöser wird ... Der letzte Brief ist aus Berlin. Warum singt er im Varieté? Wie auch immer, er singt jedenfalls ... Ich muß aufstehen. Ich werde nicht mehr schlafen ...

Es lief gut, und dann geht es wieder schlechter.

Die großen Werkstätten im ersten Stock sind fertig. Es zieht dort eine Kunstperlenfabrikation ein. Der Eigentümer dieser Fabrik kommt mit seiner Familie in einem dicken, sehr langen Auto an. Madame Petit ist eine alte ausgetrocknete Frau, die sich mit Pelzen und Juwelen schmückt. Monsieur Petit und sein Sohn sind zwei Klötze roten Fleischs auf winzigen Füßen in geckenhaften Hosen und grauen Gamaschen. Die Geliebte des Vaters ist eine große Blondine, die genauso dick ist wie die Männer, aber schön.

Die Familie schreitet langsam durch den Hof, der Vater vorneweg. Er liest die Namen an den Türen; mit einem Blick in unser Atelier sagt er laut:

»Was macht denn dieses Pack hier?«

Der Kunsthorndrechsler, der gerade bei uns ist (er ist sehr lustig und gesellig, er kommt zu jedem auf ein Schwätzchen), geht hinaus und sagt:

»Eh, du fetter Blutegel, die erarbeiten hier ihren Lebensunterhalt!«

Monsieur Petit antwortet nicht, hat jetzt aber etwas gegen uns. Beim Einzug in sein Atelier läßt er Kisten und Glasballons bei uns stehen, so daß sie unser Fenster verstellen, und räumt sie nicht fort; jeden Tag, wenn er an unserer Tür vorbeikommt, kann er es sich nicht verkneifen zu brummeln:

»Dieses Pack, diese Schmarotzer, bei uns, in Frankreich!«

Eine ganze Menge junger Mädchen arbeitet bei ihm. Er nimmt nicht jede, er sucht die schönsten aus. Sie fangen schüchtern an, werden aber bald ganz keß. Sie ahmen ihren Chef in seinem Haß auf uns nach, und wir müssen zu den Tageszeiten, wenn sie vorbeigehen, trotz der Hitze die Tür schließen. Kleinigkeiten, die aber Gift verbreiten.

Dann kommt mein Bruder aus dem Ausland wieder. Ich bin froh, auch wenn er ohne Geld ist. Aber er macht mir angst mit seinen großartigen Projekten. Zum Beispiel will er den größten Saal von Paris, das Trocadéro, anmieten und es ihnen da mal zeigen ... Ich frage mich, *wem?* Er erzählt, er habe viele Feinde, die sich gegen ihn verschwören.

»Aber ich werde siegen ...«

Meine Mutter sieht ihn mit Bewunderung an; mir dagegen macht er angst. Ich finde ihn sehr verändert, er ist abgemagert, er ist nervöser denn je. Ich schlage ihm vor, für ein paar Tage aufs Land zu fahren, seine Frau zu besuchen. Er zeigt eine merkwürdige Reaktion. Er wirft mir einen mißtrauischen Blick zu und sagt, seine Frau brauche das Land nicht mehr und werde nach Paris zurückkommen.

»Das wirst du nicht tun!«

»Ist schon passiert. Ich habe ihr telegraphiert. Sie kommt heute abend.«

Mein Bruder und seine Familie beziehen das Zimmer im zweiten Stock. Meine Mutter wohnt jetzt bei uns. Ich baue einen kleinen Raum. Einer ist da schon für die Küche.

Ihr Zimmer ist nicht schlecht, das Fenster ist groß, aber es öffnet sich auf diese staubige schlecht gepflasterte Straße. Unser Vermieter erlaubt den Kindern nicht, im Hof zu spielen, also bleiben sie vor dem Haus auf der Straße, wo sie mit den Kinderbanden des Viertels herumschreien und Staub aufwirbeln. Ich mache mir Sorgen:

»Wie kann sie hier atmen? Wie hält sie das Geschrei aus? Das Fenster schließen? Dabei muß es Tag und Nacht geöffnet bleiben ...«

Ich beuge mich aus dem Fenster, ich suche nach einer Lösung. Aber kann man denn Kindern verbieten zu spielen? Dabei ist das ja nicht das Schlimmste. Der Stoff, aus dem die Kunstperlen hergestellt werden, füllt die Luft mit einem süßlichen Geruch, der schon mir den Atem verschlägt. Ich sage das meinem Bruder, aber er hat nichts gerochen.

Also sehe ich zu, daß ich mich an meine Arbeit mache. Ich arbeite noch verbissener als jemals. Ich gehe möglichst nicht hinaus. Meine Frau macht die Auslieferung. Die Pakete sind groß, aber nicht schwer. Wir arbeiten und haben keine Ablenkung, außer manchmal abends, wenn Freunde zu Besuch kommen. Wir machen mit unserer Arbeit weiter und plaudern mit ihnen.

Neulich hat uns Vikhriaiev besucht. Wir hatten ihn schon seit zwei Monaten nicht mehr gesehen. Er wirkt sehr boshaft, aber wenn man ihn reden läßt, erzählen, dann ändert sich dieser Gesichtsausdruck und wird beinah gut. Er wirkt immer, als sei er gerade aus dem Krankenhaus entlassen. Sein abgetragener Anzug ist stets knittrig, seine Haut ist gelb, kränklich. Dieses Mal möchte er eine Erklärung für sein Pech. Er kann alles: Er ist Agraringenieur, Sänger, Koch, Dekorateur, und trotzdem gelingt es ihm nicht, sich einen Anzug oder Wäsche zu leisten oder sein Zimmer zu bezahlen. Jetzt hat er ein Zimmer, in dem es ihm seine Größe nicht erlaubt, mehr als zwei Schritte zu tun. Der Rest des Zimmers ist Dachschräge. Bei uns geht er die ganze Zeit auf und ab und sucht den Grund für seinen Mangel an Glück, gefunden hat er: Seine »Geschäfte« hören nie auf einen Schlag auf, sie gehen langsam ein, wenn sie mal richtig scheiterten, würde er etwas anderes suchen, aber es zieht sich immer hin ... Diesmal hat er eine Hoffnung, er hat schon beinah ein System fürs Roulette gefunden. Er muß noch ein bißchen daran arbeiten. Wenn er ein Zimmer hätte, in dem er sich bewegen kann ...

Und er beneidet uns, seine Augen glänzen vor Neid: Eine Werkstatt haben wie unsere ...!

Beim Gehen schüttelt er mitleidig seinen mageren, ergrauten Kopf:

»Und ihr, ihr arbeitet ständig und seid noch immer nicht reich!«

Als er gegangen ist, sagt meine Frau:

»Er tut mir derart leid, daß ich ihn nicht mehr sehen mag, ich möchte nicht mehr, daß er kommt.«

Und den ganzen Abend weint sie.

Allgemein mag es meine Frau nicht, wenn man uns bei der Arbeit stört. Sie arbeitet immer, wenn sie einen freien Moment hat, macht sie Abrechnungen: »Wir schulden«, »uns schulden ...«, »im nächsten Monat kriegen wir«, »nehmen wir mal an ...«

Heute kommt sie vom Hof herein und warnt mich ironisch vor: »Besuch.«

Als ich erfahre, wer kommt, sage ich ihr wütend, daß sie nichts ist als eine scheinheilige Spießerin ...

Weil ich weiß, daß sie gleich die Dame, die kommt, umarmen wird. Es ist eine Wienerin, nach der Arbeit verläßt sie sonst nicht das Haus, weil sie nicht weiß, wohin sie gehen soll. Sie sagt es schüchtern, naiv. Sie sagt meiner Frau, daß sie bei der Arbeit helfen und alles tun würde, was man von ihr verlangt, Hauptsache, daß wir sie dulden, daß wir ihr erlauben, von Zeit zu Zeit zu kommen. Sie ist ganz allein. Sie hat eine große Familie in Wien. Nur kann sie dort nicht arbeiten, wo man sie kennt, sie ist aus gutem Hause. Also ist sie zum Arbeiten nach Paris gezogen, mit ihren zarten Händen nagelt sie in einem Keller Kisten zusammen, sie transportiert diese schweren Kisten, ja! Sie lächelt. Sie sieht meine Frau an und fügt hinzu:

»Mir geht es schlecht. Ich habe Angst vor allem. Ich würde gern Leute kennenlernen, auch auf der Straße, aber ich habe Angst ...«

Als sie in der Nacht um halb eins geht, um noch die Metro zu erwischen, brummt meine Frau:

»Warum sind es nur Unglückliche und Arme, die uns besuchen?«

»Die Pechvögel gehen zu Pechvögeln ...«

»Die sind keine Pechvögel, die sind faul!« gibt meine Frau zurück, und ihre Maschine arbeitet schneller als zuvor.

Kapitel XXV
Paris

So ist meine Schwägerin wieder in Paris, im Zimmer im zweiten Stock. Ihr Mann sagt, sie sei gesund. Dabei geht sie alle zwei Wochen zu einem bekannten Arzt, der ihr eine Thoraxdrainage macht und nur hundert Francs pro Sitzung verlangt. Sie verbirgt ihre Blässe unter Rouge, sie malt sich die Lippen an und begleitet jeden Tag ihren Mann bei seinen Bemühungen um Konzerte. Aufrecht und still schleppt sie sich hinter ihm her, der sich zu ihr umwendet und beständig und sehr aufgeregt auf sie einredet. Meiner Ansicht nach zehrt diese ständige Erregung meinen Bruder auf, sein Kopf ist stark abgemagert, seine grauen Augen sind so tief unter die Brauen gesunken, daß sie schwarz aussehen.

Außerdem sind hier alle nervös und erregt. Wir sind unvorstellbar zusammengepfercht; die Hitze glüht durch den aufgeheizten Beton; der dichte Staub macht die ohnehin schon schwere Luft noch stickiger; der zum Erbrechen süße Geruch von der Fabrikation falscher Perlen klebt in den Lungen. Man kann gar nicht anders, als von jedem, der da ist, von jedem Schritt gestört zu werden.

In unserer Werkstatt sind wir auch nicht ruhig. Wir können uns nicht mehr in Ruhe an unserer auslaugenden Arbeit berauschen. Meine Mutter kocht hier hinter einer Holzwand; es gibt kein Fenster und auch nicht genug Licht; sie kocht da vom Morgen bis zum Abend auf einem Gaskocher, für den Kleinen, für meinen Bruder, für seine Frau, für sich und für uns. In den Ecken stapeln sich Töpfe, Schüsseln und Geschirr; hier ist Platz kostbar. Und auch meine Frau muß ständig etwas aufwärmen, den Klebstoff, die Bügeleisen. Jedes Mal, wenn meine Frau hinter die Holzwand geht, ahne ich die gefährlichen Reibereien dahinter, die kleinen Stichflammen von Streit, die auflodern wie Zündhölzer und die mir angst machen. Eines Tages bricht hinter dieser Wand ein Feuer aus. Es gelingt mir, es zu löschen, indem ich Pelze auf den Herd werfe. Meine Frau und meine Mutter beschuldigen sich gegenseitig mit einem Nachdruck, der mich verstört. Ich beruhige sie, so gut ich kann. Ich sage, daß ein Brand Glück bringt. Aber ich lebe weiter unter der Bedrohung neuer Streitigkeiten. Seit der Ankunft meines Bruders und seiner Frau schläft meine Mutter bei uns. Ihre gesamte freie Zeit verbringt sie oben bei den anderen; jedes Mal, wenn sie wieder herunterkommt, wirkt sie noch verdrossener; sie ist verärgert. Abends setzt sie sich vor die Tür, in die Dunkelheit des leeren Hofs. Wir hören sie seufzen; wie sie übrigens die ganze Nacht über seufzt, wenn sie im Bett liegt. Manchmal weint sie. Dies Weinen und Seufzen geht meiner Frau auf die Nerven. Ich gehe hinaus und frage meine Mutter, warum sie weint. Sie sieht mich mit den Augen voller Tränen an und sagt:

»Ich habe Grund genug, warum und weswegen ich weine ...«

Diese Schwierigkeiten werden von Tag zu Tag schlimmer. Ich rette mich nachts in meine Arbeit, wobei ich versuche, so wenig Geräusch wie möglich zu machen, um meine Mutter nicht zu stören, die so schlecht schläft. Eines Nachts wacht sie aber auf, sie folgt mit den Augen meinen mechanischen Bewegungen, steht unvermittelt auf, kleidet sich an und geht. Ich folge ihr, sie steigt hinauf zu meinem Bruder. Am Morgen kommt sie nicht wieder herunter. Ich gehe hinauf zu ihr. Sie sagt, daß sie dem Leben, das ich führe, nicht mehr ruhig zusehen kann:

»Sieh dich im Spiegel an ... Du bist nur der Schatten deiner selbst. Es ist deine Frau, die dich so ein Leben führen läßt ...«

Vielleicht hat sie recht. Ich arbeite zuviel. Ich fühle mich müde davon, immer aufrecht zu stehen. Beim Gehen spüre ich jeden Schritt, den ich tue, jedes Gewicht, das ich hebe. Mein Bruder, der bei dem Gespräch dabei ist, lächelt boshaft:

»Für das, was du verdienst ...«

Aber wie sollte ich es sonst machen? Mein Bruder verdient manchmal eine große Summe. Ein, zwei Tage lang wird gefeiert. Er gibt Geld großzügig aus. Der Tisch biegt sich unter Vorspeisen und Süßigkeiten. Mein Bruder ist liebevoll, fröhlich, hoffnungsvoll. Dann geht der Rest des Geldes für neue Vorbereitungen und neue Konzerte drauf. Über mein Bügeleisen gebeugt, rechne ich:

»Jetzt, am kommenden 15. Juli wird die Miete fällig: 650 Francs für das Zimmer, 1.050 Francs für die Werkstatt, zusammen 1.700 Francs, zuzüglich Nebenkosten, Gas, Strom ... Ich zahle meine Miete immer am Stichtag. Ich bringe sie sogar am Vorabend. Aber diesmal? Mein Chef betont, daß ich mehr verdiene als alle seine Lohnarbeiter; aber die Miete frißt die Hälfte des Geldes weg, das ich so mühsam verdiene. Wenn ich um eine Stundung bäte? Aber meine Vermieter (es sind zwei Brüder) sind so kurz angebunden und unnahbar! Sie haben mir gegenüber immer Herrschaftsallüren. Der ältere schweigt jedesmal und sieht zu Boden. Der jüngere sagt kein Wort zuviel, aber jeder seiner Sätze fängt an mit: »Bei uns in Frankreich ... Wir Franzosen«, und er sieht mir mit einem Lächeln auf den schmalen Lippen, mit einem ganz eigenen Lächeln direkt in die Augen.

Mein Bruder kommt oft in meine Werkstatt, aber er bleibt nicht lange: Die Gerüche von Leder, von Klebstoff, von Gas stören ihn. Während der paar Minuten, die er bleibt, spricht er nur von sich; und wenn er sich mal erinnert, daß auch ich ein Sänger bin, dann auf eine Art, die mich kränkt. Er erzählt mir, daß unser gemeinsamer Freund, auch ein Künstler, ihn gefragt hat:

»Es heißt, Ihr Bruder macht sehr schöne Pelze?«

Ich glaube, daß mir mein Bruder weh tun will, wenn er mir das erzählt. Er rächt sich dafür, daß ich schlecht zuhöre, wenn er von seinen Erfolgen berichtet. Aber müßte ich nicht, um ihm zuzuhören, um begeistert zu sein, wie er es sicherlich gern hätte, weniger erschöpft sein? Vielleicht meint er, ich glaubte nicht mehr an ihn. Er irrt sich: Ich weiß, daß er ein außergewöhnlicher Künstler ist. Er hätte gerne, daß ich es jeden Tag wiederhole. Er ist zu empfindlich.

Doch was genau passiert mit ihm? Warum ist sein Blick so mißtrauisch geworden? Er zeigt immer ein zweifelndes Lächeln, seine Augen überwachen den Gesprächspartner ständig. Er hört nur sich, wenn er eilig, leidenschaftlich von seinem Gesang, von seinen Erfolgen, von seinen Feinden, von den Verschwörungen gegen ihn spricht. Ich habe gemerkt, daß die Leute, die ernsthaft seine Stimme bewundern, sich wegen seines Mißtrauens, wegen seiner Verdächtigungen nicht trauen, ihm Ratschläge zu geben; sie vermeiden es, ihm zu helfen.

Auch ich selbst wage es nicht, nicht einmal in ruhigen Momenten, ihm etwas zu sagen: diese Momente sind so zerbrechlich. Er verliert schnell die Lust, seine Augen glänzen vor Haß, und er schreit mich an:

»Warum hast du mich hierherkommen lassen?«

Meine Mutter unterstützt ihn, vor allem, wenn meine Frau dabei ist:

»Warum hast du uns kommen lassen?«

Die Geschäfte lassen nach. Frankreich exportiert weniger, weil der Franc steigt. Unser Hof bekommt das zu spüren. Unsere Nachbarn kommen öfters in den Hof heraus, wir entdecken, wie viele sie sind. Sie führen lange Unterhaltungen. Der Hof selbst hat sein Aussehen traurig verändert. Die Werkstätten sehen mit einem Schlag alt aus. Der Regen hat den hauchdünnen Anstrich abgewaschen und das vernachlässigte Tragwerk bloßgelegt. Das Holz der Türen hat gearbeitet, sie kreischen und schließen schlecht; man schlägt sie zu, und die Scheiben brechen heraus. An vielen Stellen werden sie durch ein Brett ersetzt, durch Blech oder Pappe. Bei jeder Tür stapeln sich die Kisten, die alten welligen Kartons, Tüten, Flaschen. Die Hausmeisterin macht jedem eine Szene und fegt zur Strafe den Hof weniger oft. Der Wind trägt verdrecktes Papier und welkes Laub heran. Die Handwerker, die nicht mehr unter Zeitdruck stehen, besuchen einander, freunden sich an, bilden Gruppen, die mit anderen Gruppen Streit suchen. Der Kunsthorndrechsler haßt Monsieur Petit, der als einziger noch voll ausgelastet ist. Mit seinen unbeschäftigten Arbeitern, die schon immer seine Freunde waren, stößt er auf Monsieur Petit und seine Geliebte. Der Kunsthorndrechsler wirft der jungen Frau nebenher hin:

»Kommen Sie doch zu uns, Madame, da werden Sie poliert.«

Monsieur Petit stößt spitze Schreie aus wie ein kleines Mädchen.

»Zuhälter, Kuppler, Lude!«

Der Kunsthorndrechsler packt Monsieur Petit am Kragen. Doch die alte Madame Petit stürmt, mit einem Schwarm geschminkter Mädchen im Schlepptau, bereits die Treppe herab, sie alle stürzen sich auf den Kunsthorndrechsler und zerkratzen ihm das Gesicht.

In der Nacht gibt es Geschrei im vierten Atelier, bei den »geflochtenen Schuhen«. Am nächsten Morgen ist zu erfahren, daß der eifersüchtige Armenier seine Frau geschlagen hat, die kugelförmige Französin. Sie ist zu ihrem Liebhaber gegangen. Aber die Schwester und die Mutter sind geblieben.

Eines Vormittags treffe ich auf einen kleinen, stämmigen Mann in Maurerhosen. Zur Zeit bin ich ganz ergriffen von der Affäre um Sacco und Vanzetti. Die Welt blickt auf zwei todgeweihte Männer, die gefoltert werden. Sie sind weit weg, aber es ist, als befänden sie sich auf einem riesigen Berg, der die Welt überragt, als wäre ihr Gefängnis ein durchsichtiger Käfig und als hörte alle Welt ihre Seufzer unter der Marter. Die Handvoll Leute, die sie foltern, tun dies im Namen des Staates, des Kapitalismus, der Macht. Die ganze Welt vergrößert den Schrecken der Unglücklichen, sie schaut auf sie und ruft ihnen zu: »Ihr seid Märtyrer, ihr leidet unendlich, und eure Henker haben noch nicht aufgehört!« Und die Sendboten des Todes fahren in ihrem Tun fort. Diese Affäre raubt mir den Schlaf, reißt mich in der Morgendämmerung aus dem Bett. Ich gehe die Zeitung holen, ich warte auf die Zeitung. Mit mir wartet dieser Mann in Cordhosen. Täglich. Dann sind diese Märtyrer vom elektrischen Stuhl vergessen. Doch der Mann in der Cordhose wirft mir, wenn er mich trifft, mit seiner sanften, männlichen Stimme zu:

»Guten Morgen, Genosse!«

Das ist eine erhabene Musik für mich. Ich wollte sogar ein Lied schreiben, das anfinge mit seinem:

»Guten Morgen, Genosse!«

Denn ich denke wieder ans Singen. Ich möchte mir sogar Disziplin verordnen, Inspiration ersetzen durch Disziplin. Täglich zwei Stunden üben. Ich kann es jetzt, materiell gesehen. Aber ist es nicht zu spät? Ich halte mich ein paar Tage lang daran, aber kann ich das denn bei meinem ungeordneten Leben, bei diesem Leben in Furcht, Erwartung und Überwachung?

Der Herbst naht. Ein noch warmer, aber feuchter Wind wirbelt hinter der Tür und weckt in mir scharfe, drängende Unruhe. Der Wind ist draußen stark und böig, er dröhnt, er rüttelt und biegt die scheppernden Blechplatten. Er müßte warm sein, aber wenn er durch die unzähligen Ritzen am Fenster, in der Tür, in den auseinanderdrängenden Wänden streicht, trägt er mit ewiger Unruhe kleinste eisige Wellen herein. Ich sehe, daß mein Leben so wenig fest ist wie mein Haus. Der Boden ist kalt, und der unruhige Wind rüttelt ringsum, in jeder Ecke meiner Werkstatt.

Ich gehe hinaus. Draußen herrscht dieselbe Unruhe. Der Gehsteig ist warm, aber der Wind ist stark, verstörend und feucht. Das auf den gußeisernen Gittern um die Bäume faulende Laub erfüllt die Luft mit einem Duft von Melonen. Ich gehe wieder nach Hause.

Beim Betreten des Hofs höre ich trotz des heftigen Windes die Stimmen der Meinen. Sie sind alle in der Werkstatt. Sie streiten. Ich höre die Stimme meiner Frau.

»Ich, ich arbeite ...«

Sie schweigen, als ich eintreffe. Sie wollen mich nicht belasten, aber meine Mutter geht mit den anderen. Sie möchte nicht mit uns zu Abend essen.

»Iß du mit deiner Frau zu Abend.«

Meine Frau ißt allein, weil ich nicht essen mag. Dann zieht sie sich an und geht ins Kino. Allein. Der Wind hat sich beruhigt, leichter Regen fällt. In meiner Werkstatt ist es stockfinster, aber ich mache kein Licht. Ich nehme die Decke von meinem Bett, hülle mir die Füße ein und bleibe in der Dunkelheit sitzen.

Was will ich denn? Ich möchte nichts als eine Pause, eine vollständige Ruhepause für ein paar Tage, um denken zu können, um einen Beschluß fassen zu können. So kann es nicht weitergehen …

Ich verharre lange bewegungslos. Es regnet lange in unserem dunklen Hof. Ich höre langsame, leise Schritte. Sie entfernen sich und kommen wieder. Jemand geht im Regen spazieren. Er muß in Socken sein, einen Mantel auf die Schnelle übergeworfen, vielleicht ohne Hut. Vielleicht hat auch er eine Frau, eine Familie. Vielleicht kommt es auch bei ihm zu derselben unsinnigen Zwietracht. Er ist gegangen, aber er ist nicht weit gegangen, denn er kann einen Angehörigen nicht richtig verlassen, er kann nicht einmal seine Verzweiflung zugeben, er hofft, daß man sein einsames Auf- und Abgehen nicht hört. Er will niemanden sehen. Er kann nicht mein Freund werden, auch wenn wir alle beide, erdrückt von der täglichen und nutzlosen Mühsal, allein sind.

Um Mitternacht kommt meine Frau zurück. Sie entkleidet sich im Dunkeln und legt sich hin. An die Wand gedrückt, um mich nicht zu berühren, schläft sie nicht. Am Morgen geht der Streit zwischen meiner Mutter und meiner Frau wieder los. Meine Mutter läuft hinaus, kommt nach ein paar Minuten zurück und wirft durch die offene Tür einen Packen armseliger Klamotten, die ich ihr gekauft habe:

»Ich will von dir nichts mehr …«

Zwei Tage lang sehe ich niemanden. Am dritten Tag erklärt meine Frau:

»Ich gehe hinauf und sehe mal nach.«

Ich warte ungeduldig, daß sie zurückkommt. Sie kommt nicht herunter. Ich finde sie alle um das Bett meiner Schwägerin versammelt. Sie reden leise. Meine Schwägerin ist von ihrer Pneumothorax-Operation zurück. Der Arzt hat ihr gesagt, sie soll aufs Land fahren, auch wenn Herbst ist. Sie wird in die Sologne fahren. Monsieur Rousseau, der Verleger dieser fröhlichen kolorierten Postkarten, dieser verschlossene Franzose, der sich niemals von seiner schwarzen Jacke und von seinem Regenschirm trennt, hat meinem Bruder, als er ihm begegnete, spontan das kleine Häuschen angeboten, in dem seine alte Mutter lebt.

»Es wird ihr guttun ... Das kostet Sie nichts.«

Mein Bruder hat sich einverstanden erklärt unter der Bedingung, daß Monsieur Rousseau eine mäßige Summe als Miete annimmt.

Mein Bruder seinerseits fährt in den Süden. Er hat Aussicht, viel zu verdienen. Wir verbringen einen halben Tag in melancholischer Ruhe. Am nächsten Morgen, als mein Bruder und seine Frau abreisen, richtet sich meine Mutter mit dem Kleinen in ihrem Zimmer ein. Da wir im Moment sehr wenig zu tun haben, hat meine Frau relativ viel Zeit. Sie verbringt sie oben bei meiner Mutter. Beide vergöttern das Kind, das sehr vergnügt ist, und sie beide verstehen sich bestens. Vor allem, habe ich bemerkt, wenn ich nicht dabei bin. Ich weiß, daß ich sie nach einer Besorgung zusammen antreffen werde, in aller Ruhe plaudernd und im Spiel mit dem Kind: Ich gehe oft hinaus.

Außerdem herrscht das Wetter, das mir am liebsten ist, ein weiches und durchsichtiges Grau. Mir kommt es vor, als fühle man sich in Paris nur auf der Straße frei und unabhängig. In dem Haus, in dem man lebt, stört einen kein Nachbar, belästigt einen auch nicht, niemals! Aber diese Nachbarn haben tausend Arten, einen anzusehen, einem zu sagen: »Heute ist es kalt, Monsieur«, einen zu grüßen, vom Fenster wegzugehen oder daran zu verharren, wenn man vorbeikommt. Ein wahrer Alptraum für mich ist das große Fenster der Concierge. Der dicke Gatte und seine knochige Frau sind immer da, fixiert vor einem schwarzen Hintergrund, schwarz gekleidet; man sieht sie bis zu den Knien, sie blicken aus dem Hintergrund. Wenn ich abends nach Hause komme, vergesse ich sie niemals, ich sehe sie schon vorher, ich bereite mich vor, sie zu grüßen, weil mich das Mühe kostet. Mit meinen Vermietern ist das schon leichter. Sie wohnen nicht im Haus, und wenn ich sie im Hof sehe, drehe ich auf dem Absatz um, warte, bis sie in einer Tür verschwunden sind, und mogele mich dann in meine Werkstatt, oder ich verlasse den Hof überstürzt. Auch den Kunsthorndrechsler, den ich sehr mag, treffe ich lieber auf der Straße.

Auf der Straße ist man frei. Jeder findet für sich eine Straße, ein Viertel; die, die gerne hören, ihren Schritten lauschen. Die, die ihre

Traurigkeit mögen, die, die denken, und die, die nicht denken. Auf einer Pariser Straße hat man das, was man in Räumen nicht findet, weder in den Häusern noch in den Höfen der Häuser: Offenheit, Solidarität, das freie Leben.

Wie gut ich mich fühle, wenn ich in der Fremde durch die Menge gehe, wie liebe ich es, mich in provinziellen Straßen zu verlaufen, mit einem verfallenen steinernen Torbogen, einer Akazie, mitten in Paris. Ich streife lange herum, und gegen Abend, wenn die Cafés bereits erleuchtet sind und mit ihrem strahlenden Licht die Verlorenen erwärmen, lasse ich mich oft in einem Café des Quartier Latin nieder.

Dies Café ist voll junger Leute, aber wenn man sie so ansieht, hat man den Eindruck, sie wissen nicht, was sie mit ihrem Leben anfangen sollen. Sie sind schmerzhaft gleichgültig, willenlos, betäubt vom turbulenten Leben des Viertels, des Cafés, das sie nicht verlassen. Sie arbeiten bis abends, sie arbeiten hart, aber ohne etwas zu sehen. Es sind junge Frauen hier, die davon geträumt haben, Künstlerinnen zu werden, sie sind Hilfsarbeiterinnen; junge Männer, die Maler werden wollten und die am Bahnhof arbeiten. Alle arbeiten hart, alle sind müde, tief in ihren Sesseln versunken, hier im Café rühren sie sich nicht, erst spät in der Nacht und unfroh gehen sie heim. Sie unternehmen nichts, sie erwarten ein Wunder. Sie träumen alle, und ich mit ihnen.

Kapitel XXVI
Das Leben

Eines Tages, als ich spät nach Hause komme, treffe ich meinen Bruder in der Werkstatt an. Obwohl es da nicht kalt ist, bleibt er in Hut und Mantel sitzen. Was ist ihm passiert? Seine Kleider sind ramponiert, als ob er die ganze Zeit seiner Abwesenheit im Nachtasyl geschlafen hätte; er ist sehr mager geworden; seine Haut ist gelb, kränklich ... Aber wie lieb er mit mir ist! Ich bin beinah froh, daß er so arm ist, wie ein geprügelter Hund. Nachdem er nach unserem

Ergehen gefragt hat, sagt er mir mit einem ängstlichen und schüchternen Blick:

»Ich will meine Frau kommen lassen ...«

Ich wage nicht zu widersprechen. Doch als er zu sich hinaufgeht, sage ich mir, daß ich achtsamer sein müßte, ihn fragen, ob er das Geld hat, sie abzuholen, oder ihm, weil er sehr müde sein muß, anbieten, daß ich sie abhole. Aber ich erinnere mich, daß er auf alle und jeden eifersüchtig ist, daß er auf die Ärzte eifersüchtig ist und vielleicht sogar auf mich.

Beim Abendessen erfahre ich, daß er seiner Frau ein Telegramm geschickt hat und daß sie den Zug heute abend nimmt.

Tatsächlich kommt meine Schwägerin herbeigeeilt. Es gießt in Strömen auf dem flachen Land der Sologne; es sind sieben Kilometer bis zum Bahnhof, trotzdem ist meine Schwägerin aufgebrochen, in einem offenen Wagen, den sie per Zufall gefunden hat. Im Zug war sie durchnäßt und hat sich erst in Paris umgezogen. In derselben Nacht hat sie 40° Fieber. Langsam sinkt über mehrere Tage die Temperatur. Und am ersten »besseren« Tag geht sie mit meiner Frau zum Arzt.

Er wird sie abhören und den Kopf schütteln: Es hat die andere Lunge erfaßt, die rechte. Er durchleuchtet sie – eine Kaverne in der rechten Lunge. Er hat meine Frau gefragt, ob wir Geld haben. Meine Frau hat einen Moment gezögert:

»Ja! Selbstverständlich ...«

Aber der Arzt hat verstanden; er sagt, daß meine Schwägerin sofort, gleich morgen, ins Krankenhaus gehen soll, wo er Chefarzt ist, wegen eines doppelten Pneumothorax. Er hat im Krankenhaus angerufen und eine Karte ausgefüllt. Wieder zu Hause, weint meine Schwägerin nicht (sie weint nie): Sie hat Angst. Sie fleht mich an, zum Arzt zu gehen und ihn zu fragen, ob es nicht möglich ist, etwas anderes zu verordnen, einen langen Aufenthalt in den Bergen zum Beispiel.

»Aber nicht ins Krankenhaus! ... Ich werde aufpassen, ich werde das Sanatorium nicht verlassen, bevor ich geheilt bin ...«

Meine Frau und ich gehen los. Es ist ein großes Hospital inmitten eines weiten alten Gartens. Überall eine Reinlichkeit, eine Ruhe, die uns faszinieren: Am Eingang wird man wie von starken Samthänden erfaßt, die einen halten, im Hof, auf der Treppe, im gedämpft erhellten Vorzimmer und vor allem im hellen Behandlungsraum des Doktors.

Der Arzt ist unzufrieden, daß wir da sind, und verbirgt das nicht. Er spricht in verärgertem Ton mit uns. Als ich die Berge vorschlage, die lange Ruhe, schreit er beinahe:

»Ich habe Ihnen gesagt, was ich Ihnen zu sagen hatte ...«

Und eilig geht er zur Tür. Ich folge ihm und stammle:

»Herr Doktor, Herr Doktor ... hören Sie ...«

Er hört mich nicht ... Ich bin so überrascht von der Art, wie wir empfangen werden – hatte meine Schwägerin nicht gesagt, er sei »immer freundlich«? –, daß es mir nicht gelingt, ihm zu sagen, was ich vorbereitet habe: daß wir viel Geld haben; daß es mir nicht gelingt, ihn zu fragen, was man tun könnte für meine Schwägerin, wenn *wir Geld hätten.* Ich bin stumm und spüre eine tiefe Kränkung und zur gleichen Zeit eine ungeheure Gefahr! Ich würde gerne reagieren ... Wie? Schreien, beleidigen, mich aus dem Fenster in den gefliesten Hof stürzen, um ihm ein schlechtes Gewissen zu machen! Aber um mich geht es doch gar nicht! Es geht um meine kranke Schwägerin, die diesem Arzt vertraut.

Wir sind schon an der Tür, der Doktor hat sie aufgemacht und hält die Klinke. Da streckt ihm meine Frau hastig die zurechtgelegten hundert Francs hin. Darauf verändert sich der Doktor, es ist ihm unangenehm. Bestimmt hat er gemeint, daß wir ihn zweimal für dieselbe, schon an sich bescheidene Summe stören würden. Es ist ihm peinlich, sanft schiebt er die Hand meiner Frau mit dem Geld beiseite, er murmelt:

»Entschuldigen Sie! Ich war eben etwas heftig ... Sie verstehen ...«

Er will etwas erklären. Wir aber sind stumm, wir haben es eilig, sehr eilig, aufzubrechen, die Flucht zu ergreifen, und wir verstehen, daß nichts mehr zu machen ist. Er weiß, daß wir kein Geld haben. Er drückt uns die Hand, er betont:

»Das Krankenhaus wird für sie das Richtige sein ...«

Beim Gehen nimmt sich meine Frau in der Aufregung anstelle des ihren einen Regenschirm, der trotz seines schlichten Aussehens teuer sein muß; er ist seidig, der Griff aus Elfenbein. Das hatte noch gefehlt ... Überall schlägt uns so viel Mißtrauen entgegen ... Sie geht in eine Konditorei in der Nähe. Sie verlangt die teuerste Schachtel Pralinen.

»Hundertzwanzig Francs? Gut!«

Sie gibt den Regenschirm zusammen mit der Schokolade bei einem Bedienten ab.

Ich halte meiner Schwägerin vor Augen, daß es auch andere Ärzte gibt, aber jetzt ist sie entschlossen, in dieses Krankenhaus zu gehen, das ihr so angst macht. Dies Krankenhaus ist eine große Holzbaracke, mit Fenstern, durch die man auf beiden Seiten gleichartige parallele Baracken sieht. Ihr Bett steht in der Mitte der Baracke. Ab und an fängt in einer der beiden Reihen eine Kranke zu sterben an; manchmal stirbt sie eine Woche lang, zwei Wochen lang, zwischen ihren verängstigten Nachbarinnen. Dann kommt eine Stellwand, die das Bett umgibt. Sie ist gestorben.

Neben jedem Bett steht ein kleiner Tisch mit einem Regalbrett darunter. Dort haben die Kranken alle Sachen, die sie von zu Hause mitgebracht haben, die sie mit ihrem Zuhause verbinden. In Gedanken leben sie weiter zu Hause, und die einzige Zeit, die zählt, ist zwischen ein und zwei Uhr nachmittags, die Besuchszeit.

Wir gehen wieder an die Arbeit. Es gibt wieder mehr zu tun. Ich mache meine Arbeit widerwillig, sie erfüllt mich nicht mehr richtig. Ich mache mir bei der Arbeit Gedanken. Ich sehe, daß wir, aufgerieben von den Widrigkeiten, nicht mehr imstande sind, ruhig zu überlegen, unsere Vorhaben geduldig vorzubereiten, Entscheidungen reifen zu lassen. Vielleicht hätte ich nicht diese Arbeit annehmen sollen, die mir jetzt zuwider ist. Wohin führt mich das? Vielleicht, wenn ich weiter an der Seite meines Bruders gekämpft hätte, wären wir zu einem Ergebnis gekommen.

Er dagegen tut zur Zeit nichts. Er geht am Morgen hinaus, bleibt unentschlossen an den Straßenecken stehen, kauft eine Zeitung, liest sie auf der Straße. Neulich beim Warten auf den Bus habe ich ihn gesehen, blaß, in seinen abgewetzten Kleidern, die Schuhe aber glänzend (er liebt die Sauberkeit), ich habe gesehen, wie er dem Polizisten zusah, der den Verkehr auf der Place de la République regelte. Während der ganzen Viertelstunde, die ich geblieben bin, behielt er dumpf die Befehlsgesten des Polizisten im Blick. Er stand noch so da, als mein Bus abfuhr.

Eines Tages tritt er entschlossen in sein Zimmer und macht aus seinen Kissen ein Paket – er will sie verkaufen. Verzweifelt kommt meine Mutter und ruft mich. Ich gehe hinauf und biete ihm Geld an, er lehnt ab; also kaufe ich ihm die Kissen ab. Er geht beschämt davon und kommt nicht zurück. Er läßt sich in einem kleinen Hotel in der Nähe nieder.

Nach und nach fangen in unserer zerrissenen Familie die kleinen Streitereien wieder an. Das Gezänk zwischen meiner Mutter und meiner Frau, das sie vor mir verbergen; die Auseinandersetzungen zwischen meinem Bruder und mir, die ich den anderen vorenthalte. Er will, daß sein Sohn bei ihm im Hotel wohnt! Ich bin mir nicht sicher, ob er das wirklich will, aber er weiß schon vorher, daß ich versuchen werde, mich diesem Plan zu widersetzen, und er möchte mich aufbringen. Dabei bin ich schon aufgebracht genug! Nirgendwo finde ich Ruhe. Ich schlafe nicht in der Nacht, die mir endlos vorkommt. Während ich mit den Augen über die dunklen, tristen Umrisse meiner Werkstatt streife, die mir sehr klein vorkommt, stelle ich mir Fragen. Warum arbeite ich? Für wen? Meine Arbeit bringt niemandem etwas ein, meine unzähligen Kompromisse auch nicht. Mir kommt der Tod in den Sinn; damit setzt man einen Punkt hinter alles. Aber war es denn nötig, für ein *solches Ende* so viel zu leiden? Vor ein paar Tagen haben wir den ersten Brief meiner Schwester erhalten, die in Rußland geblieben ist. Sie schreibt uns, daß bei ihr jetzt alles gutgeht, daß sie uns in Frieden und glücklich wissen möchte nach all unseren Strapazen. Aber gibt es denn Glückliche?

Am Morgen erhebe ich mich, in meinem Kopf dreht sich alles vor Müdigkeit, unwillig mustere ich die frische Arbeit, die mir meine Frau gebracht hat. Ich erledige sie, aber sie gibt mir nicht mehr diesen trügerischen Frieden.

Ich frage mich manchmal: Was machen die Reichen in Fällen solcher Gespaltenheit inmitten ihrer Familie? Sie packen die Koffer und gehen auf Kreuzfahrt ans Ende der Welt. Aber ich, warum mache ich das nicht; ich habe keine Yacht, aber zu Fuß kann ich gehen, egal wohin …

Weggehen! Manchmal gibt es Minuten, in denen es mich ungeheure Mühe kostet, einen Verzweiflungsschrei zu unterdrücken, der hinaus will, oder ich klammere mich an ein Möbelstück, um nicht davonzulaufen, schnell zu laufen, lange, bis an ein Loch, das mich verschlingt.

Wenn wenigstens meine Arbeit so aufreibend wäre wie zu Anfang! Aber es reicht nicht, sie läßt auf sich warten. Die Schnittmuster an der Wand sammeln Staub an. Wir finden wohl noch Arbeit, aber sie ist schlechter bezahlt, immer schlechter. Wir versuchen etwas unter der Hand. Wir machen Tauschgeschäfte mit den anderen Handwerkern. Ich habe einen Pelzmantel für die Frau eines neuen Mieters, eines Schneiders, »in Schuß« gebracht, und er hat dafür mit einem Anzug bezahlt.

Dreimal in der Woche gehe ich ins Krankenhaus. Es fällt mir schwer, hinzugehen, das Leid meiner Schwägerin anzusehen, ihre Träume von besseren Zeiten anzuhören. Aber ich gehe regelmäßig hin. Sie betrachtet meinen neuen Anzug.

»Er ist schön! Du mußt dir noch einen anderen Hut kaufen.«

Ich gehe dreimal in der Woche ins Krankenhaus, an den anderen Tagen sind es meine Mutter und meine Frau. Mein Bruder geht selten, und wenn, dann erzählt er ihr von den Streitigkeiten, die wir ringsum haben. Sie sagt mir nichts davon, aber ich ahne es.

Dieser Tage ist er gekommen und hat seine Wäsche mitgebracht, wahrscheinlich um sie zu verkaufen.

Meine Mutter macht mir keine Vorwürfe mehr, aber ihre Augen werden sozusagen nicht mehr trocken. Wenn sie nicht still in der Küche ihre Arbeit verrichtet oder, trist eingehüllt in ihren schwarzen Schal, zum Einkaufen ist, sitzt sie stundenlang in der dunkelsten Ecke auf einem Stuhl und wiegt sich langsam hin und her; als wolle sie auf diese Art irgendein Übel in den Schlaf wiegen.

An einem Morgen hat mein Bruder seinen Kleinen zum Spaziergang abgeholt. Er hat ihn am Abend nicht zurückgebracht und auch nicht am folgenden Morgen. Sie waren nicht im Hotel. Als ich mittags nach Hause komme, nachdem ich überall gesucht habe, sehe ich meinen Bruder im Hof, wie er sich über den Kleinen beugt und ihn sanft anstößt:

»Geh zu deiner Großmutter, geh!«

Das Kind streckt seine kleinen Hände nach ihm aus und weint. Ich bin empört. Ich nehme den Kleinen; er ist schmutzig, sein Haar ist nicht gekämmt; ich sage meinem Bruder, was ich denke.

Wir sehen ihn ein paar Tage nicht wieder.

Eines Nachmittags, als ich mit einem dicken Paket heimkomme, hält er mich auf der großen Straße in der Nähe an und spricht mit mir, aber ich, ich antworte nicht. Also fängt er auf französisch an zu schreien:

»Du hast mir meine Frau gestohlen, du hast mir mein Kind gestohlen!«

Die Franzosen mischen sich nicht gerne in Zank und Schlägereien auf der Straße, aber sie sind neugierig genug, um stehenzubleiben und aus der Entfernung zuzuschauen. Bald schaut uns eine Menge zu, die Fenster gehen auf, tausend Augen blicken auf uns, und er schreit, hält mein Paket fest und läßt mich nicht gehen!

Zwei Tage später gehe ich ins Krankenhaus. Meine Schwägerin freut sich, mich zu sehen, aber während sie mit mir spricht, blickt sie immer wieder zur Tür; bestimmt ist er seit ein paar Tagen nicht mehr gekommen, sie wartet auf ihn.

Weitere zwei, drei Tage vergehen. Ich mache mir Gedanken, er kommt nicht ... Ich muß mich mit ihm ein für allemal aussprechen. Am Abend gehe ich zu ihm hinauf. Am Ende des unbeleuchteten Flurs ein schwacher Lichtfleck vor seiner angelehnten Tür. Ich sehe ihn von hinten, er sitzt eng vor einem kleinen Tisch ohne Decke, mit einer Kerze direkt auf dem Tisch. Er sieht ein großes Photo an, seines. Außer ihm, seinem Stuhl, seinem Tisch und der Kerze, die zusammen eine Masse bilden, auf der Licht und Schatten spielen, ist in dem Zimmer nichts: Der Rest ist schwarz.

»Guten Tag, mein Bruder!«

Er legt das Photo auf den Tisch, steht auf, wirft mir einen boshaften Blick zu und fängt an, auf und ab zu gehen und mich dabei immer wieder anzusehen. Ich sage:

»Laß uns rausgehen, ja?«

Er nimmt seinen Hut, der neu ist. Wir gehen hinunter, und auf der Straße, wir sind kaum durch die Tür, beginnt er schnell zu sprechen, schnell, seine Mundwinkel werden weiß dabei. Er spricht von dem, was ich gut gemacht habe, von seiner Achtung vor mir, von seinem kommenden Ruhm ... Doch auf einmal wechselt seine Stimmung: Er wirft allen möglichen Leuten unglaubliche Dinge vor, seiner Familie, seiner Frau, mir. Dann hält er inne, sieht mir in die Augen und lächelt:

»Bestimmt bist das du gewesen, der meiner Hotelbesitzerin den anonymen Brief geschrieben hat?«

Ich vergesse, daß ich ihn schon seit einiger Zeit für krank halte. Ich gehe sofort in die Luft, wende mich abrupt ab und lasse ihn stehen.

Doch am nächsten Morgen gehe ich zurück ins Hotel. Eine dicke Frau in Schwarz teilt mir schroff mit, daß mein Bruder gestern abend nicht mehr den Zimmerschlüssel bekommen hat, weil er seit drei Wochen nicht mehr bezahlt hat. Ich habe Geld bei mir, ich bezahle das Zimmer. Ich komme am Abend wieder, zweimal, am nächsten Morgen: Mein Bruder ist nicht aufgetaucht.

So ist er also aufgebrochen, ohne Geld, ohne Freunde, ohne Unterkunft. Wo schläft er? Ich stelle ihn mir bei dem Regen auf der Straße vor ... und ich streife umher, streife durch die Straßen, ich strande in meinem Lieblingscafé im Quartier Latin. Die gemischte Gesellschaft, die sich hier einfindet, zieht sich in einen hinteren Raum zurück. Am Nachbartisch bestellt jemand einen Cognac. Ich habe mich noch niemals betrunken. Ich bestelle auch einen, dann noch einen. Ich habe gehört, daß man beim Trinken alles vergißt.

Ich trinke und vergesse gar nichts. Es stimmt schon, daß ich alles abgemildert sehe; ich trinke noch mehr, es brennt mir im Hals, ich sehe weiterhin alles, erinnere mich an alles, an alle traurigen Dinge meines Lebens, aber es ist wie ein anderes Ich, ein anderer, der das alles erlebt hat, jemand, der nahe ist, der ganz bei mir ist, irgendwo hier. Ich reiße die Augen auf, um zu sehen. Mir gegenüber sitzt ein junges Mädchen. Der Raum ist voll von jungen Mädchen, sie lachen, sie haben ihre Hüte abgenommen. Meine Nachbarin dagegen hat ihren Hut aufbehalten: ein schwarzes Käppchen mit Krempe, um die Krempe ein schwarzes Spitzenband, wie ein Schleier, der zu ihrem rundlichen Gesicht gehört, ihre großen und ernsten Augen abdeckt und betont. Ich streife ihre kleine Hand auf dem Tisch. Ich spreche mit ihr. Ich erzähle ihr etwas. Sie bleibt unverändert, ernst; manchmal heben sich bloß ihre schmalen, feinen Mundwinkel zu einem Lächeln, kaum:

»Erzählen Sie weiter.«

Ich trinke und rede. Wir gehen gemeinsam hinaus, sie nimmt meinen Arm, ihre Hand ist kräftig.

»Gehen wir zu mir, ich mache einen Tee.«

Wir steigen lange eine breite Treppe mit einem dicken Teppich hinauf; ab dem sechsten Stock ist kein Teppich mehr da, und die Treppe wird eng. Wir treten in ein kleines Zimmer, das durch den roten Schirm auf einer kleinen elektrischen Lampe beinahe dunkel ist. Ein großes Mädchen erhebt sich in einer Ecke, die Freundin meiner Begleitung. Sie sagt, daß sie gehen muß und vielleicht nicht wiederkommt. Sie geht. Wir setzen uns aufs Bett. Es gibt einen Stuhl, aber er ist belegt mit Büchern, Zeitungen, Kleidungsstücken. Meine Begleiterin setzt den Hut ab, sie hat rote Haare, ihre Augen sehen auch rot aus, sie rückt nahe an mich heran, ich spüre ihren straffen, warmen Körper, sie umarmt mich, streckt sich aus und zieht mich an sich. Ihre Wangen sind rund und hart, sie glühen. Sie drückt mich kräftig mit ihren kurzen Armen und küßt mich. Sie steht wieder auf und richtet sich das Haar …

Da, plötzlich, erinnere ich mich. Ich erinnere mich, daß es sehr spät sein muß, daß ich vor Mittag von zu Hause weggegangen bin, daß ich etwas sehr eilig zu erledigen habe, daß etwas auf mich wartet …

Ich springe auf, öffne die Tür, sehe, wie mich das kleine runde rote Gesicht erstaunt ansieht, sich dann verzieht und sich verzweifelt in die Kissen wirft. Ich sause die Treppe in großen Sätzen hinab, ich bemerke unten im Eingang die Freundin meiner Begleitung. Sie drückt sich in einen Winkel.

Keine Metro! Ich laufe und stoße an Mauern, an Gaslaternen, ich verlaufe mich, passiere zweimal die Brücke bei der Île Saint-Louis und stehe wieder am Ausgangspunkt. Endlich bin ich in unserem Hof. Ja! Es ist Licht in meiner Werkstatt. Meine Mutter, der Kleine, meine Frau sind da. Ich trete ein:

»Ist etwas passiert?«

Sie sehen mich erschrocken an und fragen mich:

»Was ist passiert?«

»Nichts, gar nichts … ich habe mich betrunken.«

Ich falle aufs Bett. Am Morgen versuche ich aufzustehen. Ich kann nicht. Ich falle wieder zurück. Ich habe Kopfschmerzen. Solche Kopfschmerzen! Ich schlafe nicht und komme nicht auf die Beine, ich kann nicht ins Krankenhaus gehen, meine Mutter geht statt meiner. Ich liege und merke, daß meine Mutter nicht zurückkommt. Ich sehe meine Frau besorgt hinaus- und hineingehen. Der Kleine spielt in einer Ecke, er ist fröhlich, aber er hustet viel …

Unvermittelt platzt meine Mutter herein.

»Es geht ihr sehr schlecht …«

Wir ziehen uns eilig an und laufen zum Krankenhaus. Wir werden um diese Tageszeit eingelassen: Das ist ein schlechtes Zeichen.

Meine Schwägerin sitzt beinahe auf dem Bett, von drei Kissen gestützt. Sie atmet schwer, ihr Gesicht ist rot angelaufen. Ich suche nach etwas, das ich ihr sagen könnte, ich sage ihr, daß ich am nächsten Morgen zum Chefarzt gehe.

»Zu spät …«

»Ich gehe bestimmt …«

»Ja, ja, geh nur …«

Und einen Augenblick später sagt sie uns, wir sollen gehen: Wir stören die anderen, die schlafen, sie ruft meine Mutter zurück und fordert sie auf, den Korb mit Lebensmitteln mitzunehmen.

Als es am nächsten Morgen dämmert, habe ich noch immer den Geschmack von Rost, den Geschmack von Wein im Mund. Ich empfinde einen Ekel vor mir, unüberwindlich. Draußen scheint die Sonne in niederträchtiger Heiterkeit; die Leute lächeln sich an, wenn sie sich begegnen. Im Krankenhaus warten wir zwei Stunden, schließlich erlaubt man uns einzutreten, wir eilen zu den Baracken, eine alte Schwester kommt uns entgegen. »Sie ist um ein Uhr früh gestorben.«

Ich trete ins Sekretariat des Krankenhauses.

»Ich möchte meine Schwägerin sehen, die diese Nacht gestorben ist …«

»Sie meinen: ihren Leichnam?«

»Ja, den Leichnam …«

Mein Bruder ist verschwunden, er ist nicht zur Beerdigung gekommen. Niemand weiß, wo er ist.

Man muß leben.

Bleibt meine Mutter, die alt ist, bleibt das Kind, das krank ist.

Das nackte Leben

Am 26. Februar 1934 notierte Thea Sternheim in ihrem Tagebuch: »... später im Café deux Magots mit Roth, einem Herrn Grünberg, einem sympathischen Polen und einem Russen, Michel Matveev, den Roth in seiner schönen Art, einem Menschen Ehrerbietung zu erweisen, als einen ›unvergleichlichen Dichter‹ des gerade bei Gallimard erschienen Buches ›Les Traqués‹ proklamiert. Übrigens fiel mir sogleich, ehe Roth kam, das edle Gesicht Matveevs, sein ruhiges wissendes braunes Auge auf.« Der Herr Grünberg, der im Anhang des Tagebuchs lapidar als »Emigrant« qualifiziert wird, ist derselbe, der sich um diese Zeit mit einem selbstinszenierten Skandal um seine Céline-Übersetzung für siebzig Jahre unsterblich gemacht hat. Grünberg hatte ebenfalls etwas Besonderes an Matveev erkannt und angefangen, *Les traqués* in sein österreichisch gefärbtes Deutsch zu übersetzen. Außerdem war er nicht nur mit Matveev und Joseph Roth im Café unterwegs, er sah sie auch literarisch in einem Zusammenhang. Für ihn lag in Michel Matveevs Buch, in Joseph Roths *Flucht ohne Ende* und in Célines *Reise ans Ende der Nacht* »eine Summe unserer Generation«, und er fügte etwas feierlich noch hinzu, diese Generation sei die »verlorene«, auch wenn dieser Begriff, zumal in Paris, bereits amerikanisch besetzt war. Ohne diese Aufmerksamkeit eines einzelnen wäre uns Michel Matveev noch länger verborgen geblieben. Angefangen hat Matveev ja schon kompliziert genug: Als Sohn russischer Schiffsleute kam er 1892 unter dem Namen Joseph Constantinovsky in Jaffa zur Welt. Er wuchs in Odessa auf, wo er sich an der Seite seines Vaters an den Aufständen von 1905 beteiligte.

Wegen des Verdachts revolutionärer Tätigkeit wurde sein Vater 1907 festgenommen und nach mehreren Monaten Haft mit der Familie nach Elisabethgrad im Gouvernement Cherson (Ukraine) ins Exil geschickt. Joseph verdiente seinen Lebensunterhalt als Mechaniker. 1914 trat er als Student der Malerei und Bildhauerei in die Kunstakademie von Odessa ein und wurde während der Revolution Kunst-Inspektor der Kindergärten und Arbeiterclubs in Moskau und Petersburg.

Zurück in Elisabethgrad, entkommt er knapp den Pogromen der zaristischen Armee; 1919 werden sein Vater und sein Bruder während eines Pogroms erschlagen. Er selbst wird ebenfalls gejagt, aber es gelingt ihm und seiner Frau Judith, an Bord des Schiffs »Ruslan« Rußland zu verlassen und nach Palästina zu gelangen. Ein Jahr später zieht er aus gesundheitlichen Gründen nach Ägypten und landet 1923 in Paris, wo er in einer russisch-jüdischen Künstlerkolonie ein Atelier findet. Unter dem Künstlernamen Joseph Constant hatte er nach dem Zweiten Weltkrieg ein wenig Erfolg mit Tierplastiken. In Israel ist ihm sogar ein kleines Museum gewidmet.

Von seiner Existenz als Bildhauer gibt es auf jeden Fall mehr Zeugnisse als Spuren seines literarischen Schaffens in der Literaturgeschichte. So wurde in der kommunistischen *Humanité du Dimanche* am 13. September 1964 ein langer Artikel mit Interview über ihn veröffentlicht, der sich allerdings vor allem auf die Tierskulpturen und auf das schöne, mit Wein bewachsene Atelier am Montparnasse bezieht, in dem Constant-Matveev zu diesem Zeitpunkt schon seit 35 Jahren arbeitete. Seine Wohnung hatte er in einer Mansarde über der Rue Jean-de-Beauvais, neben der Rue Mouffetard. Fünf Jahre später, am 3. Oktober 1969, ist er gestorben.

Auf die Frage, wie er denn zum Schreiben gekommen sei, antwortet Matveev in dem Interview: »Ein bißchen durch Zufall und um etwas Geld zu verdienen. Um 1928 kannte ich viele Schriftsteller. In einem Laden der Rue Monsieur-le-Prince habe ich oft den Dichter und Schriftsteller Pierre Morhange getroffen, wie auch Georges Politzer, den Verleger marxistischer Werke und Herausgeber einer Zeitschrift für Psychologie. Die haben mich gebeten, einen Artikel zu schreiben, dann ein Buch über die revolutionären Ereignisse von 1905 in Rußland. Ausgestattet mit einem Scheck über 550 Francs, bin ich nach Carpentras gereist (warum Carpentras, keine Ahnung, ich hätte genausogut nach Quimper fahren können). Beim Verlassen des Zuges bin ich in das Hotel gegenüber vom Bahnhof gegangen. Drei Wochen später kam ich raus mit dem Manuskript der *Hommes de 1905* im Koffer und habe den ersten Zug nach Paris genommen. Wegen des Erfolgs, den dies Buch hatte, hat sich Gallimard an mich gewandt. Aber erst 1934 [sic], als es mir finanziell wieder schlecht ging, habe ich einen Roman geschrieben, *Les traqués,* der die Judenmassaker der Weißen im Süden von Rußland zur Zeit der Revolution schildert und der in sechs Sprachen übersetzt worden ist. Diesmal hat man mir 1.500 Francs gegeben, und ich habe den Zug nach Clermont-Ferrand genommen. Dann habe ich *Étrange famille* geschrieben, eine Sammlung von Erzählungen, die 1936 den Prix des Deux Magots erhielt, und *Hier et autrefois,* worin ich meine Erinnerungen an das Leben der Kinder im Rußland von 1914 erzähle.«

»Die Leute von 1905« schildert am Beispiel der ersten russischen Revolution, wie man so etwas aufziehen muß. Matveev hat als 13jähriger Junge, im Gefolge seines Vaters, daran teilgenommen, und seine Darstellung ist derart scharfsichtig und einleuchtend, daß man sie quasi als Handbuch lesen kann.

Étrange famille (1936) besteht aus einzelnen Geschichten, die vom Osteuropa der Zeit um die russische Revolution erzählen. Schon die erste, in der Jakob, ein jüdischer Rotarmist, bei einem antisemitisch geprägten Richter Unterschlupf findet, präsentiert die Tochter des Richters als Hauptfigur. Sie will endlich ausbrechen aus ihrem Elternhaus, wo Mutter und Vater sie mit ihrer Liebe einengen, und sie findet in Jakob den geeigneten Mann für diesen Plan. Es sind hingetupfte Szenen, in ihrer Tragik nur angedeutete Charaktere, die dieser Geschichte, wie auch den folgenden, ihre eigentümliche Unbestimmtheit geben. Die beiden jungen Leute entkommen schließlich und suchen ihren geheimen Weg zwischen marodierenden Petljura-Soldaten und ebenso marodierenden Rotarmisten hindurch. Das Ende bleibt so offen wie bei der Geschichte von dem blassen Jungen, der stets gehänselt wird und der sich an seinem Bett stranguliert. Seinen Platz in der Familie wird der Erzähler einnehmen, der in einer Art somnambuler Fühllosigkeit mit seiner vorherigen und der jetzigen Vermieterin Verhältnisse hat, um irgendwie durchzukommen, weil ihm der Erfolg als Journalist versagt bleibt. So scheint *Étrange famille* eher ein Buch zu sein, in dem Matveev weitere seiner genauen und sensiblen Beobachtungen aus der Vergangenheit schriftstellerisch gestalten wollte. Der Zuspruch für *Les traqués* wird ihn dazu ermutigt haben. In *Étrange famille* stehen seine Figuren irgendwo zwischen Wittlins *Salz der Erde* und Isaac B. Singer oder Joseph Roth auf der einen und Emmanuel Bove auf der anderen Seite – es sind ähnlich verlorene, aus dem Rahmen einer zuverlässig strukturierten Welt gefallene Menschen wie Boves *Meine Freunde*. Aber Bove hat seine Charaktere noch reduzierter in Szene gesetzt.

Ein weiteres Buch Matveevs schildert das Künstlerleben der russischen Expatriierten in Paris, *La cité des peintres*, erschienen 1947. Der Titel bezeichnet bereits den Ort, eine kleine Künstlerkolonie am Platz der Weltausstellung von 1900, nahe den Abattoirs de Vaugirard und den ehemaligen Stadtbefestigungen, unfern der Porte d'Orléans, wo sich eine Anzahl Künstler angesammelt hat. Ihnen allen wohnt außer der relativen Erfolglosigkeit eine »unfaßbare Trauer« inne, die sie mit sich tragen »wie einen Körperteil«. Er erzählt, wie sie mit ihren Bildern als Horde in die Rue de Seine oder Rue Jacob einfallen, wenn sie mal etwas verkaufen wollen, und die Galeristen aufsuchen, von denen der eine oder andere etwas abnimmt, aber seinen Preis erst der Sekretärin zuflüstert und dann den Raum verläßt, um dem Maler keine Chance zum Handeln zu lassen. Matveevs fatalistischer Humor in solchen Szenen kommt vor allem durch die sonst unter diesen Leuten vorherrschende Schwermut zur Geltung.

Welche psychologischen Folgen die Ruhelosigkeit, die Entwurzelung und der Identitätsverlust haben können, hat er in dem Kindheitsroman *Ailleurs, autrefois* (1959) geschildert.

Der Hintergrund des vorliegenden Buchs sind die ost- und mitteleuropäischen Judenverfolgungen der ersten Jahrzehnte des 20. Jahrhunderts. In seinem Buch *Die Tragödie eines Volkes* schildert Orlando Figes, daß es in Rußland schon unmittelbar nach der Proklamation des Oktobermanifestes 1905 zu 690 dokumentierten Pogromen gekommen ist, das schlimmste in Odessa, bei dem 800 Juden umgebracht wurden. »Eine offizielle Untersuchung, die Sergei Witte, der das Oktobermanifest verfaßt hatte, anordnete, deckte auf, daß die Polizei die Menge nicht nur organisiert, bewaffnet und mit Wodka versorgt, sondern auch noch geholfen hatte, die Juden aus ihren Verstecken zu zerren, und an den Morden beteiligt war.«

Als 1919 die Versorgung der Roten Armee schwierig wurde und die Bauern sich ihr immer mehr entzogen, kam es zur Bildung der sogenannten »Grünen«, die auch bei Matveev genannt werden. Das waren, so Figes, »Guerillabanden, die sich in den Wäldern versteckten, wo sie von den örtlichen Bauern versorgt wurden; gelegentlich nannten sich diese Bauernarmeen aber auch selbst ›Grüne‹, weil sie sich von den Roten und Weißen unterscheiden wollten. Im Frühjahr 1919 wurde praktisch das gesamte Hinterland der Roten Armee – sowohl an der Ost- wie an der Südfront – von diesen Grünen kontrolliert. Zerstörung und Chaos, die die Grünen über das Land brachten, trugen maßgeblich dazu bei, die rote Front in einem entscheidenden Stadium des Bürgerkriegs zu schwächen und den Durchbruch der Weißen zu ermöglichen.«

Matveev verwendet das Wort *traqué,* »getrieben, gejagt, gehetzt«. Es ist auch im Wort für die Treibjagd, *la traque,* enthalten. Aus Anna Seghers *Transit* kennen wir das Festsitzen, dieses Bangen, die Abhängigkeit von den Stimmungen der Beamten. Hier sind wir aber nicht in Marseille, hier sind wir in Galatz, in Kischinjow und in Bukarest. Es herrscht eine Atmosphäre nicht nur virulenten Antisemitismus', sondern allgemeine Polizeiwillkür, die sich in Denunziationen, Mißhandlungen und Beschlagnahmen zeigt.

Wenn Matveev schreibt, ein Mann bilde »mit seinem Stuhl, seinem Tisch und der Kerze zusammen eine Masse, auf der Licht und Schatten spielen: Der Rest ist schwarz«, dann klingt in diesem Nebeneinander von Masse und Leere die Auffassung des Bildhauers durch, wie er auch sonst nicht gespart hat mit Adjektiven bei der bildhaften Beschreibung von Personen. Im übrigen ist er bei seinen Beschreibungen so streng, daß sein Text an den Stil des Nouveau Roman erinnert, der allerdings erst zwanzig Jahre später entstand.

Gänzlich ausgespart hat er die Namen seiner Figuren: Da erzählt ein Ich von seiner Mutter, seinem Bruder, dessen Frau und seiner eigenen Frau, mit denen er unterwegs ist und deren Stimmungen, Kränkungen, Ängste und Hoffnungen er präzise benennt – aber Namen gibt es nicht. Von dem Kind des Bruders erfährt man erst gegen Ende, daß es sich um einen Jungen handelt. Auch für die beeindruckend mutige Frau des Erzählers, die die Gruppe mehrfach regelrecht rettet, hat er keine andere Bezeichnung als: meine Frau. Kein Name.

Die Terminologie des Innenlebens, die Empfindensweise des Erzählers kann uns heute an den Existentialismus denken lassen, aber Sartres *La nausée* erschien erst 1938. Die Schilderung eines Badehauses liest sich wie eine Beschreibung der Horrorbilder aus den Lagern – es ist eine Ästhetik darin, die ihrer Zeit weit vorausgreift, eine Sensibilität, die bemerkenswert ist.

Der neutrale und scheinbar ungerührte Ton lenkt die Aufmerksamkeit auf harmlose Dinge, es besteht keine erkennbare Logik in der Verfolgung, die nach Gusto der Henker und nach den Impulsen der unkontrollierbaren Kräfte abläuft, über die auch die Handelnden keine Macht haben. So hat es André Malraux aufgefaßt, und so beschreibt es Orlando Figes: »Angriffe gegen Juden spielten bei Gewaltausbrüchen der Menge oft eine Rolle. Das Wort Pogrom bezeichnete sowohl einen Angriff auf Juden als auch einen Übergriff auf Privateigentum im allgemeinen. Während der frühen Stadien der Weißen Bewegung spielte der Antisemitismus im Süden eine relativ unbedeutende Rolle. Als die Weißen jedoch in die Ukraine vorrückten, wo sich die jüdische Bevölkerung stärker konzentrierte als am Don, wurden die einfachen Soldaten von einem rachsüchtigen Judenhaß erfaßt.«

Zur Veröffentlichung der englischen Übersetzung von *Les traqués* in den USA schrieb der *Jewish Chronicle:* »Non-jewish critics may praise it as a novel; the Jew feels that it is in large measure autobiography«. Mit der ständigen Bedrohung, die damit gemeint sein dürfte, korrespondiert das ständige Präsens in diesem Buch. Es herrscht immer Gegenwart, es gibt keine temporale Tiefenschärfe. André Malraux hat den Aspekt der Zeit in seiner Besprechung der

Traqués in der *Nouvelle Revue Française* 1934 thematisiert: »Eine regelrecht eigene Literatur entsteht derzeit in Europa, Bücher, deren Bedeutung nicht mehr in der Erfahrung, der Feinheit oder Qualität besteht, die der Autor in einer Erzählung bietet, sondern einzig in der Wahl der Begebenheiten, von denen er erzählt. In Begriffen des Films möchte ich sagen, daß neben einer Literatur aus Standbildern jetzt eine Literatur aus geschnittenen Sequenzen zu entstehen anfängt. Das ist die aus Ländern, denen ein besonders gewalttätiges Leben reichlich Tragik beschert (Rußland, Mitteleuropa, China, bestimmte Teile der USA – Spanien vielleicht auch bald). Die Schwäche all dieser Bücher, auch dieses Buchs hier, ist die Tatsache, daß ihr Thema kaum zur Form der Erzählung paßt. Absichtlich oder nicht mißachtet ihr Rhythmus die Zeit. *Les traqués* ist eine Folge von Bildern, die das Schicksal aneinandergefügt hat. Und ihr wesentlicher Charakterzug liegt im Widerspruch der Mittel, derer sich der Schriftsteller bedient, um diese Schicksalhaftigkeit im Moment und in der Zeit auszudrücken.

Im Moment sind diese Mittel schneidend scharf. Matveev verfügt über die Leidenschaftslosigkeit der Imagination, die erlaubt, entsetzliche Ereignisse schnell und ohne eigenes Gestalten zu erzählen, was diesen Ereignissen etwas von ständiger Verknappung gibt; diese Verkürzung, die sich mit dem, was sie zum Ausdruck bringt, verbindet, vermittelt nachdrücklich das Gefühl einer vollständigen Beherrschung des Dramas durch den, wenn auch unsichtbaren, Autor; und erlaubt andererseits die unvermittelte Einführung unerwarteter Elemente, die den Romanen ihre befremdliche Unabhängigkeit verleiht, von der eine Fiktion lebt.

In der Zeit sind diese Mittel viel schwächer. Für sich genommen würde die Erzählung jenem bedrückenden Bewußtsein vom Schicksal eine Einheitlichkeit verleihen, die dieses verlangt. Doch diese Erzählung, die nicht auf die Zeit achtet, mündet, hier wie im russischen Roman der Bürgerkriegszeit, nicht in eine Dauer, sondern in Szenen. Der Autor scheint weniger uns zu verfolgen, als daß er verfolgt ist, als wenn die auf den Leser ausgeübte Obsession nur von einer vollständig beherrschten Welt ausgehen könne; aber es ist grundlegendes Gesetz einer solchen Welt, nicht beherrscht zu werden. An dem Tag, an dem Matveev seine Erinnerungen oder Eindrücke durch eine vorgefaßte Absicht ersetzt, wird er ein außergewöhnlich packendes Buch schreiben.

Heute trägt er einen Ton nach Frankreich, der hier noch nicht zu hören war. Der Ton bildet eine Haltung ab: Der Mensch ist ein unbekanntes Wesen, das in der Ruhe geglaubt hat, sich zu kennen. Geht das Drama los, entdeckt er in sich die Kraft des Traums, seinen besonderen Wahnsinn.«

Heute, nachdem wir aus Geschichtsbüchern und aus einigen erschütternden Romanen wissen, wie die Verfolgung der Juden Europas gewesen ist, lesen wir Matveevs Buch mit anderem Verständnis.

Der Vergleich Joseph Roths, Célines und Michel Matveevs verweist auf den großen europäischen Umbruch, angefangen mit dem k.u.k.-Offizier, der die Revolution zwar nicht mitbekommt, aber die offizielle Umwertung des bis anhin Gültigen und dessen Weiterwirken trotz allem spürt. Passend zu Malraux, schreibt Roth über seinen Helden Franz Tunda in *Die Flucht ohne Ende:* »Schriftsteller erleben alles durch das Mittel der Sprache, sie haben kein Erlebnis ohne Formulierung. Tunda suchte aber nach bestehenden, oft erprobten und zuverlässigen Formulierungen, um nicht im Erlebnis unterzugehen.«

Bei Roth ist es explizit das Massengrab, in dem die Namenlosen enden (sein Held allerdings nicht), Célines Bardamu ist einer von vielen, und Matveevs Helden bleiben ohne Namen. Bei der Frau des Erzählers, die die beiden Brüder so hartnäckig aus der Misere zieht, die sich so heldenhaft schlägt und doch unbenannt bleibt, fällt das besonders auf.

Matveevs englischer Übersetzer und Verleger Desmond Flower*

* Die englische Übersetzung erschien 1935 in Flowers eigenem Verlag Cassel (London, Toronto, Melbourne and Sydney) unter dem Titel *Bitter Draught* und im selben Jahr bei Alfred Knopf (New York) unter dem Titel *Weep Not for the Dead.*

fragt sich in seiner Autobiographie, warum er überhaupt die Rechte an einem Buch voll unerlöstem Kummer ohne Hoffnung gekauft und es dann auch noch übersetzt habe. »Im Rückblick ein halbes Jahrhundert später glaube ich es zu wissen. Meine Generation war die, die in dem Glauben aufgewachsen ist, daß die vor uns im Ersten Weltkrieg gekämpft hatte und gefallen war, um dem Krieg ein Ende zu bereiten. Da hatten wir uns getäuscht. [...] So habe ich in dieser anschwellenden Bedrückung einen Roman über die Unmenschlichkeit des Menschen übersetzt. Der Umstand, daß Alfred Knopf, als ich ihm die amerikanischen Rechte anbot, spontan zugriff, ermutigt mich zu dem Gedanken, daß ich nicht bloß im Dunkeln gepfiffen habe.«

München, November 2009
Rudolf von Bitter

Die Originalausgabe, *Les traqués,* erschien 1933 bei Gallimard, Paris. Trotz intensiver Suche konnte kein Rechtsnachfolger des Autors ermittelt werden. Sollte es einen Erben Matveevs/Constants geben, wird er gebeten, sich mit dem Verlag in Verbindung zu setzen.

Beethovenplatz 4
53115 Bonn
www.weidle-verlag.de
Lektorat: Stefan Weidle
Korrektur: Benedikt Viertelhaus, Ludger Tolksdorf
Gestaltung, Satz: Friedrich Forssman
Einbandzeichnung: Rimma Arslanov
Druck: Reinheimer, Darmstadt
ISBN 978-3-938803-23-3

Die Deutsche Bibliothek – CIP-Einheitsaufnahme
Ein Titeldatensatz für diese Publikation
ist bei Der Deutschen Nationalbibliothek erhältlich.